Le véritable amour de Bella

*

Enceinte du chirurgien

JENNIFER TAYLOR

Le véritable amour de Bella

Traduction française de
CHARLINE McGREGOR

Blanche

HARLEQUIN

Collection : Blanche

Titre original :
BEST FRIEND TO PERFECT BRIDE

Ce roman a déjà été publié en 2015

HARPERCOLLINS FRANCE
83-85, boulevard Vincent-Auriol, 75646 PARIS CEDEX 13
Service Lectrices — Tél. : 01 45 82 47 47

www.harlequin.fr

ISBN 978-2-2804-3801-8 — ISSN 0223-5056

1.

James MacIntyre — Mac pour les intimes — l'observa discrètement. Elle n'avait pas changé. Grande, mince, ses cheveux auburn élégamment noués dans la nuque. Bella English était aussi belle aujourd'hui que la dernière fois qu'il l'avait vue. Le jour où elle s'était mariée.

— Mac ! entendit-il soudain dans son dos. J'ai appris que vous étiez de retour. Content de vous voir ! Comment allez-vous ?

Il se tourna, et sourit au vieux brancardier.

— Très bien, merci, Lou.

Du coin de l'œil, il vit Bella quitter le comptoir, mais resta concentré sur son interlocuteur. Après ce que Tim, son ami de toujours, lui avait raconté, il n'avait pas la moindre envie de discuter avec elle.

— Vous avez l'air en forme, Lou, reprit-il d'un ton amical. De toute évidence, votre mutation au nouveau service d'urgences pédiatriques vous a fait le plus grand bien. On vous donnerait dix ans de moins que la dernière fois où je vous ai vu.

— J'espère bien ! s'exclama Lou.

Il ponctua ces mots d'une moue ironique, désignant dans le même temps, ses tempes grisonnantes.

Puis il jeta un coup d'œil dans le dos de Mac, et grimaça.

— Bon, je ferais mieux d'y aller. A plus tard.

— Ça marche.

Mac hocha la tête. Il n'avait pas besoin de vérifier ce qui

avait conduit Lou à battre aussi vite en retraire. Il sentait déjà son parfum, la subtile fragrance de jasmin que Bella avait toujours portée. Elle lui avait révélé, jadis, qu'on la préparait spécialement pour elle, et l'odeur se mariait parfaitement avec tout ce qu'il connaissait d'elle. Bella était le genre de femme à avoir son propre parfum. Rien de ce qui la concernait ne pouvait être banal ou ordinaire.

Il se tourna lentement, et fit le point sur tous les détails qui lui avaient échappé jusqu'à présent. Même si Bella avait toujours été mince, elle était extrêmement fine, maintenant. Et son teint avait beau arborer le même blanc laiteux qu'autrefois, des cernes noirs se dessinaient désormais sous ses yeux verts, révélant de trop nombreuses nuits sans sommeil. Etait-ce son sentiment de culpabilité qui la tenait ainsi éveillée ? Une conscience chatouilleuse qui cherchait encore à se faire entendre, même s'il était, hélas ! trop tard pour changer les choses ? Il secoua légèrement la tête. Oui. Après tout, même Bella devait se sentir quelque peu coupable d'avoir mis un terme à son mariage avec Tim.

— Salut, Mac. J'ai entendu dire que tu étais revenu. Comment ça va ?

Il cilla. Les salutations étaient presque identiques à celles de Lou, et pourtant il avait envie d'y répondre bien différemment. Il éprouvait le désir étrange de la prendre par les épaules, et de la secouer, de lui faire avouer pourquoi elle s'était montrée aussi cruelle. Elle avait détruit la vie de Tim : en avait-elle conscience ? Se moquait-elle d'avoir brisé toutes les promesses faites trois ans auparavant, d'aimer, d'honorer et de chérir l'homme qu'elle épousait ? Durant toute la cérémonie, il l'avait entendue jurer d'une voix claire, qu'elle se dévouerait à Tim jusqu'à la fin de ses jours, et il avait cru chaque mot sortant de sa bouche. Pour être tout à fait honnête, il s'était alors senti aussi abandonné que Tim en ce moment.

Toutes ces pensées s'entrechoquaient dans sa tête.

Aussi mit-il quelques secondes avant de pouvoir répondre. Bella et lui n'avaient jamais été plus que des amis — il en était sûr. Alors pourquoi se sentait-il aussi affecté dans ce cas ? Il fit le vide dans son esprit, sachant qu'il était déraisonnable de s'appesantir sur ce genre d'idées. Si Bella et lui allaient devoir travailler ensemble durant les mois à venir, il ne pouvait se laisser ainsi perturber par les événements récents.

— Bien, merci, répondit-il enfin. Je suis impatient de travailler dans le nouveau service. Il a l'air super. Visiblement, on n'a pas lésiné sur la dépense.

— En effet. Tout y est du dernier cri. On a ouvert depuis presque un mois, et je dois encore me pincer quand j'arrive au travail. Je n'arrive pas à croire que nous ayons des équipements aussi merveilleux à notre disposition.

Elle émit un petit rire enroué, et il eut soudain la chair de poule. Il avait oublié son rire, oublié à quel point il était doux et sexy. C'était son rire qu'il avait remarqué en premier, en fait. Il se tenait dans la queue qui conduisait à la cantine de l'université, quand il avait entendu un rire féminin. Il s'était retourné pour voir de qui il s'agissait…

Il s'efforça aussitôt de chasser cette nouvelle pensée. Il n'avait pas besoin de distractions supplémentaires, et surtout, il savait envers qui il devait se montrer loyal : s'il était amené à prendre parti, il se rangerait sans hésiter du côté de Tim. Son ami lui avait raconté toute l'histoire, du début jusqu'à la fin, et même si Mac était suffisamment réaliste pour savoir que les torts étaient en général partagés dans l'échec d'un mariage, il était évident que Bella en était davantage responsable que Tim. Non, la principale erreur de son ami avait été d'aimer excessivement Bella, et de se montrer trop tendre avec elle. Armé de ses résolutions, il lui adressa un vague sourire.

— Est-ce ce qui t'a amenée à Dalverston ? demanda-t-il. La possibilité de travailler dans un établissement aussi génial que celui-ci ? Je dois avouer que j'ai été surpris d'apprendre que tu quittais Londres.

— Oui, c'est vrai, ça a joué dans ma décision.

L'expression de Bella se ternit, et il sentit son cœur se serrer quand il lut de la douleur dans ses yeux. Sans doute Tim souffrait-il, mais Bella n'était visiblement pas en reste. Cette idée l'affectait bien plus qu'elle n'aurait dû, et surtout, bien plus qu'il n'aurait voulu. Il dut faire un gros effort pour dissimuler son émotion. Il passa nerveusement une main dans ses cheveux.

— J'avais besoin de prendre le large, reprit-elle. Et venir ici m'est apparu comme la bonne décision, une manière de prendre un nouveau départ qui soit également, si possible, un nouveau départ pour Tim.

Bella laissa échapper un petit soupir. Elle sentait toute l'animosité émanant de Mac lui arriver par vagues. Savoir qu'il la jugeait coupable la blessait profondément. Bien entendu, Tim avait probablement raconté à Mac sa propre version de l'histoire, mais elle avait espéré que ce dernier attendrait de discuter avec elle, avant de la blâmer. Cependant, il avait de toute évidence recueilli les confidences de Tim sans se poser la moindre question. Elle était la seule coupable, la méchante qui avait mis un terme à leur mariage, tandis que son ex était l'innocente victime.

Elle se balança d'un pied sur l'autre, refusant de rester plantée là pour se justifier. Elle avait pris la ferme décision de ne pas rendre les coups reçus, même après avoir découvert tous les mensonges que Tim répandait sur son compte. Ce genre de choses s'était produit avec d'autres couples, elle en avait été témoin : la situation dégénérait, jusqu'à devenir un obscène échange de coups, et elle s'était juré qu'elle n'emprunterait jamais cette route. Les gens croiraient ce qu'ils voudraient, de toute façon. Si elle se mettait à contester les propos de Tim, qui avait raconté partout qu'elle s'était montrée déraisonnable, avait ruiné sa carrière et préféré mettre un terme à leur relation plutôt que d'avoir un enfant avec lui, peu de gens la croiraient.

Elle avait toujours été la taciturne, dans leur couple, celle qui mettait du temps à se faire des amis, alors que Tim en était l'extraverti. Les gens affluaient vers lui, et il devenait aussitôt leur ami. Qu'il soit également prompt à les oublier, personne ne semblait s'en soucier. Elle se mordit la lèvre, s'efforçant de repousser les émotions pénibles qui l'envahissaient. Non, s'il y avait un parti à prendre, leurs connaissances seraient plutôt enclines à choisir celui de Tim. Mac y compris, à l'évidence.

Elle avait le cœur serré quand ils rejoignirent ensemble la réception. Même si c'était stupide, elle détestait penser qu'elle était tombée si bas dans l'estime de Mac. Affichant tant bien que mal un sourire, elle se tourna vers Janet Davies, leur réceptionniste, bien déterminée à ne rien laisser paraître.

— Je te présente le Dr MacIntyre, Janet. Il remplira les fonctions de chef de clinique, jusqu'à ce que le Dr Timpson rentre de convalescence.

— Ne vous inquiétez pas, je connais Mac. Comme tout le monde, d'ailleurs.

Sur ces mots, Janet se leva et se précipita vers Mac pour le serrer dans ses bras.

— Alors, d'où revenez-vous cette fois-ci ? lui demanda-t-elle avec un grand sourire. Afrique ? Inde ? Mongolie ?

— Des Philippines.

Mac rendit son étreinte à Janet, à qui il adressa un sourire qui réchauffa immédiatement le cœur de Bella. Il avait toujours eu le plus merveilleux des sourires… Elle se reprit bien vite. Peut-être avait-il souri à Janet avec une chaleur authentique, pour autant, il n'en avait nullement fait preuve à son endroit, à elle.

— Ça a dû être difficile, répliqua Janet avec une grimace. C'était aussi affreux qu'à la télé ?

— Pire.

Bella le regarda en coin. Mac secoua la tête. Ses cheveux bruns retombaient en bataille sur son front. Ils auraient bien besoin d'un coup de ciseaux, même s'ils rajoutaient encore à son charme, soulignant son côté baroudeur et l'impression de force qu'il dégageait. Mac ressemblait exactement au genre d'homme qu'il était : fort, inébranlable, quelqu'un sur qui se reposer, qui ne vous laisserait jamais tomber. Elle sentit son cœur se serrer de nouveau à cette pensée. Elle aurait aimé bénéficier du soutien de Mac, durant l'année difficile qui venait de s'écouler.

— Le typhon a détruit toute la ville, laissant les gens sans rien d'autre que les vêtements qu'ils portaient sur eux. Nous avons eu un mal de chien à faire venir ne serait-ce que les fournitures de base, au début, expliqua-t-il.

— Quelle horreur ! s'exclama Janet en regagnant son siège. Quand on voit ça, on apprécie de vivre ici, non ?

— En effet, répliqua Mac avec un sourire. Même s'il pleut beaucoup dans nos contrées.

Janet éclata de rire tout en décrochant le téléphone qui venait de se mettre à sonner. Bella s'approcha du tableau blanc où figurait la liste des patients, affichant une mine imperturbable. Même s'il y avait sans doute certaines questions que Mac et elle avaient à régler, ils étaient collègues avant toute chose. Il y avait trois enfants dans des box, et pour chacun d'eux, on était en attente de résultats d'analyses. Elle désigna le dernier nom de la liste quand Mac la rejoignit.

— J'aimerais que tu jettes un coup d'œil sur celle-ci : Chloé Adams, huit ans, admise à 4 heures ce matin, pour de violents maux de tête ainsi que des vomissements. Visiblement, cela fait plusieurs semaines qu'elle se plaint de maux de tête, ajouta-t-elle en soupirant. Sa mère l'a emmenée voir un généraliste, qui a pensé à une sinusite, mais j'en doute.

— Tu pencherais pour quel diagnostic ? demanda vivement Mac. Quelque chose de plus grave ?

— Oui. J'ai constaté un manque de coordination, quand je l'ai examinée. Je me demande s'il n'y aurait pas une tumeur. J'ai interrogé la mère pour savoir si elle avait remarqué des maladresses, des chutes, bref, ce genre de choses, et elle m'a assuré que non. Mais Chloé est issue d'une fratrie de cinq enfants, et j'ai l'impression que la mère a du mal à s'en sortir depuis que le père les a abandonnés, au début de l'année. Des choses lui échappent forcément.

— Je vois. Ça a dû être difficile pour elle d'être quittée comme ça, répliqua Mac.

Elle cilla. Il avait eu un ton si sec, qu'elle eut l'impression d'être directement visée.

Elle sentit le rouge lui monter au front tandis qu'elle le conduisait vers les box. Elle n'avait pas abandonné Tim ! Elle était partie parce qu'elle n'en pouvait plus. Elle avait essayé de l'aider, tenté tout ce qui lui était venu à l'esprit. En vain. Il était alors trop dépendant aux antalgiques pour se sevrer. Oh ! bien entendu, il avait promis qu'il allait le faire, juré s'être désintoxiqué un nombre incalculable de fois, mais ce n'était que mensonges ! Les drogues avaient transformé l'homme qu'elle avait épousé en une créature qui mentait et biaisait à tout bout de champ. C'en était arrivé au point où elle ne pouvait plus le supporter, alors elle l'avait quitté, et bizarrement, cela avait été la meilleure chose qu'elle ait faite pour lui. Elle avait, sans le vouloir, provoqué le déclic.

Tim avait cherché de l'aide. Grâce à une cure de désintoxication, il s'était finalement sevré. Elle aurait peut-être pu reprendre leur vie commune — et elle y avait songé —, mais si elle était revenue, ça aurait seulement été par sens du devoir, ce qui n'aurait pas été juste, ni pour elle ni pour lui.

La situation l'avait obligée à se demander si elle l'avait jamais aimé, avec la profondeur et l'intensité que des époux sont censés éprouver l'un pour l'autre. Le problème, c'était qu'elle n'avait jamais prêté une grande attention à ses propres sentiments. En tant que fille unique de parents obsédés par leur carrière, elle avait appris très jeune à tenir ses émotions à distance. Avec Tim, elle avait pensé miser sur une valeur sûre : le type d'homme auquel elle était habituée, appartenant à son milieu social, quelqu'un avec qui elle se sentait à l'aise. Pas comme avec Mac. Lui, était différent. Même s'ils n'étaient qu'amis, sa confiance en lui et son expérience de la vie la troublaient. Tout ce qui le concernait lui semblait venir d'ailleurs. Dangereux. Une menace pour sa tranquillité d'esprit. Et c'était toujours le cas aujourd'hui.

Elle retint son souffle. Si Mac lui paraissait dangereux par le passé, il l'était encore davantage, maintenant qu'elle était vulnérable. Elle le suivit dans le box.

— Mme Adams ? Je suis le Dr MacIntyre. Le Dr English m'a demandé d'examiner votre fille.

Mac adressa un sourire à la femme épuisée qui était assise à côté du lit. Il savait que Bella se tenait juste derrière lui, et s'obligea à se concentrer sur sa patiente. Il s'était promis de se comporter avec le plus grand professionnalisme, sans tenir grief à Bella de la façon dont elle s'était comportée. Même s'il déplorait la cruauté avec laquelle elle avait mis un terme à son mariage, ce n'était pas à lui de lui en faire le reproche.

— Elle se sent beaucoup mieux maintenant, n'est-ce pas, Chloé ?

Donna Adams se tourna vers sa fille, dans l'espoir d'un assentiment. Mac laissa échapper un soupir. Peu importait le temps que ça prendrait, ils devaient creuser le cas de Chloé.

— C'est une bonne nouvelle, mais je pense que nous devrions procéder à quelques analyses complémentaires, répliqua-t-il avec un sourire. Nous ne voudrions pas que tu aies encore ces affreux maux de tête, Chloé.

— Moi non plus, répondit-elle avec un sourire timide.

Il remarqua la petite main qui agrippait fermement un ours en peluche.

Il l'encouragea d'un nouveau sourire pendant qu'elle s'asseyait au bord du lit.

— Comment il s'appelle, ton nounours ? J'en avais un exactement pareil, quand j'étais petit. Je l'avais baptisé Bruno.

— Le mien, c'est William, répliqua Chloé en câlinant sa peluche. C'est mon meilleur ami, et je l'emmène partout.

— Je suis sûr qu'il apprécie, déclara-t-il en serrant la main de l'ours avec le plus grand sérieux. Ravi de faire ta connaissance, William. Je m'appelle Dr Mac.

Chloé gloussa devant cette scène surréaliste, mais Mac savait qu'il était important de gagner sa confiance. Il lui adressa encore un sourire.

— Alors, maintenant qu'on se connaît, j'ai besoin de te poser quelques questions, Chloé. Il n'y a pas de bonnes ou de mauvaises réponses. Et si tu veux que William t'aide, pas de problème. OK ?

— OK, répondit la fillette, visiblement pleine de bonne volonté.

— Alors, Chloé, est-ce que tu as remarqué ces derniers temps que tu avais du mal à tenir sur tes jambes et que tu tombais plus souvent que d'habitude ?

— Parfois, murmura-t-elle, en jetant un coup d'œil en direction de sa mère. C'est arrivé à l'école, l'autre jour. Je me suis levée pour aller chercher une feuille de papier, et je suis tombée. La maîtresse a pensé que je faisais l'imbécile, et m'a grondée.

— Je vois, murmura-t-il.

Il jeta un coup d'œil à Bella, qui hocha la tête.

Un mauvais équilibre pouvait suggérer un dysfonctionnement du cervelet et indiquer une tumeur. Même s'il espérait du fond du cœur que ce n'était pas le cas, cela en avait toutes les apparences.

— Est-ce que tu as eu des difficultés à marcher, parfois, comme si tes pieds ne voulaient pas obéir ? poursuivit-il doucement.

— Oui. Parfois, répondit-elle franchement.

— Je suis désolée, docteur, mais quel est le rapport avec les maux de tête de Chloé ? demanda Donna Adams, avec une nervosité manifeste.

— Cela nous aide à dresser le tableau de la maladie de Chloé, expliqua-t-il.

Il ponctua ces mots d'un sourire, désireux de ne pas entrer dans les détails. Si leurs soupçons se vérifiaient, la pauvre femme aurait largement le temps de comprendre à quel point sa fille était malade. Il se releva et sourit également à Chloé.

— Chloé, je vais t'envoyer faire un scanner spécial, pour voir ce qui se passe à l'intérieur de ta tête. Je dois juste passer un coup de fil et le brancardier vous emmènera le faire au rez-de-chaussée, ta maman et toi.

— Est-ce que ça va prendre longtemps ? demanda Donna Adams avec anxiété. Je dois préparer les autres pour qu'ils aillent à l'école. Ils sont chez ma voisine, pour le moment, mais je ne peux pas la laisser s'occuper d'eux. Elle va sur ses quatre-vingts ans, ce serait trop lourd pour elle.

— Le scanner lui-même ne prendra pas longtemps, répondit doucement Bella. Mais Chloé devra rester là-bas jusqu'à ce que nous ayons reçu ses résultats. Y a-t-il quelqu'un d'autre que vous puissiez contacter pour s'occuper de vos enfants ?

— Non, répondit Donna avec amertume. Personne, depuis que leur père nous a abandonnés. Ils manqueront l'école aujourd'hui, je ne vois pas d'autre solution.

Mac resta muet tandis qu'il suivait Bella hors du box, mais il ne cessait de ruminer la situation. A ses yeux, ne pas tenir ses promesses était ce qu'il y avait de pire. Même aujourd'hui, il ne pouvait songer à son père sans tristesse. Le désespoir de ce dernier, après le départ de sa mère, était resté gravé en lui. Il s'était, depuis, forgé une conviction profonde : jamais il n'infligerait une telle déchirure à quiconque. S'il prenait un engagement, il l'honorait, quoi qu'il arrive.

Il regarda Bella et, à son expression, devina qu'elle savait à quoi il pensait. Laisser tomber Tim comme elle l'avait fait était inacceptable à ses yeux. Elle avait promis de l'aimer et de le chérir pour le restant de ses jours, mais sans le penser, sinon, elle ne lui aurait pas tourné le dos à la première difficulté. Il se sentait assez coupable de n'avoir pas été là, quand Tim avait besoin d'aide, même s'il n'avait pas la moindre idée de ce que traversait alors son ami. Bella était là, elle, et étant sa femme, elle aurait dû lui porter secours.

Il serra les lèvres en la suivant dans leur bureau. Peut-être était-il injuste de se montrer aussi catégorique à son égard, mais il avait toujours considéré Bella comme la femme idéale. Elle n'était pas seulement belle, elle était aussi supérieurement intelligente. L'attirance qu'il éprouvait pour elle à Cambridge était aussi mêlée d'admiration. Le fait qu'elle se soit tenue à l'écart du reste de la classe n'avait fait qu'ajouter encore à son charme.

Il n'avait jamais été du genre réservé. Son éducation, dans une cité HLM de la banlieue de Manchester, ne lui avait pas permis ce luxe. Il avait vite appris qu'il devrait être fort pour survivre, concentré sur ses objectifs et déterminé, s'il espérait accomplir son rêve de devenir médecin. Bella était très différente des filles qu'il avait connues dans sa banlieue, mais également de celles qui étudiaient avec eux à l'université. Toutes venaient aussi de milieux favorisés, pourtant Bella se démarquait : sa perfection la rendait spéciale. Découvrir, après tout ce temps, qu'elle n'était pas irréprochable lui avait fait d'autant plus mal. Pendant toutes ces années, il l'avait placée sur un piédestal, mais en fait, Bella était juste une femme comme les autres, une créature capable de faire des promesses qu'elle ne tenait pas. Elle n'était pas trop bien pour lui, comme il l'avait toujours cru.

Il fronça les sourcils. C'était la première fois que cette pensée lui traversait l'esprit, et elle lui déplut. Tout comme celle qui suivit : il n'y avait plus rien désormais qui l'empêchait d'avoir une aventure avec Bella.

Bella soupira après avoir examiné l'écran de l'ordinateur. Malheureusement, le scanner de Chloé ne faisait que confirmer leurs soupçons.

— Il n'y a plus aucun doute, dit-elle en soupirant de nouveau. C'est bel et bien une tumeur.

Mac se pencha pour mieux voir, et Bella se crispa en sentant son épaule qui effleurait la sienne. Elle se décala aussitôt, agacée de constater à quel point les battements de son cœur s'accéléraient. Elle s'éclaircit la voix. La dernière chose qu'elle voulait, c'était que Mac la pense troublée par lui.

— Ça semble être un médulloblastome, non ? reprit-elle. Ce sont les tumeurs les plus courantes chez les enfants.

— Oui. Et le fait qu'elle se soit développée dans le cervelet ne fait que confirmer le diagnostic.

Elle se concentra sur sa patiente dans l'espoir d'interrompre le flux dérangeant de ses pensées :

— Chloé a besoin d'un traitement en urgence, déclara-t-elle.

Peut-être se souciait-elle trop de Mac, mais il n'y avait rien d'étonnant à cela. Elle était nerveuse, depuis qu'elle avait appris son retour en Angleterre. Après tout, il était le meilleur ami de Tim et il devait avoir du mal à accepter ce qui s'était passé. Cela devait conduire à… disons, des tensions entre eux, c'était obligé. Rassurée par cette idée, elle s'empressa de poursuivre :

— D'après ce que j'ai entendu, les médulloblastomes peuvent croître très rapidement et envahir les autres parties du cerveau, ainsi que la moelle épinière.

— Tout à fait. Chloé doit être examinée par un oncologue aussi vite que possible, il faut en contacter un. Elle aura sans doute besoin de radiothérapie et de chimiothérapie… si elle veut avoir la moindre chance de survivre à sa maladie.

Il secoua la tête, et elle lut de la peine dans ses yeux.

— J'ai de la peine pour sa mère. Ça va être un traumatisme.

— Ça va être dur pour elle de gérer ça avec ses autres enfants, ajouta-t-elle. Vu qu'elle n'a personne pour la seconder, les allers et retours à l'hôpital vont être à eux seuls une sacrée épreuve.

— C'est le moins qu'on puisse dire.

Elle le regarda en coin. L'intonation de Mac était neutre. Même s'il n'y avait pas trace de désapprobation dans sa voix, elle savait qu'il pensait à la façon dont elle avait prétendument abandonné Tim, à l'heure où il en avait le plus besoin. Elle brûlait de lui révéler la vérité — la vérité vraie, non la version, que Tim avait décidé de servir à tout un chacun —, mais elle refusa de céder à la tentation. Ça n'améliorerait pas l'opinion de Mac à son sujet ; cela pourrait même produire l'effet inverse.

Le constat de sa propre impuissance la faisait souffrir, mais inutile de se tourmenter davantage à ce sujet. Eteignant l'ordinateur, elle s'apprêta à quitter le bureau.

— Je vais aller parler à Mme Adams, lança-t-elle sans se retourner. Mieux vaut qu'elle soit mise au courant au plus vite.

— Tout à fait d'accord. Tu veux que j'appelle le service d'oncologie, pour lancer le processus ? demanda-t-il.

— Je veux bien, si ça ne t'embête pas… Oh ! attends ! Ils ont un nouveau numéro. Je vais te le donner.

Elle rebroussa chemin, et chancela en se heurtant à lui.

— Désolé, marmonna-t-il avec un sourire, tout en la prenant par les épaules. Je ne pensais pas que tu allais pivoter aussi subitement…

A son contact, elle avait aussitôt senti une chaleur l'envahir. Elle se redressa :

— Il n'y a pas de mal, répondit-elle d'un ton dégagé.

Elle recula d'un pas, afin de recréer un espace entre eux. Mac paraissait insensible à son contact.

— Janet doit avoir le nouveau numéro du service oncologie, maintenant que j'y pense, ajouta-t-elle. Tu me tiens au courant de ce qu'ils te diront ?

Il agita la main, en s'éloignant en direction de la réception. Elle le regarda disparaître avant de se rendre vers les box. Elle appréhendait les minutes à venir. Annoncer de mauvaises nouvelles à des parents était toujours difficile, et constituait l'une des rares choses qu'elle n'aimait pas dans son travail.

Elle secoua la tête, perturbée. Une vague de chaleur avait envahi tout son corps. Elle avait l'impression d'être en feu, et tout ça, juste parce que Mac l'avait touchée. Jamais elle n'avait rien éprouvé de pareil, même quand Tim lui faisait l'amour. Qu'est-ce que cela signifiait ? Peut-être était-ce simplement l'effet d'une trop longue abstinence.

Ils avaient cessé de faire l'amour, quand Tim était devenu dépendant aux antalgiques. Plus rien ne l'intéressait alors, à part sa prochaine prise de drogue. Il y avait presque deux ans qu'ils n'avaient pas couché ensemble, et elle n'avait fréquenté personne d'autre depuis. Cela expliquait-il qu'elle se soucie autant des réactions de son corps ? Les doigts de Mac en tant que tels n'y seraient pour rien, dans ce cas : cela viendrait de ce qu'elle avait négligé ses sensations depuis trop longtemps.

Elle eut beau se dire qu'elle tenait là la bonne explication, elle savait en entrant dans le box que ce n'était qu'en partie vrai. Sans doute, l'absence de vie sexuelle y contribuait-elle, mais elle ne pensait pas qu'un autre homme aurait provoqué la même réaction chez elle. La vérité, c'était qu'elle avait toujours prêté attention à Mac, même lorsqu'ils n'étaient rien de plus que des amis. Quelque chose chez lui trouvait un écho en elle, il lui fallait bien l'admettre. Mieux valait donc redoubler de vigilance. Il ne manquerait plus qu'elle s'amourache de Mac, alors que la piètre estime dans laquelle il la tenait s'avérait plus qu'évidente.

2.

Ce fut une journée chargée, mais Mac en apprécia chaque instant. Bien qu'il ait déjà travaillé aux urgences, le service pédiatrique était d'un tout autre niveau. Ouvert depuis peu, il acceptait des patients de divers endroits, pas uniquement de Dalverston, et était, avant tout, conçu pour les enfants, depuis la salle d'attente, vaste et lumineuse, jusqu'aux services de radiographie, aussi chaleureux que possible, avec leurs dessins colorés sur les murs, et leurs assistants vêtus de polos imprimés au lieu des éternels et trop classiques uniformes.

Même si tous ces détails pouvaient paraître secondaires, ils aidaient à mettre les enfants à l'aise, et par conséquent, leur facilitaient le travail. Ayant terminé sa visite, Mac savait qu'il allait apprécier de travailler ici. Plusieurs infirmières partaient en même temps que lui ; il leur tint donc la porte, les saluant au passage.

— Après vous, mesdames, leur lança-t-il, en souriant.

— Merci, jeune homme, répondit l'une d'elles en relevant la tête.

Elles se mirent à rire, et il les imita. C'était un changement agréable, de profiter d'un peu de détente. Il ne s'était pas rendu compte que les choses avaient été vraiment difficiles, depuis sa dernière mission. Cela avait même été sinistre par moments, et c'était un soulagement de pouvoir enfin plaisanter. Pour autant, il ne regrettait rien, et recommencerait si nécessaire. Sa vie était parfaite : il avait l'opportunité d'aider des gens qui avaient besoin de son savoir-faire, et pouvait ensuite retrouver une vie plus stable, avec un travail qu'il aimait. Il n'y avait rien d'autre qu'il puisse désirer… sauf peut-être quelqu'un avec qui partager cette vie.

— Merci, lança une voix douce.

Reconnaissant celle de Bella, il se redressa, aussi mal à l'aise, que s'il avait été pris la main dans le sac. Bien qu'ils aient parlé plusieurs fois pendant la journée, leur conversation s'était cantonnée au travail. Il y avait veillé, d'ailleurs. Bien qu'il se soit promis de ne rien lui dire à propos de Tim, il prenait maintenant conscience de la difficulté. Bella avait laissé tomber Tim. Lâchement. Et il avait beau faire, c'était dur de la savoir capable d'une attitude pareille, alors qu'il l'avait tellement idéalisée. Il s'efforça de ne rien laisser paraître des émotions qui l'assaillaient :

— De rien, répondit-il, un sourire figé sur les lèvres. Ça a été une journée chargée, pas vrai ? ajouta-t-il.

Il contracta la mâchoire. Inutile de lui laisser deviner l'ampleur de sa déception. Après tout, pourquoi se soucierait-elle de lui, alors qu'elle se fichait manifestement de Tim ?

— En effet. On reçoit de plus en plus d'enfants, maintenant. Les hôpitaux des environs et les parents ont intégré que nous avions ouvert.

Elle haussa les épaules, et il ne put s'empêcher de porter les yeux sur les courbes harmonieuses de son corps, élégamment enveloppées dans un manteau vert émeraude, sans doute sorti de la collection d'un couturier. Bella avait de l'argent — beaucoup d'argent que lui avaient légué ses grands-parents — et cela se voyait à ses vêtements, même si elle ne faisait jamais étalage de sa fortune. C'était un petit point à son avantage, et il se surprit à s'y accrocher : il voulait trouver quelque chose de bien chez elle, quelque chose pour rééquilibrer un minimum la balance. Son sourire fut moins forcé cette fois.

— Ça doit soulager les autres services d'urgences pédiatriques, non ? C'est sans doute une bonne chose.

Ayant approuvé, Bella se dirigea vers le parking. Elle ne s'attendait visiblement pas qu'il l'accompagne. Il hésita. Pourquoi se sentait-il soudain si déçu ? Il n'avait rien prévu d'autre que de regarder la télévision. C'était ce dont il avait besoin, se reposer après les deux mois éprouvants qu'il venait de vivre, et pourtant, il rechignait à se poser toute la soirée devant la télé.

— Ça te dirait d'aller manger quelque chose ? lança-t-il en rattrapant Bella.

Son cerveau lui soufflait qu'il commettait une erreur, mais il ignora tout autant la surprise sur le visage de Bella, quand elle se retourna. Il avait l'intention de passer la soirée avec elle.

— Rien d'extravagant, juste un petit resto indien ou autre, ajouta-t-il.

— Je ne sais pas si c'est une bonne idée, répliqua-t-elle en le regardant droit dans les yeux, avec un air de défi. C'est évident que tu m'en veux pour ce qui s'est passé.

— Eh bien, pourquoi ne pas justement en profiter pour me raconter ta version des faits, alors ?

Il détourna la tête. Il avait essayé de parler de manière aussi détachée que possible. Peut-être avait-il tort de la blâmer, mais il n'avait pu faire autrement. Pendant des années, il l'avait considérée comme la perfection incarnée, refusant de modifier l'image qu'il avait d'elle. Maintenant Bella était une femme comme une autre. Une femme par laquelle il avait toujours été profondément attiré.

Cette pensée lui retourna le ventre.

— Cela me semble asscz équitable, ajouta-t-il avec empressement.

— Désolée, mais je n'ai pas l'intention de me justifier auprès de qui que ce soit.

Elle continua à marcher, sans plus lui prêter attention avant de monter dans sa voiture. Il se mit en tête de la rattraper. Pourquoi se montrait-elle aussi butée, bon sang ? Il semblerait pourtant légitime, naturel, qu'elle veuille s'expliquer sur sa décision de mettre un terme à son mariage. Personne n'aimait être accusé à tort…

A moins que la vérité ne lui fasse honte, au point de ne pouvoir être révélée.

Perplexe, il regarda la voiture de Bella s'éloigner. Elle savait qu'elle n'aurait pas dû abandonner Tim, quand il avait désespérément besoin d'elle, et cela expliquait pourquoi elle refusait d'en parler. Il secoua la tête, de nouveau gagné par la colère. Décidément, elle semblait bien loin de la perfection.

Bella émit un long soupir. Elle passait une très mauvaise soirée. Même le dernier best-seller ne réussissait pas à la distraire. Aurait-elle dû faire ce que Mac lui avait suggéré, et lui raconter sa version des faits ?

Elle continua de retourner ses pensées dans sa tête. Si elle parlait, il n'y aurait aucun retour possible. Mieux valait s'assurer d'abord que Mac soit prêt à l'entendre. Elle ne pourrait supporter qu'il mette ses révélations en doute. Dans ce cas, autant ne rien dire plutôt que d'endurer son mépris.

Le lendemain, elle fut submergée de travail, même pendant la pause de midi. Lorsqu'elle était arrivée, une longue file de patients attendaient d'être reçus. Un enfant était en train de crier, et il lui sembla urgent de vérifier ce qui se passait avant que d'autres bambins ne s'avisent de l'imiter. Le bruit provenait d'une salle de soins. Elle s'y rendit aussitôt.

— Que se passe-t-il ? demanda-t-elle en laissant tomber son manteau sur une chaise.

— Alfie est tombé de sa trottinette, et s'est entaillé le

genou, répondit Laura Watson, l'une des infirmières les plus expérimentées. Mais il ne veut pas se laisser examiner, parce que ça fait trop mal.

— Je vois.

Bella s'accroupit devant le petit garçon. Il s'accrochait à une femme âgée, qui devait être sa grand-mère.

— Tu fais beaucoup de bruit, Alfie. Tu vas faire peur à Robbie, si tu continues.

Le petit garçon s'arrêta de crier, et la regarda à travers ses doigts, distrait par la mention de ce Robbie inconnu.

— C'est mieux, reprit-elle en souriant. Tu as déjà rencontré Robbie ? Il est plutôt timide, il ne sort du placard que quand il pense que personne ne l'observe. Je vais voir si je peux le trouver.

Elle traversa la pièce et ouvrit l'un des tiroirs renfermant Robbie, un lapin en peluche, qu'elle rapporta au petit garçon.

— Le voilà. Il doit te trouver bien sympathique, Alfie, parce qu'il est sorti directement de son tiroir.

Elle tendit la peluche à l'enfant, qui lança un coup d'œil à la vieille femme.

— Si vous l'installiez sur le lit, je pourrais regarder son genou, murmura Bella à celle-ci.

La femme obéit rapidement, en poussant un soupir de soulagement.

— Merci mon Dieu ! Je pensais qu'il ne s'arrêterait jamais de crier. Vous devez avoir des enfants, ma chère, ajouta-t-elle en souriant. Vous savez fort bien comment les distraire.

— Malheureusement non, je n'en ai pas.

Bella sourit à son tour, tentant de refouler les regrets qui lui étreignaient le cœur. Fonder une famille avait toujours été son vœu le plus cher, mais Tim n'appréciait pas vraiment l'idée. Chaque fois qu'elle abordait le sujet, il éludait, prétendant ne pas vouloir être enchaîné par un bébé à ce stade de sa vie. En revanche, le jour où elle lui avait annoncé son souhait de divorcer, il lui avait fait miroiter la promesse d'une famille. Mais c'était trop tard. Avoir un enfant pour sauver son mariage, voilà bien la dernière chose qu'elle désirait.

— Alors vous devriez, répliqua la grand-mère, tout en caressant les cheveux de son petit-fils. C'est beaucoup de travail, mais aussi une bénédiction. Et vous feriez une très bonne mère !

Mac s'arrêta juste devant la salle. La porte était grande ouverte, et il avait entendu chaque mot. Il grimaça en percevant les regrets dans la voix de Bella, alors qu'elle déplorait de ne pas avoir d'enfants. Très franchement, il ne comprenait pas. D'après Tim, elle avait refusé de fonder une famille, prétendant que sa carrière était en tête de ses priorités, quand les enfants y tenaient la dernière place. Mais à l'entendre parler avec cette vieille femme, on en doutait. Tim lui aurait-il menti ?

C'était la première fois qu'il mettait la parole de son ami en doute. Il avait accepté tout ce que Tim lui avait dit, sans se poser de questions. Avait-il eu raison de se montrer aussi confiant ? Et si Tim avait tenté de se donner le beau rôle, en rejetant la faute sur Bella ? Il se pouvait que son ami ait sa part de responsabilité dans cette histoire, après tout.

Cela n'avait pas dû être facile pour elle, de supporter la dépendance de Tim. Il avait eu l'occasion de travailler dans un centre de désintoxication, et savait, d'expérience, que les drogués pouvaient se montrer très problématiques. Tandis qu'il se frayait un chemin vers les box, Mac se rendit compte qu'il avait besoin de tirer cette histoire au clair. Bien que Tim soit l'un de ses plus vieux amis, il devait à Bella de confronter leurs versions respectives des faits. La pensée qu'il pourrait l'avoir mal jugée le tourmentait.

Il ne réussit pas à parler à Bella, avant qu'arrive l'heure de rentrer chez lui. Il se dirigeait vers le bureau, quand il la croisa dans le couloir. Elle lui adressa un sourire, mais il n'était pas question de laisser les choses en l'état.

— Tu as une minute ? demanda-t-il en lui prenant la main. Au moment où ses doigts frôlèrent son bras, il sentit comme un courant électrique à travers son corps. Il fit de son mieux pour rester impassible, alors que son pouls s'emballait.

— Il faut que je te demande quelque chose.

— Je vais au labo pour des résultats, répondit-elle.

Remarquant le tremblement de sa voix, il devina qu'elle avait senti le courant électrique, elle aussi.

— D'accord, dans ce cas, je ne te retiens pas. Peut-être plus tard ? Tu fais une pause bientôt, non ? Un café à la cafétéria, ça te tenterait ?

Que se passait-il ? C'était la femme de Tim — OK, son ex-femme, mais il ne lui semblait toujours pas décent d'agir de cette manière ; or, il ne pouvait s'en empêcher.

— Pourquoi ? Je ne veux pas être impolie, Mac, mais pourquoi veux-tu qu'on prenne un café ?

Elle le regarda, ses yeux verts scrutant son visage avec une intensité qui le mit mal à l'aise. S'il lui révélait franchement qu'il voulait vérifier sa part de responsabilité dans la fin de son mariage, cela n'allait pas améliorer leurs relations.

— Parce qu'on a besoin de se changer les idées.

Il avait choisi une demi-vérité plutôt que l'entière.

— J'ai l'impression que travailler avec moi est un calvaire pour toi, reprit-il. Et ce n'est pas ce que je veux. Ni toi non plus, j'imagine.

— Tu te fais des idées, répliqua-t-elle avec un sourire froid. Maintenant tu m'excuseras…

Et elle s'éloigna. Il aurait mieux fait de se taire. Il n'était parvenu à rien, sauf à aggraver les choses. Cela lui apprendrait à fouiner dans les affaires d'autrui. Ce qui s'était passé entre Tim et Bella ne le regardait pas, et il serait bien inspiré de ne pas s'en mêler, comme de s'en souvenir une fois pour toutes.

Bella travailla sans prendre de pause. Elle aurait pu s'en accorder une, mais préférait se concentrer sur ses patients plutôt que revenir inévitablement sur les paroles de Mac. Elle s'occupa de son dernier patient, un jeune garçon de dix ans tombé de vélo, et qui s'était cassé le bras. Une fois son diagnostic confirmé par les radios, elle l'avait envoyé se faire plâtrer. Helen Robertson, l'une des nouvelles internes du service, lui sourit.

— On rentre se reposer ? Ou bien tu as quelques projets excitants ?

— Non, pour moi, ce sera la maison direct, dîner, et au lit, répondit Bella en riant. Les projets excitants, ce n'est plus pour moi !

— Non, mais écoutez-la. A croire qu'elle est gâteuse ! Peut-être que vous pourriez la convaincre de renoncer aux pantoufles pour un moment encore ? lança Helen à quelqu'un dans son dos.

Elle se retourna pour voir de qui il s'agissait, et sentit son cœur s'emballer : Mac. Il était pourtant censé avoir fini depuis longtemps. A moins qu'il ne soit resté pour lui parler ? Cette pensée la fit frissonner. Elle ne voulait pas discuter avec lui, ni de son mariage, ni de ce que Tim avait fait. Pas question de courir le risque qu'il la considère comme une menteuse.

Elle s'empressa de signer le registre, y ajoutant son heure de départ. Mac parlait encore à Helen quand elle se dirigea d'un pas vif vers la porte. Elle marchait aussi vite qu'elle pouvait, et n'entendit les pas derrière elle qu'une fois dehors. Mac la suivait, mais elle ne ralentit pas. Il n'avait pas le droit de la pousser à bout comme ça ! Elle lui avait clairement déclaré ne pas vouloir parler de son mariage avec lui, et il devait l'accepter. D'un coup, la colère l'envahit. Elle se retourna brusquement.

— Arrête ! Je ne veux pas te parler, laisse-moi tranquille.

— Pourquoi ? De quoi as-tu si peur ? Si j'étais à ta place, je voudrais faire connaître ma version de l'histoire, sauf si j'avais quelque chose à cacher. Est-ce le cas, Bella ?

Cette question la blessa.

— Non, répliqua-t-elle avec un petit rire maladroit. Je n'ai rien à cacher, mais si la version de Tim te semble plausible, que puis-je ajouter de plus ? Pourquoi est-ce que je me justifierais auprès de toi ?

— Parce que je pensais que nous étions amis.

Il tendit une main, paume vers le ciel, dans un geste de supplication, qu'elle trouva extrêmement touchant.

— Je peux voir que tu en souffres, et s'il y a quoi que ce soit que je puisse faire pour que ça s'arrange, je suis partant.

Il s'en tint là. Il semblait ne pas savoir s'il devait lui dévoiler tout ce qu'il pensait, et elle-même ignorait si elle voulait tout entendre. Aussi se raidit-elle, lorsqu'il reprit :

— Je crois que j'essaie simplement de te dire que tu comptes pour moi, Bella. C'est aussi simple que ça.

3.

Mac retint sa respiration, espérant, contre toute logique, que Bella le croirait. C'était la vérité, après tout, et il lui importait qu'elle se soit comportée de manière aussi étrangère à son caractère. La Bella qu'il connaissait n'aurait jamais rompu ses vœux de mariage… à moins d'avoir une bonne raison de le faire.

— Peut-être que tu penses ce que tu dis, Mac, mais ça ne change rien.

Le ton glacial de Bella le fit tressaillir. Il s'éclaircit la voix, avant de lancer :

— Je le pense en effet.

Quelle raison pourrait bien excuser la manière dont elle avait traité Tim ? Il avait désespérément besoin d'elle, et elle l'avait abandonné. Ce genre de comportement était inexcusable. Pourtant, le petit doute tenace refusait de lâcher prise.

— Super.

Elle hocha la tête, mais il savait qu'elle ne le croyait pas. Il se sentit blessé de la voir douter ainsi de ses paroles. Ne voyait-elle pas qu'il lui disait la vérité ? Que jamais il ne mentirait sur un sujet aussi important ? Il était sur le point de lui en faire le reproche, quand il se rendit compte qu'il se montrait tout aussi sceptique à son égard. Il refusait de la croire, la rendant responsable de l'échec de son mariage.

Il resta silencieux, ce qu'elle interpréta manifestement comme une reddition de sa part. Elle se dirigea vers son véhicule, tandis qu'il restait immobile, jusqu'à ce que le bruit du moteur lui parvienne. Même s'il ignorait quoi, il devait faire quelque chose. C'était peut-être la faute de Bella, mais il ne pouvait ignorer la douleur au fond de ses yeux. Alors, bondissant sur la portière côté passager, il sauta dans sa voiture, et leva vivement la main quand elle voulut riposter.

— Je sais ce que tu vas dire, Bella. Tu ne veux pas parler de ton mariage. Je sais aussi que je me mêle de ce qui ne me regarde pas…

— En effet, l'interrompit-elle, les yeux étincelants de colère.

— OK. Tu as raison, et je suis désolé, mais quoi qu'il en soit, je pense ce que j'ai dit. Je me sens concerné par le fait que tu aies souffert.

Il se pencha et attrapa sa main, pour la relâcher aussitôt, quand il sentit la décharge d'électricité, maintenant presque familière, le parcourir. Il ne voulait pas l'effrayer, et encore moins lui laisser penser qu'il essayait de profiter de sa vulnérabilité en cherchant à la séduire !

Une vague de chaleur le submergea, ainsi qu'une gêne si inhabituelle qu'elle lui donna envie de disparaître dans l'instant. Séduire Bella n'avait jamais fait partie de ses projets. Depuis le jour où il l'avait vue pour la première fois, il avait su qu'elle était hors de sa portée, et cet état de fait lui avait parfaitement convenu. Il s'était forgé une solide réputation de don Juan à l'université, et n'avait toujours pas la moindre intention de s'établir. Il avait été d'autant plus heureux quand Bella et Tim avaient commencé à sortir ensemble. Ils étaient si bien assortis, qu'il n'aurait pu trouver meilleur partenaire pour l'un ou pour l'autre.

Il en était allé de même quand ils avaient annoncé leurs fiançailles, quelques mois plus tard ; il avait été ravi pour tous les deux, et enchanté lorsque Tim lui avait demandé d'être son garçon d'honneur. Au mariage toutefois, il s'était senti un peu bizarre. Entendre Bella jurer qu'elle aimerait

Tim pour le restant de ses jours lui avait donné l'impression de perdre quelque chose d'extrêmement précieux.

Il s'était alors empressé de chasser cette idée : il était trop tard. Impossible d'empêcher ce mariage. Comment aurait-il pu interrompre la cérémonie, et déclarer qu'il ne voulait pas voir Bella épouser Tim parce qu'il la voulait pour lui-même ? Non, il avait fait ce qu'il fallait : il avait joué son rôle du mieux possible. Comme il avait accepté l'idée de vivre avec ce pincement au cœur.

C'était ainsi qu'il avait décidé, juste après le mariage, de signer avec Worlds Together, une importante organisation caritative à l'étranger. Il avait participé à une dizaine de missions, aidé des tas de gens, et gagné pas mal d'argent. Il avait eu trois ans pour tirer ses sentiments au clair, trois ans pour les faire taire. Si on l'avait interrogé à ce sujet quelques semaines plus tôt, il aurait affirmé y être parvenu. Mais plus maintenant que Bella était séparée de Tim, et désormais libre.

Il réprima un soupir. Il voulait bien aider Bella, mais pas se mettre dans le pétrin.

Bella n'avait pas la moindre idée de ce qui se passait, pourtant la tension qui régnait dans la voiture la rendait malade. Il fallait dire quelque chose, mais quoi ? Et si elle ordonnait à Mac de sortir de son véhicule, obéirait-il ? Cette incertitude la pétrifiait, car elle dénotait un énorme changement dans l'attitude de Mac.

Par le passé, il avait toujours été irréprochable. Il lui témoignait une courtoisie un peu désuète, qu'elle trouvait attachante. Rares étaient les hommes qu'elle fréquentait à faire montre d'une telle politesse. Il n'avait pas besoin de parler fort ou de raconter des histoires salaces pour qu'on lui prête attention. Dès que Mac entrait quelque part, les gens étaient conscients de sa présence.

Ce constat la stupéfia. Elle ne s'était jamais aperçue

à quel point Mac l'impressionnait. Elle ignorait tant de choses de lui, son expérience était si différente de la sienne, qu'elle avait toujours eu peur de dire une ânerie qui trahirait son ignorance. Après dix ans dans le milieu hospitalier, elle connaissait bien mieux le monde. Elle avait soigné des gens ayant les mêmes origines sociales que Mac, et comprenait à présent les obstacles qu'il avait dû surmonter pour devenir médecin. Cela soulignait d'autant plus sa force de caractère, son engagement. Peu d'hommes auraient été capables de relever un tel défi avec succès.

Elle secoua la tête pour chasser l'afflux de ces constats inédits. Ajoutées au stress de l'échec de son mariage, ces pensées achevaient de la déstabiliser. Elle s'appuya sur le volant pour calmer les élancements dans sa tête.

— Bella, ça va ? Réponds-moi !

L'intérêt qu'elle décela dans sa voix lui fit venir les larmes aux yeux. En dehors d'une sympathie polie, ses parents, trop pris par leur propre existence, ne s'étaient pas montrés très attentifs aux possibles effets de son divorce. Bien moins que Mac en cet instant.

— C'est trop dur, répondit-elle, incapable de mentir.

— Tu m'étonnes !

Il y avait de la colère dans sa voix, quand il bondit de la voiture.

— Quand je pense à ce que tu as traversé récemment !

Il s'interrompit, pour la conduire hors de sa voiture, et la mener sur le siège passager.

— Bon, alors on va où, maintenant ? Soit tu rentres directement chez toi, soit tu viens chez moi. A toi de voir.

Elle soupesa le pour et le contre, tout en sachant qu'il aurait été plus sage de rentrer chez elle. Ce soir, elle se sentait trop à fleur de peau, trop vulnérable pour discuter.

— Allez, Bella, fais ton choix, et je t'emmène.

Elle désirait tellement être persuadée par cette voix…

— Chez toi.

Mac acquiesça en refermant la portière. Il n'ouvrit

pas la bouche, tant qu'ils n'eurent pas quitté l'enceinte de l'hôpital. Elle n'avait pas la moindre idée de l'endroit où il vivait, mais quel qu'il soit, son appartement devait être préférable aux murs sans âme qu'elle louait. Ils roulaient depuis près d'un quart d'heure et, en s'éloignant du centre, les routes devenaient plus étroites. N'ayant que peu visité les environs de Dalverston, elle n'avait aucune idée de l'endroit où ils se dirigeaient, avant de découvrir au loin le pâle reflet de l'eau : ils approchaient de la rivière. Mac ralentit et tourna pour se garer dans l'herbe sur le bas-côté.

— Nous devons continuer à pied, expliqua-t-il. Juste cinq minutes, mais la voiture ne peut pas aller plus loin.

Elle hocha la tête en se glissant dehors. La végétation humide diffusait une odeur musquée, la rivière chuchotait doucement, accompagnant le chœur vespéral des oiseaux. L'atmosphère était si paisible qu'elle en soupira.

— C'est génial de ne pas entendre la circulation.

— L'un des nombreux avantages à vivre à la campagne, répliqua-t-il avec un sourire à couper le souffle.

Sur quoi, il se détourna et commença à avancer, l'invitant à le suivre, alors qu'elle était encore chamboulée par son sourire. Cela signifiait-il qu'il lui pardonnait son apparent forfait ? Rien n'était moins sûr, pourtant, tout à coup, elle se sentit mieux que depuis une éternité. Le monde ne lui semblait plus aussi lugubre, maintenant que Mac lui avait souri. N'était-ce pas insensé ?

Mac fit une halte en atteignant la rive. Il était près de 21 heures, et la lumière baissait rapidement. Tendant la main, il sourit à Bella, bien décidé à maîtriser ses émotions, cette fois-ci. Il n'agissait ainsi que pour garantir sa sécurité, et non parce qu'il poursuivait quelque dessein tordu !

— Tu ferais mieux de te tenir à moi. Le chemin est glissant à cause des pluies de ces derniers jours. Je ne voudrais pas que tu fasses une chute.

Il la sentit hésiter, néanmoins, elle obtempéra. Aussitôt, sa libido se manifesta, l'empêchant de respirer. OK, cela faisait longtemps qu'il n'avait pas fait l'amour, mais c'était son choix, non ? Il en avait assez de passer d'une fille à une autre, de coucher avec des partenaires qui n'étaient rien pour lui. Il avait préféré mettre un terme à tout cela. Toutefois, désirer Bella était hors de question. Elle n'avait pas besoin de lui pour venir rajouter à ses souffrances, en ce moment.

Tout en la guidant sur le chemin, il se réprimanda. Dieu merci, l'effort sembla porter ses fruits. Plusieurs bateaux étaient amarrés le long du rivage, et il conduisit Bella près du point de mouillage. Il s'arrêta devant le dernier bateau, soudain inquiet de voir comment elle réagirait devant sa maison. Même s'il aimait ce vieux navire — qui était aussi sa première habitation depuis toujours —, Bella devait s'attendre à mieux. Il ne pouvait s'empêcher de ressentir une pointe de… eh bien, de nervosité, face à sa réaction.

— Nous y voilà, annonça-t-il.

Il se morigéna aussitôt pour la fausse jovialité avec laquelle il avait parlé.

Ce n'était pas son genre, de faire des simagrées, et il détestait s'y sentir obligé. Si Bella n'aimait pas sa maison, eh bien tant pis, il s'en fichait… Il ferma brièvement les yeux. Vraiment ?

— Tu vis sur un bateau ?

Il réprima son envie malencontreuse de s'excuser.

— Oui, je l'ai acheté en m'installant ici. C'est parfait, comme pied-à-terre en Grande-Bretagne. Je te fais visiter ?

Il l'aida à grimper à bord et alluma la lampe à huile, afin qu'elle puisse voir où elle mettait les pieds.

— Les marches sont assez raides, ajouta-t-il. Prends ton temps.

Elle acquiesça en s'engageant dans l'escalier. Une fois dans la cabine, il augmenta l'intensité de la lampe qui illumina alors la pièce. Bella s'arrêta, et regarda autour d'elle. Son visage était encore plus beau, ainsi éclairé. Il n'en fallut pas plus pour que sa libido se réveille de nouveau.

— C'est superbe, très chaleureux, très accueillant… Je t'envie de vivre ici, Mac, ça doit être merveilleux !

Il esquissa un sourire. Elle était sincère, cela ne faisait pas le moindre doute. La joie remplaça aussitôt l'appréhension. Pourquoi l'approbation de Bella comptait-elle autant pour lui ? Son sourire s'élargit.

— J'avais peur que tu détestes ! lâcha-t-il enfin. Parce que c'est très différent des logements auxquels tu es habituée.

— Mais c'est justement pour ça que j'apprécie autant le tien, répliqua-t-elle. Je préfère quelque chose comme ici, à toutes les merveilles architecturales.

Elle s'assit sur le vieux canapé, qu'il avait passé un temps fou à retapisser, et lui sourit. Il se sentit submergé de soulagement : Bella aimait sincèrement son chez-lui !

— Merci. Cela dit, ne me fais pas trop de compliments, sans quoi, je vais prendre la grosse tête, reprit-il, pour masquer son embarras. Ce serait dangereux, dans un endroit aussi petit !

— Pas petit, compact !

Il la regarda lui sourire avec gentillesse. Avait-elle deviné sa nervosité ? Mais Bella, a priori, ne s'était jamais doutée du sentiment d'infériorité qu'il éprouvait autrefois en la fréquentant. Dieu merci, c'était terminé, à présent. Avec le temps, il avait fini par s'accepter tel qu'il était, ce qui rendait d'autant plus étonnantes ses inquiétudes face à sa réaction.

— Bien. Je vais nous préparer du café.

Sur ces mots, il s'empressa de remplir une bouilloire, puis sortit deux mugs qu'il plaça sur le comptoir, avant d'aller chercher du lait et du sucre. Une fois la chose faite, il se sentit plus maître de lui. Peut-être son excitation avait-elle été le fruit de sa surprise, en découvrant que Bella le connaissait mieux qu'il ne le soupçonnait. Il laissa échapper un petit soupir. Il n'allait pas se laisser perturber pour autant ! D'accord, il avait envie de la prendre dans ses bras, de l'embrasser, de lui faire toutes sortes de choses dont il n'avait même jamais osé rêver, mais il n'allait pas mettre leur amitié en péril pour une nuit de sexe effréné. Bella était trop importante à ses yeux. Les déclarations de Tim n'y changeaient rien.

Il eut soudain comme une révélation qui éclaira tout. Même s'il avait accordé foi aux propos de Tim, même s'il avait été furieux contre les agissements de Bella, elle comptait pour lui. Et il en irait toujours ainsi.

— Merci, lança Bella en s'emparant de son mug de café.

Elle s'assit à la table devant le canapé, et regarda les lieux plus avant.

Tout était si bien conçu qu'on n'avait pas l'impression d'être à l'étroit, ici. L'appartement qu'elle louait était bien plus vaste, mais elle se rendit compte qu'elle préférait cet endroit. Elle ne s'était jamais sentie aussi bien dans aucune de ses maisons, pas même dans celle où elle avait vécu avec Tim.

Les parents de Tim avaient tenu à leur acheter, en cadeau de mariage, une élégante maison de ville de style georgien. Cependant, des pièces au design stylé, et aux meubles onéreux, avaient davantage été un moyen d'étaler leurs richesses qu'un véritable habitat, et elle était soulagée de ne plus y vivre.

Elle se sentit aussitôt coupable à cette pensée, qui lui rappela son soulagement, quand elle avait enfin trouvé le courage de partir. Il lui avait fallu des mois de réflexion avant de prendre sa décision, et elle continuait à souffrir d'avoir rompu ses vœux, alors même qu'elle n'avait pas eu le choix. Le comportement de Tim était devenu si imprévisible qu'il était un danger pour ses patients comme pour lui-même. Le quitter lui avait paru la seule solution susceptible de lui causer un choc salutaire, et cela avait marché. Mais Mac l'avait-il compris ? Avait-il saisi à quel point elle avait eu du mal à revenir sur ses vœux ? Tout à coup, elle se rendit compte qu'elle avait besoin de le savoir.

— Ça n'a pas été facile de quitter Tim, déclara-t-elle tranquillement.

Du coin de l'œil, elle vit Mac se raidir, et sentit comme un accès de nausée. Elle s'était juré qu'elle n'essaierait pas de se justifier, mais il devait comprendre comme la situation avait été difficile pour elle.

— J'ai tout enduré pendant des mois, mais je n'avais plus le choix. C'était le seul moyen de le faire revenir à la raison.

— N'aurait-il pas mieux valu que tu restes pour l'encourager ? répliqua Mac.

La dureté de cette question la fit frémir.

— J'ai essayé, mais Tim refusait de m'écouter. Il niait son addiction, prétendait que je faisais une montagne de rien du tout.

Elle haussa les épaules au souvenir de leurs disputes.

— Donc tu as baissé les bras, et tu l'as laissé tomber ?

Elle leva les yeux. Mac la regardait en biais. Difficile de dire à quoi il pensait, même si elle en avait une petite idée. Il pensait sûrement qu'elle aurait dû rester avec Tim coûte que coûte, mais il n'était pas là. Il n'avait pas assisté aux disputes, aux mensonges, aux promesses aussitôt démenties d'arrêter la drogue.

— Oui. J'espérais que ça l'obligerait à admettre son problème, et à y remédier. Il est d'ailleurs entré en désintoxication quelques semaines plus tard.

— Soit, mais pourquoi n'es-tu pas revenue, une fois qu'il a été sevré ? demanda Mac visiblement étonné. Tim m'a dit t'avoir suppliée de rentrer, mais que tu avais refusé. Si tu l'avais aimé, ça aurait sans doute été la meilleure chose à faire.

— Ça n'est pas aussi simple, répondit-elle calmement.

Elle fixa ses mains. Devait-elle lui parler de l'aventure

de Tim ? Serait-elle revenue, si elle ne l'avait pas découverte, ou cela avait-il été l'excuse qu'elle attendait ? Ses sentiments pour son ex étaient alors au plus bas. En vérité, elle ne l'aimait plus. Ce dont elle doutait à présent, c'était de l'avoir aimé un jour.

— Non ? reprit Mac, insistant. Ça me semble pourtant évident au contraire. Que fais-tu de toutes les promesses échangées, le jour du mariage ? C'étaient juste des paroles en l'air ?

Elle le dévisagea, furieuse de le voir si enclin à la blâmer.

— Bien sûr que non ! s'exclama-t-elle. Je pensais chacun de ces mots, mais il faut deux personnes pour tenir une promesse, quoi qu'en pense Tim.

— Qu'est-ce que tu veux dire ? demanda vivement Mac. C'est toi qui l'as quitté.

— Oublie tout, ça n'a pas d'importance.

Elle s'empara de son mug, infiniment lasse. Elle pourrait dire ce qu'elle voudrait, Mac ne cesserait de la juger. Si elle lui avait parlé de l'aventure de Tim, l'aurait-il crue ? Elle ne supporterait pas de le voir supposer qu'elle inventait cette histoire pour se disculper. Mieux valait ne rien dire plutôt que de courir ce risque.

Ils finirent leur café en silence. Elle posa son mug sur la table, et se redressa. Il était 22 heures, soit l'heure pour elle de regagner ses pénates, même si elle n'en avait guère envie.

— Je ferais mieux d'y aller. Merci pour tout.

— Tu sais comment rentrer ? marmonna Mac.

— J'utiliserai mon GPS, répliqua-t-elle en attrapant son sac.

Elle chancela légèrement, sous le coup de l'épuisement. La journée avait été longue, et si l'on ajoutait à cela le stress du divorce, rien d'étonnant à ce qu'elle se sente aussi exténuée.

— Assieds-toi, lui intima Mac en s'emparant de son

sac. Impossible que tu conduises dans cet état. Tu vas devoir passer la nuit ici.

— Je ne peux pas…, balbutia-t-elle.

Mais il ignora ses protestations.

Il traversa la cabine pour ouvrir une porte, à l'autre extrémité, qui révéla une minuscule chambrette meublée d'un lit double.

— Tu dormiras ici, déclara-t-il sans ambages.

Il plaça une lampe à huile sur l'étagère qui jouxtait le lit, diminuant son intensité, pour qu'elle éclaire la chambre d'un doux éclat doré.

— Les draps sont propres, et tu devrais te sentir bien. La salle de bains est ici, ajouta-t-il en désignant une porte. C'est rudimentaire, mais tu trouveras tout ce dont tu as besoin.

— Mais toi, où vas-tu dormir ? demanda-t-elle, protestant faiblement, plus tentée qu'elle ne voulait l'admettre.

Sans doute était-ce insensé, mais la pensée de passer la nuit sur ce bateau était suprêmement séduisante. Elle s'y sentait en sécurité, protégée. Bref, tout ce dont elle était privée depuis longtemps.

— Le canapé se transforme en lit, ne t'inquiète pas pour moi, répliqua Mac en tirant un T-shirt d'un placard. Tu peux enfiler ça, j'ai bien peur de n'avoir rien de plus élégant.

— Ce sera parfait, merci, répondit-elle.

Elle s'écroula sur le lit, dès que Mac eut disparu, sentant ses dernières forces l'abandonner. Les larmes se mirent à ruisseler. Elle voulut les chasser, mais rien ne semblait pouvoir en tarir le flot. Elle n'avait jamais pleuré, auparavant, pas même sous les insultes de Tim, quand elle lui avait annoncé qu'elle demandait le divorce. La gentillesse de Mac avait déchaîné les émotions qu'elle tenait sous clé, et elles se déversaient, souffrances et peines mêlées, culpabilité et soulagement, tout, y compris les sentiments qu'elle éprouvait pour Mac.

Elle prit une profonde inspiration. Elle ne pouvait pas s'attarder sur la confusion dans laquelle il la plongeait. Cela avait toujours été le cas, et elle ne parvenait toujours pas à comprendre pourquoi. D'ordinaire, elle n'avait aucun mal à avoir un avis. Toutes ses décisions étaient soigneusement pesées, étudiées, comme quand elle avait décidé d'épouser Tim.

A l'époque, ce mariage lui était apparu comme une bonne chose : ils venaient du même milieu, partageaient les mêmes valeurs et des attentes similaires. Leur union était vouée au succès, selon elle. Toutefois, avec le recul, elle se rendait compte que cela ne suffisait pas. Leur compatibilité sur le papier ne signifiait pas une véritable entente, ses sentiments pour Tim n'étaient pas assez forts, surtout pour supporter son addiction à la drogue. Elle avait échoué auprès de lui, parce qu'il ne comptait pas assez pour elle. Serait-elle d'ailleurs jamais capable d'aimer assez profondément quelqu'un ?

Etendue sur le lit, elle se cramponna au T-shirt, tandis que la tristesse la submergeait. Elle avait passé tant d'années à ignorer ses émotions, qu'elle avait perdu contact avec elles. Pas étonnant qu'elle ne puisse comprendre ce qu'elle éprouvait pour Mac.

4.

Le doux balancement du bateau réveilla Mac. Il ne s'était endormi qu'au petit matin, et d'un sommeil agité et peu réparateur. La nuit dernière avait été troublante pour plusieurs raisons, la principale étant que Bella avait dormi sur son bateau. Il l'avait entendue pleurer à plusieurs reprises, et avait dû se faire violence pour s'empêcher d'aller la voir. Mais chaque fois, la pensée de ce qui risquerait fort de se produire, le cas échéant, l'avait aidé à contrôler son désir.

A cette pensée, précisément, son corps répondit avec une vigueur inattendue, et il eut un long soupir. Il devait arrêter ça ! Peut-être était-il temps de songer à briser ce vœu de célibat, avant que la question du sexe ne se transforme en un problème majeur.

Il se leva, et après avoir mis de l'eau à bouillir, ouvrit la fenêtre pour laisser entrer de l'air frais dans la cabine. Il avait plu toute la nuit, et il grimaça lorsque des gouttes d'eau éclaboussèrent sa tête et son torse. Il attrapa aussitôt une serviette pour se sécher le visage, quand il entendit la porte de la chambre s'ouvrir.

Bella portait le T-Shirt qu'il lui avait prêté, et même s'il descendait jusqu'à mi-cuisse, le vêtement laissait voir ce qu'il fallait de ses jambes au galbe parfait. Malgré lui, il la dévora des yeux. Le T-shirt avait beau être trop grand pour elle, le fin coton réussissait à souligner la courbe de ses hanches, la finesse de sa taille, sans oublier le léger renflement de ses seins…

Il avala une grande goulée d'air en voyant ses tétons pointer sous le coton. Même s'il se doutait que cette réaction était due à la température de la cabine, cela ne l'aidait guère. Il se surprit à imaginer les seins de Bella, durcissant sous l'effet de ses caresses.

Il tâcha de masquer son trouble en s'éclaircissant la voix, tandis qu'elle le regardait, alarmée.

— Hum ! j'ai un peu la voix cassée ce matin, marmonna-t-il en attrapant le café.

— C'est vrai qu'il fait un peu frais ici, répondit-elle, en enroulant les bras autour de son corps.

Il nota la seconde exacte où elle se rendit compte de ce qui se passait. Le rouge lui vint aux joues, et il la vit se précipiter dans la chambre. Ramassant son pull abandonné sur le bord du lit, elle l'enfila à la hâte.

— C'est mieux ainsi, dit-elle en se retournant.

Il aurait voulu objecter quelque chose, mais les mots restèrent coincés dans sa gorge, l'étouffant presque. Il se contenta de hocher de la tête, et s'efforça de se reprendre :

— Tu veux du café ? Des toasts ? Je peux en faire griller si tu en as envie.

Bella se tortilla, l'air gêné, dans l'encadrement de la porte, et il sentit ses sentiments se modifier de nouveau. C'était de la tendresse qu'il éprouvait à présent, tandis qu'il se tournait vers la corbeille à pain. Même quand ils étaient étudiants, Bella avait la réputation de ne jamais perdre le contrôle d'elle-même. Jamais il ne l'avait vue aussi mal à l'aise.

Il regretta soudain sa proposition.

— Il n'y a pas de toaster malheureusement, reprit-il. Il faudra le faire à l'ancienne, au gril.

Il lui alluma l'appareil.

— Le beurre est dans le frigo, et il y a de la marmelade dans le placard, juste là.

Après lui avoir indiqué l'endroit où étaient rangées les choses, il se dirigea vers la chambre.

— Je vais prendre une douche en attendant, d'accord ?

— Parfait.

Bella attrapa une miche de pain dans la corbeille. Elle saisit un couteau, et commença à en découper des tranches, le bout de sa langue pointant entre ses lèvres. Il se détourna, peu préparé à affronter autant de tentations, dès le matin. Il ne voulait pas penser à sa langue, ni à l'effet que ça lui ferait si elle effleurait sa bouche…

Il y avait assez d'eau chaude dans le ballon, mais il tourna la poignée vers le froid. Entrant sous la douche glacée, il frissonna. S'il y avait bien une chose qu'il ne supportait pas, c'était les douches froides, seulement… il n'en méritait pas une chaude.

Fantasmer sur Bella était bien la dernière chose à faire ! Cela briserait leur amitié, et puis il ne pouvait pas trahir Tim de cette façon. Son ami avait renoncé à la drogue, mais comme tout ancien drogué, il était encore très fragile. Mac ne pouvait imaginer le mal qu'il lui infligerait, s'il couchait avec Bella. Le simple fait d'envisager une relation intime avec elle était inquiétant, cela dit. Qu'elle lui ait donné sa version de l'échec de son mariage ne signifiait pas qu'il devait se jouer d'elle. Car rien n'avait changé au bout du compte. Bella et Tim continuaient à former un couple.

Bella avait fini de préparer le petit déjeuner quand Mac réapparut. Il portait un chino bleu marine avec un T-shirt rayé bleu et blanc, et c'était un soulagement de le voir ainsi couvert. Même si le T-shirt et le short qu'il avait passés avant d'aller au lit avaient été des plus décents, ils ne laissaient tout de même guère de place à son imagination, révélant un peu trop de corps musclé à son goût.

Une chaleur se propagea soudain en elle. Elle posa le pain sur la table, furieuse contre elle-même. Elle avait vu des hommes bien moins couverts que Mac ce matin, et il était stupide se comporter comme… une vierge effarouchée.

— Je pourrais facilement m'habituer à ça, dit Mac d'un ton léger, en s'asseyant et en attrapant le café.

Il remplit les deux mugs, y ajoutant du lait et plusieurs cuillères de sucre.

— C'est une vraie bénédiction que quelqu'un me prépare le petit déjeuner.

— C'est la moindre des choses, murmura-t-elle, en s'asseyant en face de lui.

Son genou heurta le sien, et elle retira vivement la jambe, ignorant le trouble qui l'envahissait de nouveau.

Elle n'avait pas l'habitude de passer la nuit avec un homme. Elle n'avait jamais eu d'aventures, aucun homme d'un soir, comme beaucoup de ses semblables à l'université. Tim était le seul homme qu'elle ait jamais connu. Alors passer la nuit avec Mac, enfin… près de lui, était une expérience totalement inédite pour elle.

Cette pensée la déstabilisa plus encore. Elle semblait impliquer une décision préméditée de sa part. C'était faux bien sûr ; elle n'était restée cette nuit sur le bateau que pour reprendre des forces. L'année passée avait été très dure. Entre le stress du divorce et le déménagement à Dalverston, rien d'étonnant à ce qu'elle se soit retrouvée à bout de forces, hier soir. Elle se sentait bien mieux maintenant, moins anxieuse et dans un état plus proche de celui qu'elle connaissait. Passer la nuit ici avec Mac avait accompli des miracles, et il était bien dommage que recommencer soit exclu.

Elle mordit dans son toast, sidérée par cette pensée. Mac l'avait plongée dans un trouble sans précédent, elle devrait pourtant vouloir tout faire pour l'éviter, non ? Et cependant, s'il lui proposait de rester la nuit prochaine, ainsi que la nuit suivante, il n'y avait aucun doute qu'elle accepterait avec joie. Côtoyer Mac était déconcertant, mais lui faisait du bien.

Ils terminèrent leur petit déjeuner en discutant agréablement. Mac vida son mug en soupirant.

— Je vais devoir partir, sinon je vais être en retard. Tu travailles aujourd'hui ?

Elle s'empara à son tour de son mug et de son assiette, pour les porter dans le minuscule évier où elle mit de l'eau à couler.

— Non, comme je travaille tout le week-end, je suis libre aujourd'hui et demain.

— Quelle chance ! Je dois vraiment y aller, ajouta-t-il avec une grimace, après avoir consulté sa montre. Et je croise les doigts pour qu'ils n'aient pas changé les horaires de bus, sinon je vais être sérieusement en retard.

— Le bus ? Pourquoi tu dois prendre le bus ? demanda-t-elle en rinçant puis en séchant leurs mugs.

— J'ai laissé ma moto à l'hôpital, hier soir.

Elle soupira.

— Parce que tu m'as raccompagnée ? Je suis désolée.

— Ce n'est pas grave. Bon, j'y vais.

— Tiens, prends ma voiture, répliqua-t-elle en lui tendant les clés. J'insiste. C'est ma faute si tu as laissé ta moto à l'hôpital, donc c'est le moins que je puisse faire.

— Et toi ? demanda-t-il en fronçant les sourcils. Comment vas-tu rentrer ?

— Ne t'inquiète pas pour moi. Je prendrai un taxi. Pars, tu vas être en retard.

— Oui m'dame, répondit-il avec un sourire. Personne ne t'a jamais dit que tu étais autoritaire ?

— Pas récemment, non, répliqua-t-elle en souriant.

L'ayant suivi jusqu'au ponton, elle s'arrêta en même temps que lui. Ses yeux bleus étaient très sombres.

— Tu es sûre que ça va aller ? J'ai l'impression de t'abandonner.

— Ne sois pas stupide, lança-t-elle avec légèreté.

Elle le dévisagea, néanmoins, profondément touchée de son attention.

Cela faisait longtemps qu'on ne s'était pas inquiété pour elle de cette façon.

— Ça va très bien se passer, reprit-elle. Je vais ranger et appeler un taxi… Oh ! attends, quelle est ton adresse ? Je n'ai aucune idée de l'endroit où on est.

— Too-Good Lane.

Mac plongea la main dans une poche, et en sortit un ticket de supermarché, sur lequel il écrivit un numéro.

— Appelle Dennis et demande-lui de venir te chercher. Il est sympathique et très fiable. Tu seras en sécurité avec lui.

Elle voulut regagner la cabine, en apercevant un joggeur qui arrivait sur le quai. Elle était fort peu vêtue. Qu'est-ce que les gens allaient penser, s'ils la voyaient porter l'un des T-Shirt de Mac ? Ils s'imagineraient qu'ils avaient passé la nuit ensemble. Une chaleur l'envahit, tandis qu'une foule d'images lui traversait la tête : les yeux de Mac, profonds et sombres quand ils la contemplaient, la sensation de ses mains lui caressant le corps, de la gorge aux cuisses…

Un frémissement la parcourut, et elle se retourna. Il lui lança un joyeux « au revoir », alors qu'il quittait le bateau. Elle réussit même à lui répondre, mais tout lui parvenait comme dans un rêve. Tout ce qu'elle imaginait, en cet instant, c'étaient les mains de Mac en train de la caresser.

Elle se dépêcha de rentrer et se planta dans la cabine, ses bras enroulés autour du corps. Elle ne s'était jamais sentie aussi troublée par le passé, ni assaillie par un tel désir. Bien qu'elle ait apprécié faire l'amour avec Tim au début, elle n'avait jamais désiré aussi passionnément son contact. Submergée par une soudaine poussée d'adrénaline, elle se rendit compte que si Mac lui faisait l'amour, ce serait très différent. Elle ne serait pas capable de se replier en elle-même — elle ne le voudrait pas, de toute façon. Si Mac lui faisait l'amour, elle serait incapable de rester sur ses gardes. Il libérerait ses passions, réveillerait ses désirs, et une fois que cela se serait produit, impossible de faire machine arrière.

Elle frémit. Oui, elle changerait pour toujours, deviendrait une tout autre personne, une femme qui non seulement éprouverait des émotions, mais aurait aussi besoin de les ressentir. Pourrait-elle affronter ça ?

Mac fut débordé dès qu'il arriva au travail. Il y avait eu un accident entre un camion et un bus de ramassage scolaire. Il y avait trente-trois blessés, et chacun avait besoin de soins rapides. Heureusement, Trish Baxter, l'une des infirmières les plus expérimentées, était de service ce jour-là, et elle s'occupa du tri. Les enfants les plus légèrement blessés — ceux qui n'avaient que des bleus et des entailles superficielles — devaient patienter, tandis que les autres étaient envoyés dans les box, ou dans les salles de soins. Heureusement, seuls deux enfants étaient blessés au point d'avoir besoin d'aller en réanimation, et Mac s'en occupa. Des jumeaux de douze ans, Emily et Ethan Harris, qui étaient assis pile à l'endroit percuté par le camion.

— Bonjour, je suis Mac et je suis médecin, leur expliqua-t-il, tandis que les brancardiers transportaient les enfants sur leurs tables roulantes respectives. Il écouta attentivement le tableau clinique de l'état des jumeaux. Emily était touchée au bras droit et souffrait beaucoup. Son frère, quant à lui, respirait avec difficulté. Ethan avait été projeté dans l'allée par la force de l'impact, puis piégé par un siège qui s'était délogé de son socle. Sans doute s'était-il fracturé une côte, ce qui pouvait amoindrir ses capacités respiratoires, si la plèvre avait été perforée. Le garçon avait besoin de soins en urgence. Mac se tourna vers Helen Robertson, l'interne de première année qui travaillait avec lui.

— Prends la fille. Elle a besoin d'une radio, et ensuite, nous verrons plus clairement ce qu'il faudra faire. Si son épaule s'est déboîtée, il faudra la remettre en place, avant que les nerfs ne soient abîmés. Vérifie aussi s'il n'y a pas une fracture de l'humérus, OK ?

Helen hocha la tête, visiblement déstabilisée d'être tout à coup en charge d'un patient. Il la regarda, tandis qu'elle courait au téléphone pour joindre le service de radiologie. Elle se débrouillerait très bien, mais il garderait tout même un œil sur elle. Car si elle voulait acquérir de l'expérience, elle devrait se jeter à l'eau, comme tout jeune médecin. Il se concentra de nouveau sur Ethan, et après avoir pris son pouls, mesura son niveau d'oxygène. Bailey Thomas, l'infirmière de réanimation, l'accompagnait, et il lui annonça qu'il souhaitait procéder à une aspiration.

— J'ai bien peur qu'il n'y ait du sang dans la cavité pleurale, pas vous ? Voyons si on peut le retirer, et permettre ainsi au patient de respirer un peu plus facilement.

Bailey attrapa ce dont ils avaient besoin, et Mac commença l'opération, introduisant l'aiguille à l'intérieur de la plèvre, entre les côtes du garçon. Il ne fut pas surpris de voir immédiatement du sang s'écouler.

— C'est bien un hémothorax, dit-il en regardant Bailey.

Du coin de l'œil, il vit la radiologue accrocher la radio d'Emily sur le moniteur. Même de là où il se trouvait, il constata que la jeune fille avait une fracture de l'humérus, mais ne dit rien. Il voulait que Helen pose le diagnostic elle-même.

— Voyons voir si nous pouvons faire mieux ici, reprit-il en se tournant vers Ethan.

Il aspira encore du sang, avant d'être satisfait de l'état de son patient. Les constantes d'Ethan étaient revenues à un état normal, et le jeune homme respirait à présent de manière régulière. On pouvait donc s'occuper de ses autres blessures. Il appela alors la radiologue, et lui demanda d'effectuer des radios du corps entier. Puis, tandis que sa collègue s'en occupait, il se rendit auprès de Helen.

— Alors, comment ça se passe ? demanda-t-il, pour qu'elle lui fasse part de ses constats.

— Comme vous l'aviez supposé, l'humérus est fracturé dans le coin supérieur.

Helen désigna la fracture, et il acquiesça.

— En effet, bien vu. Son épaule est également luxée, il faudra s'en occuper aussi.

— Que dois-je faire ? demanda Helen, d'un ton perplexe. Dois-je réduire la luxation, et remettre l'humérus en place ? Je ne me suis jamais occupée d'un cas semblable.

— Ce serait bien trop douloureux pour Emily, si nous faisions ça ici. D'autant que la présence de la fracture complique les choses, expliqua-t-il.

Mac aimait aider les jeunes docteurs : contrairement à certains de ses pairs, il ne considérait pas cela comme une perte de temps. Plus vastes étaient les connaissances de chacun, plus aisé serait le travail de l'équipe.

— Appelez le bloc, et réservez une place dès que possible. Ils s'occuperont de tout, sans même qu'Emily s'en rende compte. Il faudra juste demander à ses parents de signer l'autorisation d'opérer, et ensuite foncez. Voyez d'abord s'ils sont arrivés et si non, demandez à la police de les contacter. Dites-leur que c'est urgent. Il ne faut surtout pas perdre de temps, alors allons-y. C'est l'une des rares occasions où vous êtes autorisée à mentir à la police.

— Aucun problème ! répondit Helen en riant.

Et elle sortit de la salle.

Il sourit, et retourna à ses patients. De ce qu'il pouvait en voir pour l'instant, Helen avait tout pour faire un très bon médecin. Elle apprendrait beaucoup en travaillant ici. Cela le rendit soudain heureux d'être en charge d'un service d'urgences pédiatriques. Il avait eu des doutes, quand il s'était rendu compte que Bella travaillait ici, elle aussi. Après tout ce que Tim lui avait dit, c'était normal, même s'il avait peut-être fait preuve de précipitation dans son jugement. OK, il y avait eu un ou deux petits soucis, mais Bella et lui s'entendaient, somme toute, remarquablement.

La radiologue interrompit le cours de ses pensées pour

lui annoncer que les clichés étaient prêts, et il se tourna vers le moniteur. Il aurait amplement le temps de repenser à sa relation avec Bella plus tard.

Son cœur battit plus vite. Depuis quand entretenait-il une « relation » avec Bella ? Certainement pas avant la nuit dernière. Tout au plus aurait-il qualifié leurs rapports d'« amicaux » — Bella et lui étaient amis, rien de plus. Cependant, il sentait au fond de lui que ce n'était plus le cas. Du moins, que les choses avaient évolué. Presque à leur insu, leur amitié venait de franchir un nouveau stade, leurs rapports étaient devenus une relation. Etait-ce une bonne chose ou non ? Il l'ignorait, mais n'avait certainement pas le pouvoir d'y changer quoi que ce soit.

Il inspira et regarda l'écran.

Bella regarda le taxi s'éloigner de l'hôpital. Elle allait récupérer ses clés auprès de Mac, et rentrer directement. Plus vite elle serait chez elle, plus vite elle se débarrasserait de l'envie obsédante de passer une nouvelle nuit dans son bateau. Certes, la nuit dernière lui avait été extrêmement bénéfique, mais elle devait se prendre en main elle-même. Elle ne pouvait pas attendre de Mac qu'il continue à la chouchouter.

Elle se rendit directement à la réception, et découvrit une multitude d'enfants dans la salle d'attente. Nul besoin d'être un génie pour comprendre que quelque chose de grave avait dû se produire. Elle se précipita donc à l'infirmerie. Trish Baxter ajoutait des noms au tableau. Elle grimaça en apercevant Bella.

— Nous n'avons plus de place.

— Que s'est-il passé ? demanda Bella en examinant la liste.

D'après ce qu'elle voyait, il y avait quinze enfants attendant d'être examinés, plus six en salle de soins, trois dans les box, et deux en salle de réanimation.

— Un camion a percuté un bus qui emmenait des ados au lycée, expliqua Trish. Ça a été pour le moins chaotique ce matin.

— J'imagine, répliqua-t-elle en ôtant sa veste. Qui est le prochain sur la liste ? Une certaine Freya Watson, à ce que je vois.

— Je pensais que tu étais de repos aujourd'hui, dit Trish, alors qu'elles se dirigeaient vers la réception.

— En effet. Mais je ne peux pas repartir, et vous laisser avec cette pagaille.

Elle récupéra la fiche de la fille, et jeta un coup d'œil dans la salle d'attente.

— Freya Watson ? appela-t-elle, en esquissant un sourire chaleureux à l'adresse de la grande rousse qui se leva, hésitante. Viens avec moi, nous allons nous occuper de toi.

Elle la guida vers l'un des box. D'après sa fiche, Freya avait seize ans, et entamait sa dernière année de lycée. Elle semblait extrêmement nerveuse et s'assit sur le lit, tandis que Bella continuait à lui sourire.

— Cela a dû être un grand choc pour toi. C'est tout à fait normal, que tu sois secouée. Je vais juste vérifier que tout va bien, et dès que tes parents seront là, tu pourras rentrer.

Freya ne répondit rien, gardant les yeux rivés sur le plancher. Bien que la fiche n'indiquât que de légères contusions, Bella soupçonnait que quelque chose d'autre clochait chez la jeune fille. Elle continua donc son examen sans rien dire. Si quelque chose n'allait pas, elle s'en rendrait rapidement compte. Freya avait de larges bleus sur les cuisses, apparemment douloureux au toucher, car elle grimaça quand Bella les effleura.

Elle observa les hématomes.

— Comment est-ce arrivé ? demanda-t-elle.

— Un sac est tombé du porte-bagages, et m'a atterri dessus, murmura Freya

— Je vois, ça a dû être douloureux, dis donc. Je peux

vérifier ton ventre ? Je veux juste m'assurer qu'il n'y a pas d'autres bleus.

Elle était sur le point de déboutonner la veste trop large de Freya quand celle-ci la repoussa, le regard déformé par la peur.

— Je vais bien ! s'écria-t-elle en essayant de se relever.

Mais à peine eut-elle prononcé ces mots, qu'elle se recroquevilla, sous l'effet de la douleur.

Bella la rattrapa alors qu'elle s'effondrait.

— Il est évident que tu ne vas pas bien, Freya, je vais juste t'examiner, vérifier que tu n'es pas gravement blessée.

De grosses larmes commencèrent à couler sur les joues de la jeune fille, tandis que Bella déboutonnait sa veste. Dès qu'elle eut fini, elle comprit : Freya était enceinte, et d'après ce qu'elle pouvait voir, la grossesse touchait à sa fin. Elle choisit ses mots avec précaution, sachant à quel point il était important de gagner la confiance de la jeune fille.

— Sais-tu quand ton bébé va naître, Freya ?

— Non, pas vraiment. J'espérais que ce n'était pas vrai.

Elle leva les yeux, et à la vue de la peur qu'ils recelaient Bella sentit son cœur se serrer.

— Mes parents vont me tuer quand ils l'apprendront, poursuivit l'adolescente. Ils sont toujours en train de répéter que je dois me montrer prudente.

— Je suis sûr que ça ira, une fois qu'ils auront encaissé le choc, répliqua-t-elle.

Elle croisa les doigts mentalement.

Puis elle procéda à un rapide examen de l'adolescente, de plus en plus inquiète, en constatant que la tête du bébé était déjà engagée. Comme elle l'avait pressenti, la grossesse touchait à son terme, et Freya laissa échapper un gémissement. Il n'y avait plus de temps à perdre : le bébé était sur le point de naître. Courant vers le téléphone, elle appela la maternité, leur demandant d'envoyer une sage-femme en urgence. En attendant, elle allait se débrouiller comme elle le pourrait, bien que son dernier accouchement remonte à quelques années. Sortant la tête du box, elle appela Trish, qui finissait justement d'examiner un patient, puis une fois celle-ci près d'elle, baissa la voix pour ne pas diffuser l'information dans toute la salle. Même s'il y avait peu d'espoir que l'arrivée du bébé demeure un secret bien longtemps, au moins ses camarades de classe ne seraient-ils pas avertis tout de suite.

— On a un petit souci : Freya est enceinte, et le bébé est sur le point de naître. J'ai fait venir une sage-femme, mais j'ignore dans combien de temps elle sera là, donc il va nous falloir nous débrouiller avec les moyens du bord, en attendant. Est-ce qu'on peut la transférer en salle de réa, pour lui donner un peu d'intimité ? Ses parents ne savent pas qu'elle est enceinte.

— Mon Dieu ! s'exclama Trish. Je connais ses parents, et crois-moi, ils vont faire une attaque. Ils sont très stricts, d'après ce que j'ai pu voir.

— Super, répondit Bella en soupirant. Je vais appeler les services sociaux, dès que j'aurai une minute de libre, mais ma plus grande préoccupation, pour l'instant, c'est de ne pas ébruiter la nouvelle dans toute son école. Est-ce que Mac a fini en réa ?

— Je vais vérifier. Je reviens tout de suite.

Trish fila dans le couloir, et elle revint dans le box. Freya gémissait en se tordant de douleur, apparemment en plein travail. Bella l'examina de nouveau et grimaça : son col était complètement dilaté à présent. Le bébé n'allait pas tarder.

— Ton bébé arrive, lui murmura-t-elle. Je sais que ça fait mal, ma belle, mais quand la sage-femme sera là, elle te donnera des antidouleurs. Tu sais ce qui se passe, quand un enfant naît ?

Freya acquiesça

— On a appris en cours de sciences comment le col se dilate et se raccourcit, pour laisser passer le bébé.

— C'est bien. Au moins tu as une idée de ce qui va se passer, ça ne peut que t'aider.

Bella jeta un coup d'œil à la ronde, quand elle entendit les rideaux s'ouvrir : Mac les rejoignait dans le box. Même s'il y avait à peine une heure qu'ils s'étaient séparés, elle avait l'impression de le voir avec des yeux nouveaux.

Elle respira profondément. Elle se devait d'affronter la réalité : au fond, elle avait toujours été sensible à son charme, elle avait simplement eu trop peur de le reconnaître.

5.

Le bébé de Freya arriva vingt minutes plus tard. C'était une petite fille, absolument parfaite, en dépit du fait que sa mère n'avait pas été suivie durant sa grossesse. Mac plaça doucement le nourrisson dans les bras de l'adolescente, curieux de savoir ce qui allait se passer. Bella lui avait expliqué la situation : les parents de Freya allaient-ils aider leur fille, malgré le choc ?

Il soupira. Il lui suffisait de penser à ce qui était arrivé à sa mère, pour savoir que le *happy end* n'était pas garanti. Ses grands-parents maternels avaient refusé de revoir leur fille, après sa naissance. Et comme son père avait été élevé par l'assistance publique, sans le moindre contact avec sa propre famille, ses parents avaient dû batailler tout seuls. Même si son père avait fait du mieux qu'il pouvait, son manque de qualification l'avait condamné à des emplois sous-payés. Issue de la classe moyenne aisée, sa mère avait, quant à elle, eu du mal à s'adapter au changement de vie. Il laissa échapper un soupir. Rien d'étonnant à ce qu'elle les ait finalement abandonnés.

— La sage-femme sera là d'un instant à l'autre, déclara Bella, qui venait d'appeler la maternité. Visiblement, ils sont en sous-effectif, c'est pour ça qu'ils mettent tant de temps. Mais ils ont promis de nous en envoyer une au plus vite.

— Ils ne pourront pas faire grand-chose de plus, de toute façon, répliqua-t-il, laconiquement.

— En effet. Et je suis contente que tu aies été là. Cela

faisait un bail que je n'avais pas participé à un accouchement. Je suis un peu rouillée, j'en ai bien peur.

— Ces dernières années, j'en ai fait plus souvent qu'à mon tour, dit-il, avec une pointe d'ironie. On doit se faire la main à pleins de trucs, quand on travaille à l'étranger.

— Eh bien, ça t'a été bien utile, aujourd'hui.

Il la dévisagea. Elle souriait, mais il y avait une certaine méfiance dans son regard. Quelque chose l'avait contrariée ? Avant qu'il ne puisse étudier la question, Trish passa sa tête rousse dans l'entrebâillement de la porte.

— M. et Mme Watson sont arrivés. Tu veux qu'on fasse comment, Bella ? Je les amène tout de suite ici, ou tu préfères leur parler d'abord ?

— Je vais commencer par discuter avec eux, répondit Bella avec un soupir. Je vais envoyer Jenny tenir compagnie à Freya, ajouta-t-elle en se tournant vers Mac. Tu dois avoir autre chose à faire.

— Je vais aller vérifier le nombre d'enfants encore en attente d'examens, répondit-il en la suivant vers la sortie. Ça va être un grand choc pour ses parents, reprit-il, en jetant un dernier regard sur Freya. Espérons qu'ils sauront le surmonter. Leur fille aura besoin de soutien dans les mois à venir.

— Oui, répondit Bella. Avoir un bébé à son âge, ce n'est pas rien.

— Tu m'étonnes. Mes parents devaient avoir seulement un ou deux ans de plus qu'elle, quand ils m'ont eu…

Il s'interrompit, regrettant aussitôt ses paroles. Quelle qu'en fût la raison, il était trop à fleur de peau pour se sentir à l'aise avec les confidences.

— Je l'ignorais, répliqua Bella, tandis qu'ils atteignaient la réception. Ça a dû être difficile pour eux, non ? Tes grands-parents les ont-ils aidés ?

— Non, mon père vient de l'Assistance. Quant à ma mère, ses parents ont décrété qu'elle avait fait son choix, et devrait donc en assumer les conséquences. Ils auraient voulu qu'elle avorte, mais elle a refusé, ajouta-t-il. Alors, à partir de là, ils ont coupé tout contact avec elle.

— Vraiment ? Ça a dû être affreux pour elle ! Et pour toi aussi, d'ailleurs, ajouta-t-elle, avec compassion.

— J'ai survécu, répliqua-t-il avec un sourire figé.

Il s'efforça de chasser l'émotion qui l'envahissait. Certes, c'était douloureux de savoir que ses grands-parents lui avaient tourné le dos, mais il était bien trop âgé pour se mettre à pleurer. Il se redressa, bien déterminé à ne pas montrer à Bella qu'elle avait touché une corde sensible. Il n'avait aucune envie de se ridiculiser !

— OK, je vais voir où nous en sommes. A plus.

— J'y compte bien.

Il perçut une légère mélancolie dans sa voix, mais refusa de s'interroger là-dessus.

Il alla vérifier le nombre de petits patients encore en attente : seulement une dizaine. Il se dirigea alors vers le box le plus proche. Tant que son esprit était occupé, il ne commencerait pas à ressasser.

Il soupira. Jamais il n'avait été confronté à ce problème auparavant. Il n'était pas du genre émotif, normalement. Mais à la minute où Bella lui avait manifesté de la compassion, il avait eu envie de pleurer. Que lui arrivait-il ? Il y avait eu les pensées de la nuit dernière — impliquant Bella et lui, dans un lit — et maintenant ce… truc. Il devait se reprendre. Peut-être l'amenait-elle à éprouver des choses inédites, mais quoi qu'il en soit, pour lui, elle était toujours unie à Tim. Pas question qu'il soit responsable d'une rechute de son ami ! Non, Bella était hors de portée, comme autrefois. Et comme toujours. Point à la ligne.

Il était presque midi quand Bella songea à partir. Les derniers patients avaient été examinés et renvoyés chez eux, et le service avait plus ou moins repris son cours ordinaire. Bon, restait encore tout un tas de papiers à remplir, mais elle pouvait les laisser à Mac. Elle était tout de même censée être en congé, aujourd'hui, donc elle n'avait pas à se sentir coupable de rentrer chez elle. Aussi prit-elle ses affaires, et se mit-elle en route. Ce fut seulement en arrivant à sa voiture, qu'elle se rappela avoir oublié de demander ses clés à Mac.

Elle soupira en rebroussant chemin. Certes, elle aurait pu se débrouiller sans avoir à lui parler de nouveau. Ce qu'il lui avait révélé sur sa famille l'avait affectée bien plus qu'elle ne l'aurait cru. Cela avait dû être très dur pour lui de grandir en ayant été rejeté par ses grands-parents.

Elle se morigéna aussitôt. Elle devait arrêter de penser tout le temps à Mac. Bon, d'accord, elle prenait ses intérêts à cœur, mais elle ne pouvait non plus se laisser envahir à ce point. Elle devait intégrer au plus vite, qu'il n'était rien de plus qu'un collègue.

Elle allait rentrer dans l'hôpital quand Mac surgit, souriant tristement, tout en lui tendant ses clés de voiture.

— Ça pourrait te servir, non ? Désolé, j'aurais dû te les rendre plus tôt.

— Aucun souci.

Elle esquissa un sourire, pour masquer sa gêne. Pourquoi n'avait-elle encore jamais remarqué la magnifique nuance de bleu, qui illuminait ses yeux ? Et pourquoi découvrait-elle seulement maintenant à quel point il était grand, fin et musclé ? Emportée par ces pensées, elle mit du temps à comprendre qu'il lui avait posé une question.

— Désolé, balbutia-t-elle enfin. Qu'est-ce que tu as dit ?

— Je voulais savoir comment ça s'était passé avec les parents de Freya.

Elle frissonna au son de cette voix profonde. Surtout ne pas lui laisser voir à quel point elle en était troublée. Si elle n'avait pas remarqué ses yeux ou son physique jusqu'à maintenant, elle s'était encore moins aperçue de la beauté de sa voix. Elle prit une longue inspiration.

— Pas très bien, j'en ai peur. Ils ont commencé par

douter de mes paroles, et suggéré qu'on avait dû se tromper de nom. Ensuite, quand je les ai conduits auprès de Freya, ils se sont mis à lui crier dessus. A tel point que j'ai dû les prier de quitter la chambre, ajouta-t-elle en soupirant.

— C'est terrible. Comment Freya a-t-elle réagi ?

— Comme on pouvait s'y attendre. Elle était en larmes. J'ai eu du mal à la calmer, mais c'est normal, à son âge.

— Tout à fait. Que va-t-il se passer quand elle quittera l'hôpital ? Ses parents vont-ils l'héberger ?

Elle secoua la tête.

— Ça m'étonnerait, vu ce que j'ai entendu. J'ai parlé aux services sociaux, et ils ont promis de lui rendre visite. Ils vont essayer de lui trouver un logement, sauf si, par miracle, M. et Mme Watson changeaient d'avis.

— Je me demande ce qui est le pire : se retrouver seul dans un logement misérable, ou rentrer chez soi pour affronter des reproches constants.

— Moi aussi, mais la seule chose que nous puissions faire, c'est prier pour un miracle.

— Prier pour que le cœur des parents de Freya s'ouvre ? répliqua-t-il d'un ton sceptique. Crois-en mon expérience, ça arrive rarement.

— Tes grands-parents ne sont jamais revenus sur leur condamnation ? demanda-t-elle.

— Non. Ma mère a bien essayé de leur faire entendre raison, mais ils ne voulaient rien avoir à faire, ni avec elle ni avec moi. Je ne les ai jamais rencontrés, en fait.

— Comme c'est triste ! Et pas seulement pour ta mère et toi, mais aussi pour eux. Ils se sont privés du plaisir de te voir grandir.

— De toute évidence, cela ne les préoccupait pas trop. La honte d'avoir une fille-mère hors mariage était trop insurmontable.

Elle secoua de nouveau la tête, indignée.

— Je ne comprends pas les gens comme ça ! Bon, d'accord, mes parents se souciaient plus de leur carrière que de moi, mais je suis certaine qu'ils m'auraient aidée, si je m'étais retrouvée dans cette situation.

— Ils ne risquaient pas grand-chose, de toute façon.

— Qu'est-ce que tu veux dire ? demanda-t-elle, étonnée.

— Rien, laisse tomber. Je ferais mieux d'y aller. Merci encore pour ta voiture.

Elle le vit qui rebroussait chemin, mais elle ne pouvait le laisser s'en aller sans autre explication. Elle lui agrippa le bras, consciente de la chaleur qui embrasa aussitôt sa peau, c'était pourtant tout ce qu'elle pouvait faire pour l'empêcher de partir.

— Je veux savoir ce que tu sous-entendais, déclara-t-elle fermement.

Elle s'efforça de se reprendre, désireuse de faire taire ses sensations.

Elle lui touchait juste le bras, bon sang, elle ne faisait pas l'amour avec lui !

— Alors ? reprit-elle avec force.

— Tim m'a dit que tu ne voulais pas avoir d'enfants.

Leurs yeux se croisèrent, et la condamnation qu'elle lut dans les siens la pétrifia.

— Il en a beaucoup souffert, et je le comprends. Avoir un enfant, c'était exactement ce qu'il lui aurait fallu pour rester dans le droit chemin.

Elle le fixa, blessée, au-delà du concevable.

— C'est ce que Tim t'a raconté ou c'est une invention de ta part ? demanda-t-elle froidement.

Elle baissa les yeux. Une fois de plus, Mac lui reprochait ce qui s'était passé, et c'était pire, après la nuit dernière. Elle pensait qu'il avait commencé à admettre que l'échec de son mariage ne relevait pas de sa seule responsabilité, mais elle se trompait. Tout à coup, elle voulut le remettre à sa place, c'était tout ce qui comptait.

— Pas la peine de répondre. La vraie question, c'est : pourquoi ai-je refusé d'avoir un enfant ? Tim ne t'a pas expliqué, j'imagine. J'ai refusé, poursuivit-elle vivement, parce qu'il n'était pas question que je fasse naître un enfant non désiré. Tim ne t'a sans doute pas expliqué qu'il n'a voulu un enfant qu'à partir du moment où je lui ai dit que je le quittais. Il avait toujours refusé jusqu'alors.

Elle releva les yeux vers lui. Allait-il la croire ? Qu'il en ait ou non l'intention, elle lui dirait la vérité.

— Alors j'ai refusé à mon tour, reprit-elle. Point à la ligne. Et je me fiche bien de ce que tu en penses. Pas question que j'aie un enfant juste pour essayer de sauver notre mariage. Il était bel et bien terminé, crois-moi.

Sur ce, elle tourna les talons, ignorant le geste de Mac pour la retenir. Une fois installée au volant, elle démarra sans plus attendre, et quitta le parking. Et peu importait ce qu'elle ressentait exactement. Etait-elle plus furieuse que blessée, face à son refus de croire qu'elle n'était pas la seule fautive ? En tout cas, plus jamais elle ne s'imaginerait qu'il était de son côté. Elle avait pu en avoir l'illusion la nuit dernière, mais c'était précisément une illusion. Mac avait pris le parti de Tim. Elle ne comptait pas vraiment pour lui, malgré ce qu'il prétendait.

Mac se sentit affreusement mal pendant le reste de la journée. Il n'arrivait pas à s'ôter de l'esprit la souffrance de Bella, lorsqu'elle avait quitté le parking. Avant la fin de son service, il en était arrivé à la conclusion qu'il ne pouvait laisser les choses en l'état. Il devait arranger la situation. Si toutefois, cela était en son pouvoir…

Il prit sa moto pour se rendre dans le centre-ville. D'après son dossier à l'hôpital, elle vivait dans l'un des nouveaux immeubles construits à la place d'une vieille brasserie. Il avait entendu dire que les loyers y étaient prohibitifs, mais Bella devait en avoir les moyens. Encore une raison pour faire taire toute pensée fantaisiste à son endroit. En dépit de son salaire confortable, il ne jouait pas dans la même cour qu'elle.

Une fois arrivé, et après avoir garé sa moto, il se dirigea vers l'entrée de l'immeuble, et pressa le bouton de l'interphone. Il ne la blâmerait pas, si elle refusait de le voir, mais il avait vraiment besoin de s'expliquer avec elle.

— Bella, c'est moi, Mac. Il faut que je te parle.

— J'ai peur que ça ne soit pas le moment…

Il la coupa aussitôt :

— Je comprends que tu sois en colère, mais on doit s'expliquer, Bella. Une fois pour toutes.

Il avait la désagréable sensation que s'il ne tirait pas cette histoire au clair ce soir, il n'y arriverait jamais. Si Tim lui avait menti, il devait le savoir.

— Pourquoi ? répliqua-t-elle avec un petit rire douloureux. Quelle différence cela fait pour toi, si Tim t'a raconté des salades ? Ça ne t'empêchera pas de prendre fait et cause pour lui, ni de me rendre responsable de l'échec de notre mariage. De ton point de vue, j'aurais dû rester coincée avec lui, en dépit de tout…

— J'ai besoin de connaître la vérité, dit-il doucement.

Il secoua légèrement la tête, conscient de pénétrer en territoire dangereux.

Mais Bella méritait qu'il lui prête une oreille impartiale. Si elle consentait à lui parler.

— Je sais que c'est beaucoup te demander, mais s'il te plaît, laisse-moi entrer, qu'on discute de tout ça.

Il retint sa respiration, espérant malgré tout l'avoir convaincue. Il faillit crier son soulagement en entendant le déclic de la porte, et se rua sur l'ascenseur, de crainte qu'elle ne change d'avis. Il n'était pas certain de la manière dont il allait procéder. Peut-être vaudrait-il mieux attendre, et voir ce qui allait se passer. S'il l'interrogeait, il courait le risque de commettre un impair. Il soupira, quand l'ascenseur s'arrêta. En temps normal, il lui aurait simplement demandé sa version des faits. Mais dans le cas présent, la situation était complexe. Quelqu'un mentait, et il devait savoir qui.

Bella devait avoir entendu l'ascenseur, car elle ouvrit la porte, avant qu'il ait eu le temps de frapper. Sans dire un mot, elle s'effaça pour le laisser entrer. Il la suivit ensuite dans son salon, avant de s'arrêter, sidéré par la vue la plus spectaculaire qui soit : une baie vitrée, couvrant un mur entier, laissait voir les montagnes qui entouraient la ville.

— C'est fabuleux !

Il alla se planter devant la baie, pour mieux s'imprégner du panorama. Ce fut seulement en prenant conscience du silence, qu'il se souvint de la raison de sa venue. Se retournant lentement, il sentit son cœur se serrer devant l'air distant de Bella. Comme elle en avait l'habitude, elle se repliait sur elle-même, quand elle était blessée.

— Merci de m'avoir laissé entrer, balbutia-t-il.

Il s'efforça de réprimer son sentiment de culpabilité.

Il détestait lui avoir fait du mal, même si ce n'était pas intentionnel. Et il allait sans doute aggraver les choses, en continuant ses investigations, mais avait-il le choix ? Il avait besoin de la vérité.

Il rassembla le courage qui lui restait :

— Ce que tu m'as dit à propos de Tim, qui ne voulait pas avoir d'enfants jusqu'à ce que tu veuilles divorcer, c'était vrai ?

— Oui, mais je ne m'attends pas que tu me croies.

Il sentit son cœur se serrer encore. Elle le défiait, sans pour autant parvenir à masquer sa souffrance. A l'évidence, elle répugnait à discuter de ce qui s'était passé, et en d'autres circonstances, il n'aurait pas insisté. Mais s'assurer qu'il pouvait lui faire confiance était encore plus important que découvrir si Tim lui avait menti.

Il se figea. Cette pensée le stupéfiait, dans la mesure où elle réveillait des sentiments dont il pensait être venu à bout depuis des années. Après le départ de sa mère, il s'était dit qu'il était impossible de faire confiance à qui que ce soit. Il n'avait que sept ans alors, mais il se rappelait encore sa terreur, à l'idée que son père l'abandonne aussi.

Etait-ce pour cela qu'il fuyait toute forme d'engagement ? Qu'il mettait un terme à ses relations, avant qu'elles ne deviennent trop sérieuses ? Il ferma un instant les yeux. Il craignait de tomber amoureux, par peur de se faire quitter. Cette pensée en amena une autre, encore plus perturbante : était-ce la raison pour laquelle il voulait à tout prix s'assurer de pouvoir faire confiance à Bella ?

Il sentit la panique s'emparer de lui en comprenant à quel point sa situation était compliquée. Ses sentiments pour Bella étaient beaucoup moins simples qu'il ne l'avait cru. Ils semblaient évoluer de jour en jour, à vrai dire. Sa désillusion et sa colère face au comportement de Bella n'étaient plus aussi évidents, aujourd'hui.

Il sentit un filet de sueur couler dans son dos, quand il la dévisagea, et lui revinrent brusquement ses sentiments de la nuit dernière, sa soif de la toucher, de l'embrasser, de sentir son corps sous le sien. Rien à voir avec de la colère ou de la désillusion !

Bella ignorait les pensées de Mac, mais quelque chose dans le regard qu'il posait sur elle lui fit battre le cœur à toute allure. Elle se mordilla la lèvre, bien décidée à ne pas se laisser emporter par ses émotions. S'ils étaient là pour s'expliquer, elle devait rester calme. Elle lui avait donné sa version des choses, c'était désormais à lui de décider s'il la croyait ou non.

Elle se dirigea alors vers le chariot à alcool, et versa du cognac dans deux verres en cristal. Elle qui ne buvait quasiment jamais sentait qu'elle aurait besoin d'un peu de courage, pour affronter les minutes qui allaient suivre. Elle s'assit sur l'un des grands canapés de cuir noir, après avoir posé les boissons sur la table basse en acier et en verre. Elle avait loué cet appartement meublé, sans y changer quoi que ce soit. C'était un lieu où elle mangeait et dormait, et voilà qu'elle se retrouvait à se demander ce que Mac en aurait fait. A en juger par la chaleur de son bateau, cet endroit ne lui plaisait sans doute pas.

Bizarrement, elle trouva l'idée perturbante, mais refusa de s'y attarder. Mac se moquait bien de ses goûts en matière d'ameublement, il voulait juste savoir si elle était honnête ! Elle fulmina en prenant une gorgée de cognac. Elle n'avait rien fait de mal, et il devrait bien l'admettre.

— Vu que tu sembles être venu ici pour me parler, je suggère qu'on commence, déclara-t-elle.

Elle le fixa sans ciller. Pas question que la situation s'éternise. Si elle s'était sentie très mal en regagnant son appartement, elle avait eu le temps de se calmer. Elle ne se laisserait plus déstabiliser ainsi, quoi qu'il pense. Elle savait qu'elle disait vrai, et c'était tout ce qui comptait.

Elle étouffa le doute qui menaçait de poindre, sachant d'avance qu'il n'en faudrait pas beaucoup pour qu'il devienne envahissant. Mac vint prendre place en face d'elle, mais sans esquisser le moindre geste vers son cognac, les yeux rivés sur le plancher. Le cœur de Bella fit un bond dans sa poitrine quand elle vit l'expression lugubre qu'il arborait, après avoir enfin relevé la tête.

— Pourquoi Tim m'aurait-il menti ? Je ne comprends pas.

Il riva son regard au sien, avec une intensité telle qu'elle dut se faire violence pour ne pas baisser les yeux.

— C'est à lui qu'il faudrait le demander.

— Ça ne te met pas en colère qu'il te rende responsable de tout ce qui s'est passé ? répliqua-t-il.

— Si.

Elle parvint à réprimer un frisson, en entendant la colère dans sa voix. Etait-il furieux parce que Tim lui avait menti ou parce qu'il ne la croyait pas ? Mystère, mais elle ne devait pas se laisser troubler pour autant, ni laisser se déchaîner les émotions tapies dans son cœur. Elle se redressa.

— Dans ce cas, reprit-il, comment peux-tu rester là, à ne rien faire ? Tu devrais essayer de régler la situation, non ?

— Et qu'est-ce que tu suggères ? Que je contacte toutes mes connaissances pour leur dire que Tim ment ? demanda-t-elle d'un ton mordant. Quelques personnes me croiront peut-être, mais bien peu, j'en ai peur. La plupart prendront le parti de Tim, parce qu'il est bien plus extraverti que moi. J'ai tendance à garder les choses pour moi, et ça n'aide pas, lorsqu'on veut que les gens soient de votre côté. Regarde, toi-même, tu as du mal à me croire, Mac. Or, tu me connais mieux que n'importe qui.

6.

Mac sentit son pouls s'affoler. Elle pensait qu'il la connaissait mieux que quiconque ? Au vu des événements récents, c'était plus qu'il n'en pouvait supporter. Connaître Bella, corps et âme, était en effet son vœu le plus cher. Il s'éclaircit la voix :

— C'est bien pour ça que je veux savoir le fin mot de l'histoire !

Tant qu'il ne saurait pas qui disait vrai, il devait rester impartial. Or, il pourrait fort bien se laisser submerger par ses émotions s'il n'y prenait garde… Il se reprit, et se concentra pour chasser de son esprit tout ce qui n'avait rien à voir avec la raison de sa présence ici.

— Donc tu vas laisser les choses en l'état, sans essayer de te défendre ? reprit-il

— Pour faire bref, oui, répondit-elle en soupirant. Je ne vois pas l'utilité d'en faire un drame. Tim a clairement ses raisons pour me discréditer, et franchement, je n'ai pas envie d'un conflit public avec lui. Je sais ce qui s'est passé, cela me suffit.

— Tu prétends donc que tu te moques de l'opinion générale ? demanda-t-il en secouant la tête. Ça ne me semble pas juste. Pourquoi tout le monde devrait-il penser que c'était ta faute ?

Bella haussa les épaules.

— C'est comme ça que les choses fonctionnent, répliqua-t-elle

Elle le regarda en coin. Il ne fallait surtout pas qu'elle s'accroche à l'idée que Mac se souciait de son bien-être. Elle s'était bercée d'illusions la nuit dernière, et n'allait pas refaire la même erreur. Il devait agir ainsi par sens de l'équité, cela n'avait rien de personnel.

— Sans doute que Tim a trouvé ainsi un moyen de gérer la situation, ajouta-t-elle.

Elle se tut, refusant d'en dire davantage. Mac et elle n'avaient jamais été plus que des amis ; il serait stupide de s'imaginer que leur relation avait changé.

— Il a souffert, lui aussi, reprit-elle néanmoins, quand il a dû affronter son addiction. Tu sais comme moi à quel point c'est difficile.

— En effet, répondit-il d'un ton neutre. J'ai grandi dans un quartier où la drogue faisait partie du quotidien. Que Tim s'en soit sorti est à porter à son crédit, mais ça n'excuse en rien le fait qu'il aille raconter des mensonges à droite et à gauche. Il doit assumer ses responsabilités. Ça vous permettra peut-être de vous remettre ensemble.

— C'est exclu, dit-elle d'un ton ferme. Notre mariage est terminé, et nous n'essaierons pas de recommencer.

— Tu dois encore avoir des sentiments pour lui. Je sais, Bella, ça a été dur, sans doute plus pour toi que pour Tim, en fait, parce que lui devait surtout être obnubilé par sa consommation de drogue. Mais tu l'as aimé, jadis, ajouta-t-il en se penchant vers elle. Sans quoi, tu ne l'aurais pas épousé. Alors pourquoi vous refuser une seconde chance ?

— Comme je te l'ai dit, c'est impossible.

Elle se leva pour lui faire comprendre qu'elle n'avait pas l'intention de poursuivre dans cette direction. Tim et elle ne se remettraient jamais ensemble, pour la simple raison qu'elle ne l'avait jamais aimé.

Cette pensée était extrêmement douloureuse, révélant comme elle était déconnectée de ses émotions. Une vague de désespoir la submergea, alors qu'elle s'approchait de la porte. Comment pourrait-elle se fier de nouveau à son jugement ? Comment saurait-elle un jour qu'elle était retombée amoureuse ? Savoir qu'elle allait passer sa vie seule et dans l'incertitude était insupportable, surtout avec Mac dans les parages, lui qui semblait toujours si sûr de lui et de ce qu'il voulait.

Elle ouvrit la porte, et afficha un sourire figé :

— Merci d'être venu. On se voit au travail.

— Fin de la discussion ? J'ai dit ma phrase, toi la tienne, point à la ligne ?

Il fronça les sourcils, puis plongea ses yeux dans les siens.

Elle détourna la tête.

— Je ne vois pas ce qu'on pourrait rajouter, répondit-elle en haussant les épaules.

Sans doute était-ce stupide, mais elle avait toujours caressé le rêve de trouver l'homme de sa vie, et de tomber amoureuse. Peu de chances que cela se réalise, désormais.

— Tu connais ma version de l'histoire, à toi de décider qui croire.

— En d'autres termes, tu te fiches que je te voie comme une menteuse, s'exclama-t-il en riant. Je dois te reconnaître ce mérite, Bella : ta confiance en toi est stupéfiante !

— Tu te trompes. Je ne me sens pas du tout sûre de moi. Je n'ai aucune idée de ce que tu penses, Mac, mais qu'y puis-je ? Est-ce que je devrais essayer de te convaincre en te répétant les insultes ou les mensonges de Tim ? Ou en te racontant son aventure ? Non, ajouta-t-elle en secouant la tête. Pas question. Soit tu me crois, soit tu le crois. C'est aussi simple que ça.

— Une aventure ? De quoi tu parles ?

La stupeur de Mac lui fit recouvrer ses esprits. Elle regretta aussitôt d'avoir parlé. C'était sorti malgré elle.

— Peu importe…

— Bien sûr que si, c'est important !

Etait-ce un effet de son épuisement ? Toujours est-il qu'elle fut soudain incapable de se contenir davantage. Les larmes commencèrent à ruisseler sur son visage.

— Bella, je suis désolé ! s'écria-t-il. Je ne voulais pas te faire pleurer.

Ses larmes redoublèrent d'intensité quand il la prit dans ses bras et la pressa contre son corps solide. Cela faisait tellement longtemps que ça ne lui était plus arrivé.

— Chut ! Tout va bien, chérie, ne pleure pas. Tout ira bien, je te le promets.

Il resserra son étreinte, laissant glisser une main dans son dos pour la réconforter, et elle soupira. Elle sentait ses doigts descendre le long de sa colonne vertébrale. C'était doux, apaisant. Ayant atteint le creux de ses reins, sa main interrompit sa progression. Elle frémit. La tension devint soudain palpable, et ses larmes se tarirent aussitôt. Elle s'aperçut qu'elle retenait sa respiration dans l'attente de ce qui allait suivre.

Sa main remonta, reprenant la route qu'elle avait déjà suivie. Atteignant sa nuque, elle s'arrêta de nouveau, sous la masse de ses cheveux. Bella se mordit la lèvre, incapable de décider quelle attitude adopter : reculer et prétendre qu'elle réprouvait ce genre de contacts ? Ce serait un gros mensonge. Elle n'avait qu'une envie : que Mac la tienne et la caresse.

Une envie irrésistible.

Impuissante, elle releva les yeux vers lui, et sentit les battements de son cœur s'accélérer lorsqu'elle découvrit l'expression de Mac. Il comprenait visiblement à quel point elle était confuse, parce que lui-même ne semblait plus savoir où il en était. Cette seule pensée suffit à balayer ses hésitations, et sans plus réfléchir à ce qu'elle était en train de faire, elle attira sa tête à elle. Leurs bouches se rencontrèrent, se soudèrent. Jamais elle n'avait rien éprouvé de pareil. Il y avait du désir, dans ce baiser, mais bien davantage encore. Avec les lèvres de Mac sur les siennes, elle se sentait en sécurité, protégée. C'était comme si elle rentrait enfin chez elle, après un long voyage.

Impossible de savoir combien de temps dura ce baiser.

Quelques secondes ou une éternité. Elle tremblait lorsqu'ils se séparèrent, mais Mac était dans le même état. Il passa le pouce sur ses lèvres enflées, les yeux brillant de tendresse, ce qui la réchauffa. Elle n'était pas la seule à avoir été profondément bouleversée par ce qui venait de se passer.

— Je n'avais rien prévu, Bella, mais je ne regrette pas. J'espère qu'il en va de même de ton côté…

Sa voix était rauque, profonde, si pleine de désir qu'elle en frissonna. Elle produisait donc un tel effet sur lui ? Elle baissa les yeux, sidérée, incapable de comprendre comment on pouvait la désirer autant.

— Pas le moins du monde. Je ne suis pas désolée du tout, répondit-elle à voix basse.

Quand il l'attira de nouveau dans ses bras, elle sut ce qui allait se produire. Ils n'avaient peut-être rien prévu, mais inutile de nier, ils avaient déjà pensé à ce qu'ils éprouveraient en faisant l'amour l'un avec l'autre. Ce soir, ils allaient juste passer à l'action.

Elle ne protesta pas, quand il la prit dans ses bras pour l'emporter dans la chambre. Pourquoi l'aurait-elle fait, alors qu'elle le désirait tant ?

— Tu es bien sûre que c'est ce que tu veux, Bella ? lui murmura-t-il en l'allongeant sur le lit.

— Oui, répondit-elle.

Et elle lui attrapa la main. Elle lui mordilla le pouce, sans même rougir de son audace. C'était Mac, et tout ce qui se passerait entre eux ce soir serait juste.

— Je suis sûre, Mac. Sûre et certaine.

Un son monta du fond de la gorge de Mac lorsqu'il entreprit de se dévêtir. Son corps était fin et musclé, des plus désirables. Elle ne parvenait pas à se détacher du spectacle de cette virilité, surtout quand ses yeux avides tombèrent sur sa splendide érection. Elle parvint néanmoins à relever la tête, et le vit rire avec tendresse.

— C'est difficile pour un homme de cacher ce qu'il

ressent. Surtout quand il désire une femme comme je te désire, Bella.

— Ne t'excuse pas, répliqua-t-elle d'un ton gourmand.

La hardiesse dont elle faisait preuve l'aurait fait rougir autrefois, mais elle lui semblait à présent totalement naturelle. Elle sourit.

— C'est agréable de savoir que je ne suis pas la seule dans cet état.

— Ça, tu peux en être certaine !

Il s'allongea à côté d'elle et, après l'avoir prise dans ses bras, l'embrassa avec une passion qui lui donna des frissons dans tout le corps.

— Tu embrasses bien, Bella English, je n'ai pas à me plaindre sur le sujet, dit-il en souriant.

— Merci, répliqua-t-elle. J'espère que la suite ne te décevra pas non plus.

Il déposa un baiser sur son nez.

— J'aurais juste une petite remarque : tu es trop habillée pour ce que j'ai en tête…

Et joignant le geste à la parole, il posa les mains sur les boutons de son chemisier. Elle soupira. Sa modeste expérience ne l'avait pas préparée à une manière aussi détendue de faire l'amour. La passion était tempérée par l'humour, ce qui bizarrement aiguisait encore son excitation. Quand il lui ôta son chemisier, elle tremblait de désir, mais Mac n'avait visiblement pas l'intention de se presser.

Il ouvrit les pans de sa jupe avec une lenteur exquise, puis admira ses seins, à peine dissimulés par la dentelle blanche de son soutien-gorge. Les yeux de Mac étaient traversés d'émotions si nombreuses qu'elle en eut le souffle coupé. Etait-ce ainsi que cela devait se passer ? Aurait-elle dû avoir un mari qui la regardait comme si elle était la plus belle femme du monde ? Elle n'avait aucune idée de la réponse, mais une chose était certaine : elle se rappellerait cet instant jusqu'à la fin de ses jours. L'instant où elle avait découvert ce que signifiait être une femme.

— Tu es splendide, Bella ! Absolument divine.

Et le reste du monde fut englouti quand il prit l'un de ses tétons dans sa bouche. Elle ne put retenir un cri lorsque toutes les sensations explosèrent soudain en elle. La chaude moiteur de sa langue, la stimulation érotique de la dentelle humide sur sa chair, le souffle sensuel de Mac qui releva la tête, la firent trembler d'impatience. Quand il se déplaça vers son autre sein pour lui prodiguer les mêmes attentions, elle se demanda si elle pourrait le supporter. Son plaisir montait à chaque coup de langue, exigeant de plus en plus satisfaction. Alors, elle lui agrippa les cheveux pour l'obliger à relever de nouveau la tête.

— Mac, je ne sais pas si je vais pouvoir tenir plus longtemps, murmura-t-elle d'une voix rauque.

— Ma chérie !

Il lui retira ses derniers vêtements, et ses baisers se firent impérieux, affamés. Elle lut alors dans son regard un désir qui la fit frissonner de plus belle.

— Ce sera spécial, ce soir, Bella. Je te le promets. Donne-moi juste une seconde.

Il se glissa hors du lit pour enfiler un préservatif. Elle ferma les yeux au moment où il se rallongea, et la prit dans ses bras. Elle frémit, à l'instant où il la pénétra. Bien sûr qu'il avait raison. Ce serait une nuit spéciale. Pour tous les deux.

Mac était allongé sur le dos, une main sur les yeux. Il était près de minuit, la nuit était tombée depuis longtemps, et ils n'avaient pas allumé de lampe. Peut-être souhaitaient-ils préserver le statu quo. La lumière risquait de rompre le charme, de les amener à s'interroger sur le bien-fondé de ce qu'ils venaient de faire. Or, il n'en avait aucune envie, et il en allait sans doute de même pour Bella.

Il poussa un petit soupir. Il avait encore du mal à accepter avec quelle rapidité ses sentiments avaient changé. Plus de colère. Découvrir que son ami avait eu une aventure avait été un choc, mais, avant même de l'apprendre, il avait pris conscience de l'injustice de son jugement à l'encontre de Bella. La tenir dans ses bras, coucher avec elle, avait fait plus que satisfaire son désir pour elle. Il s'était ainsi rappelé qui elle était exactement : certainement pas le genre de femme à tourner le dos à quelqu'un dans le besoin. C'était le comportement de Tim qui l'avait forcée à divorcer, et il se sentait maintenant incroyablement coupable de l'avoir mal jugée. Pourvu qu'il n'aille pas lui compliquer la vie, à présent…

— A quoi pensez-vous, docteur MacIntyre ?

Sa voix était basse, mais il y perçut une hésitation certaine. Roulant sur le flanc, il l'attira à lui, et déposa un petit baiser sur ses lèvres. Ses doutes, il les garderait pour lui. Il ne voulait pas l'inquiéter sans raison.

— Je ne suis pas sûr que ce soit très intéressant, répondit-il.

Il sentit alors une puissante montée de désir envahir son corps.

Il secoua légèrement la tête. Ils avaient fait l'amour non pas une fois, mais deux. Il n'aurait pas dû éprouver de nouveau cette faim.

— Je laissais juste mon esprit vagabonder.

— Tu ne regrettes pas ce qu'on a fait ?

Il soupira, incapable de lui mentir.

— Non, mais je me demande si on a bien fait. Je…, je ne voudrais pas que cela affecte notre amitié, Bella, ou que ça te complique encore l'existence.

— Moi, non plus.

Elle sourit, mais quelque chose dans son expression lui suggéra qu'il avait peut-être mal formulé sa pensée. Une discussion sur les complications liées à une éventuelle relation entre eux semblait inopportune, il n'empêchait qu'il aurait peut-être dû être plus clair. Avant qu'il ait pu reprendre la parole, Bella s'était levée. Il la contempla : l'aperçu était des plus séduisants, mais elle enfila un peignoir.

— Je vais prendre une douche et nous préparer du café. Il y a une autre salle de bains dans le couloir.

— Merci.

Mais il ne bougea pas, jusqu'à ce qu'elle ait disparu dans sa salle de bains. Après quoi, il ramassa ses vêtements et se dirigea vers l'autre salle de bains. Il avait l'impression de l'avoir blessée, et il détestait l'idée que c'était un effet de sa maladresse, mais qu'aurait-il dû faire ? Lui expliquer qu'il avait l'étrange impression d'empiéter sur le territoire de Tim ?

Bella avait beau déclarer qu'elle ne risquait pas de reprendre la vie commune avec Tim, elle pourrait changer d'avis. Chez certains couples de sa connaissance, le temps avait effacé les mauvais souvenirs, et remis les bons en lumière. Il ne voudrait pas être un obstacle dans ce cas. Mais pas non plus rester seul, le cœur brisé. Si l'amour de Bella pour Tim renaissait, que ressentirait-il ?

La peur de l'abandon resurgit dans sa tête. Tout en s'habillant, il fit de son mieux pour rationaliser. Il était un homme adulte, plus un gamin de sept ans, et s'il lui arrivait quoi que ce soit, il saurait réagir. Pourtant, ses efforts s'avéraient inutiles. Perdre Bella serait mille fois pire que tout ce qu'il avait connu. S'il s'autorisait à l'aimer, son cœur lui appartiendrait. Exclusivement.

Le café était prêt quand Mac apparut. Bella avait transporté tasses et cafetière dans le salon. Il se tenait devant la baie vitrée, mais ne semblait guère plongé dans la contemplation du clair de lune. Regrettait-il d'avoir laissé la passion prendre le pas sur la raison ? Se demandait-il si elle avait utilisé le sexe pour le convaincre de son innocence ? Elle se mordit nerveusement la lèvre. Alors qu'elle n'avait fait que céder à une faim dévorante !

Elle posa le plateau sur la table, avec un bruit qui obligea Mac à se retourner. Elle se sentit horriblement mal à l'aise en découvrant la tension qui crispait son visage. Visiblement, ses pensées n'avaient rien d'agréable. Elle remplit deux tasses de café, formant le vœu qu'un génie la fasse disparaître. Elle n'était pas prête à ça ! Elle ne pourrait lui expliquer pourquoi elle avait couché avec lui, quand il était évident que ses raisons étaient à mille lieues des siennes. Oh ! bien sûr, il avait eu envie d'elle ! Cependant cela ne signifiait rien, s'il regrettait à présent.

Elle reposa la cafetière, les mains tremblantes. C'était incroyablement douloureux de savoir que Mac aurait préféré n'avoir rien fait, cette nuit. Elle se sentait de nouveau rejetée, comme lorsque Tim avait eu son aventure. Qu'est-ce qui clochait chez elle ? Etait-ce son incapacité à montrer ses émotions qui repoussait les hommes ?

Tim lui avait jeté ce reproche à la figure au cours d'une de leurs terribles disputes. Il l'avait accusée d'être si froide qu'elle l'avait poussé dans les bras d'autres femmes. Même si elle savait qu'il se cherchait ainsi des excuses, elle n'en avait pas moins retenu ses mots. Lesquels refaisaient surface en cet instant.

Elle était incapable de montrer ses émotions, parce que quelque chose lui manquait. Pas étonnant que Mac ait des regrets concernant leur nuit. Après tout, quel homme voudrait être lié à quelqu'un comme elle, qui n'était pas une vraie femme ?

Mac but son café aussi vite qu'il le put. La boisson était brûlante, mais il l'avala coûte que coûte. Il devait s'éclipser au plus vite. Il n'avait jamais été du genre à filer en douce, il avait trop de respect pour ses conquêtes. Cependant, il aurait été prêt à sacrifier son bras droit pour s'épargner les explications. S'il commençait à dire à Bella pourquoi il avait une telle envie de s'enfuir, qui savait ce qu'il finirait par lui avouer ? La pensée de lui ouvrir son cœur l'affola tellement, qu'il se leva brusquement. Il devait partir. Là, maintenant. Peu importait ce que Bella penserait de lui !

— Je dois y aller.

Et joignant le geste à la parole, il se dirigea vers la porte, détestant la laisser ainsi, mais incapable de faire autrement. Il était tout près de tomber amoureux d'elle, et cette idée le terrifiait. Comment ferait-il pour continuer à vivre, s'il la perdait ? Rien que d'y penser, la tête lui tournait. Perdre Bella serait une épreuve qu'il ne pourrait surmonter, et il ne voulait pas courir ce risque.

Il s'arrêta en atteignant la porte d'entrée, s'obligeant à sourire en se tournant vers elle. Le courage faillit lui manquer en voyant la souffrance exprimée par son regard, mais il se reprit. Il devait se montrer fort. Pour eux deux. Car les sentiments de Bella comptaient encore davantage pour lui. Il ne supporterait pas qu'elle se sente coupable de ce qu'ils avaient fait, si elle décidait de retourner vivre avec Tim.

— Nous avons dépassé les bornes, cette nuit, Bella, marmonna-t-il. Mais ce n'est pas la peine de te sentir… mal à l'aise. Nous avons toujours été amis, et ça n'y changera rien.

— Si c'est ce que tu veux.

Sa voix exprimait le plus grand scepticisme, et il grimaça, comprenant parfaitement pourquoi elle avait du mal à le croire. En général, des amis ne partageaient pas des nuits d'amour passionné. Ils avaient bel et bien franchi une limite. Comment parviendrait-il à la voir de nouveau comme une amie ? Il haussa les épaules, optant pour une demi-vérité.

— Oui. J'y accorde beaucoup d'importance, Bella. Comme par le passé.

Sur quoi il se pencha, et lui donna ce qu'il espérait être un baiser amical sur la joue. Mais la réponse de son corps l'obligea à s'écarter brusquement. La soudaine tension qui l'habitait n'avait rien d'amical… alors qu'il ne lui avait donné qu'un petit baiser !

Il se dirigea vers l'ascenseur, marquant juste un arrêt pour la saluer de la main. La porte de l'appartement se referma, et l'ascenseur s'ébranla. Si seulement c'était la fin de leurs tracas, mais inutile de se faire des illusions : cette nuit allait avoir des conséquences bien plus graves pour tous les deux. Elle ne s'effacerait pas comme ça.

Il porta la main à son front. Qu'avait-il donc fait ?

7.

Les jours filaient. Avec les vacances scolaires, la région connaissait un afflux de visiteurs, autrement dit, les urgences pédiatriques étaient plus occupées que jamais. Bella commençait tôt et finissait tard, mais ne s'en plaignait pas. C'était plus facile, quand elle travaillait. En revanche, la solitude lui était pénible. Sans rien pour l'occuper, son esprit revenait sans cesse à cette fameuse nuit. Mac et elle avaient fait l'amour, et même si elle savait que beaucoup de femmes auraient pris la chose sans sourciller, elle n'y parvenait pas. Cette nuit avait marqué un tournant dans son esprit. Elle n'avait pas seulement découvert ce qu'être une femme signifiait, elle s'était aussi rendu compte qu'elle n'était pas faite pour le rôle. Mieux valait donc oublier tout cela…

Un dimanche soir, trois semaines après la nuit fatale, elle s'aperçut qu'elle allait devoir travailler avec Mac. Jusqu'à présent, ils ne s'étaient croisés qu'en coup de vent. Si elle était de jour, il faisait les nuits. Toutefois, ce soir ils étaient tous deux de garde, et elle allait devoir faire avec. Quand elle arriva, il était déjà là, accoudé au comptoir de la réception, riant à une réplique de Laura Watson. Elle sentit aussitôt son cœur s'emballer, au souvenir du visage de Mac pendant qu'ils faisaient l'amour. La même expression douce. Là, elle aurait beau faire, elle aurait bien du mal à oublier.

Il tourna soudain la tête, et elle retint sa respiration

lorsque son regard se posa sur elle. Même s'ils n'en avaient pas parlé, ils étaient l'un et l'autre bien conscients des règles. S'ils voulaient continuer à se comporter comme des amis, interdiction de revenir sur ce qui s'était passé. Ils devaient se focaliser sur le moment présent.

— On dirait que vous vous amusez bien, tous les deux, lança-t-elle, d'un ton faussement désinvolte.

— Laura vient juste de me parler d'un des enfants qu'elle a vus ce matin, expliqua-t-il.

Il recula pour lui faire de la place, même si elle le soupçonnait surtout d'éviter ainsi de la frôler. Elle sentit soudain la colère l'envahir. Il avait plutôt apprécié de la toucher, l'autre nuit, non ?

— Ah oui ? répliqua-t-elle néanmoins en souriant.

Ils avaient peut-être décidé de faire comme si de rien n'était, mais c'était un mensonge. Ils avaient fait l'amour, et pas qu'une seule fois. Que cette idée lui plaise ou non, il ne pouvait nier les faits.

— Que s'est-il passé ?

— Oh ! Pas grand-chose. Le gamin était juste un peu confus, c'est tout. Je prends, ajouta-t-il, quand le téléphone se mit à sonner.

Il se dirigea vers le combiné, la laissant folle de rage, même si elle n'aurait su dire exactement pourquoi. Après tout, il était plus simple de faire comme si rien ne s'était passé, surtout quand il n'y avait pas risque de récidive. Elle grimaça à cette idée. Non, pas question de recommencer. Une seule nuit avec Mac avait déjà causé suffisamment de dégâts.

Elle s'approcha de la liste des patients, et la consulta rapidement. Rien de grave pour l'instant, heureusement. Quelques coupures et hématomes, comme on pouvait s'y attendre avec tous ces enfants en vacances. Elle pansa quelques genoux écorchés, et envoya deux gamins faire une radio. A l'heure de sa pause, il ne restait plus qu'un enfant en attente. Mac, qui en avait terminé avec son patient, arriva à la réception en même temps qu'elle. Il s'empara du dernier dossier en haussant les épaules.

— Je m'en occupe, si tu veux prendre ta pause, Bella. Mieux vaut régler tout ça, pendant que c'est calme.

— En effet.

Elle se dirigea vers l'ascenseur. Elle n'avait pas faim, mais une tasse de thé serait la bienvenue. Mac avait emmené son patient vers les box, et la salle d'attente était déserte. Elle était sur le point de pénétrer dans l'ascenseur, quand la porte principale s'ouvrit. Deux policiers — un homme et une femme — entrèrent. Cette dernière portait un bébé, si bien que Bella attendit. Janet, la réceptionniste, lui fit signe de venir.

— Que se passe-t-il ?

— Nous avons reçu un appel : un bébé laissé sans surveillance, expliqua le policier. Nous avons trouvé la porte de l'appartement ouverte, le gosse à l'intérieur qui hurlait. Il ne semble pas blessé, mais nous avons besoin de vous pour le confirmer.

— Bien entendu, répondit-elle. Je vais vérifier ça.

Et elle les précéda jusqu'à la salle d'examen.

Elle défit les boutons-pression du pyjama de l'enfant, avant de lui ôter son body et sa couche. C'était une petite fille propre et bien nourrie. Elle l'examina attentivement, puis secoua la tête.

— Non, tout va bien. Elle est un peu déshydratée, mais rien de grave. Vous savez où est sa mère ?

— Aucune idée. Le voisin qui nous a appelés ne savait pas grand-chose, répondit le policier en soupirant. Visiblement, la mère n'est guère plus qu'une enfant. Nous avons contacté les services sociaux. Espérons qu'ils pourront nous aider.

Elle hocha lentement la tête.

— Vous connaissez son nom ? demanda-t-elle.

— Oui, le voisin a été en mesure de nous l'apprendre. Freya Watson, déclara le policier en consultant ses notes.

Nous essayons de savoir si elle est d'ici, et de retrouver sa famille pour comprendre où elle a pu aller.

— Je vais vous donner leur adresse, dit-elle en ouvrant aussitôt le dossier de Freya dans l'ordinateur. J'aimerais penser qu'ils savent où elle est, mais ils étaient si furieux à propos du bébé, qu'ils ont coupé les ponts avec leur fille. Si celle-ci vit seule dans un appartement, j'ai bien l'impression qu'ils n'ont pas changé d'avis.

— En effet, répliqua le policier, tout en consignant les informations dans son calepin. Bien, je vais peut-être perdre mon temps, mais je vais envoyer quelqu'un parler aux parents de la fille. Il faut qu'on éclaircisse cette histoire au plus vite.

Les policiers sortirent, la laissant seule avec le bébé. Elle soupira en la berçant dans ses bras. Rien d'étonnant à ce que Freya ait eu du mal à faire face. S'occuper seule d'un enfant était très difficile pour une femme, même en étant plus âgée et plus fortunée que Freya. Franchement, elle-même n'aurait pas aimé se retrouver dans cette situation. Enfin, de ce côté-là, aucun risque. Mac avait pris toutes les précautions nécessaires pour qu'elle ne se retrouve pas enceinte, cette fameuse nuit…

Son cœur se serra légèrement, même si elle savait à quel point c'était stupide. Cependant, la prudence de Mac montrait clairement ce qu'il éprouvait pour elle : certes, il avait eu envie de coucher avec elle, mais il n'avait absolument pas l'intention que cela aille au-delà.

Mac fut surpris de découvrir la police, en revenant de sa consultation. Traversant la réception, il interrogea Janet.

— Ils ont amené un bébé laissé seul, sans surveillance, lui expliqua-t-elle en baissant la voix. D'après ce que j'ai entendu, il semblerait que ce soit celui de Freya Watson.

— Vraiment ? s'exclama-t-il.

Il jeta un coup d'œil autour de lui. L'émotion le submergea, quand quelques instants plus tard il vit Bella revenir avec un bébé dans les bras. Il n'avait jamais vraiment songé à avoir un enfant. Même s'il aimait les petits, sa phobie de l'engagement avait exclu la question. Aujourd'hui cependant, en voyant ce bébé dans les bras de Bella, il se rendit soudain compte du manque qu'il éprouvait à cet égard. Ce serait merveilleux d'avoir son propre enfant, un fils ou une fille à aimer et à chérir. Sa vue se troubla à mesure que la vision se faisait plus nette. Un petit bébé potelé, riant avec lui dans les bras de sa mère. Ce fut seulement quand les traits de cette mère commencèrent à se dessiner qu'il comprit ce qui se passait. Il ne devait surtout pas imaginer Bella comme la mère de son enfant ! C'était une erreur colossale. Peut-être aurait-elle des enfants un jour, cependant une chose était certaine : il n'en serait pas le père. Elle avait besoin d'un homme issu du même milieu qu'elle.

Bella fut soulagée de voir sa garde se terminer enfin. La nuit avait été stressante pour plusieurs raisons. La police continuait à chercher Freya Watson, et il était évident qu'ils étaient de plus en plus inquiets, à mesure que le temps passait. Le bébé avait été placé chez une mère d'accueil, et elle avait au moins l'assurance que la fillette était en bonnes mains. Toutefois, elle fut incapable de chasser un sentiment de tristesse en quittant l'hôpital.

Tim avait désiré avoir un enfant avec elle pour la dissuader de divorcer, mais jamais il n'en avait voulu auparavant. Et Mac, lui aussi, avait soigneusement veillé à se prémunir de la chose. Elle ne pouvait certes lui en vouloir de s'être montré responsable. Pour autant, elle n'arrivait pas à se départir de l'idée que son « handicap émotionnel » pesait lourd dans la manière dont ces deux hommes s'étaient comportés avec elle. L'avenir ne lui avait jamais semblé aussi désolé que maintenant, et elle compris qu'il ne lui servirait à rien de rentrer chez elle. Elle était trop agitée, et ne parviendrait jamais à trouver le sommeil dans cet état.

Elle quitta l'hôpital pour se rendre au supermarché, en périphérie de la ville. Elle n'avait pas fait de courses depuis plusieurs semaines, et ses placards étaient vides. Elle remplit un chariot, qu'elle chargea ensuite dans son coffre. L'opération lui offrit un peu de distraction, mais sur le chemin du retour, les mêmes pensées revinrent l'assaillir : si elle n'arrivait pas à exprimer ses émotions, elle ne pourrait jamais être heureuse.

Ce fut peut-être un effet du stress, toujours est-il qu'elle se trompa de chemin, et se retrouva sur une route qu'elle n'avait jamais empruntée. Elle continua à rouler pendant quelques kilomètres supplémentaires, cherchant désespérément à se repérer. Son GPS ne lui indiquait qu'une route inexistante et rien d'autre. Quand le bitume se transforma en un chemin de terre, elle décida de faire demi-tour, plutôt que de risquer de se perdre complètement. Elle effectua une manœuvre prudente sur l'étroit chemin, et avait presque réussi, quand elle entendit un grand bruit à l'arrière du véhicule.

Elle se figea sous l'effet de la peur : l'une des roues arrière avait heurté un rocher, et s'était voilée sous le choc. Impossible de la changer elle-même, mais peut-être y avait-il une ferme dans les environs, où elle pourrait demander de l'aide .

Ayant empoigné son sac, elle se mit à marcher. Ce n'était que le début de la matinée, néanmoins, de lourds nuages noirs s'amoncelaient au-dessus de sa tête, masquant la cime des montagnes environnantes. Elle frissonna. La veste qu'elle portait ne lui serait d'aucune utilité s'il commençait à pleuvoir.

Elle avait parcouru un ou deux kilomètres quand elle décida de renoncer. Aucun signe de ferme dans les environs, il était inutile de s'obstiner. Elle rebroussa chemin, grimaçant, lorsqu'elle sentit les premières gouttes de pluie. Quelques secondes plus tard, des trombes d'eau se déversaient du ciel, et détrempaient ses vêtements. Elle accéléra le pas, mais le sol de plus en plus glissant entravait sa progression, et elle mit deux fois plus de temps pour regagner sa voiture.

Elle s'y réfugia, tremblante, et mit aussitôt le chauffage en marche. Elle allait appeler le garage le plus proche pour leur demander de venir la dépanner. Mais l'écran vierge de son appareil lui indiqua qu'elle n'avait plus de batterie. Rejetant la tête en arrière, elle gémit. Le parfait couronnement d'une nuit cauchemardesque !

Mac n'arrivait pas à refouler l'intuition que quelque chose n'allait pas avec Bella. Il comprenait parfaitement que travailler avec lui avait dû la mettre sous pression — ça n'avait pas été facile pour lui non plus. Cependant, il avait aussi l'impression tenace que quelque chose la perturbait. En quittant l'hôpital, il savait qu'il ne trouverait pas le repos tant qu'il n'aurait pas découvert ce que c'était. Même s'il doutait que Bella apprécie sa sollicitude… Si la nuit avait été pénible, elle préférerait sans doute ne pas le croiser.

Il conduisit néanmoins jusqu'au centre-ville, et s'arrêta devant l'immeuble qu'elle habitait. Aucune trace de sa voiture sur le parking. Il fronça les sourcils. Il aurait cru qu'elle rentrerait directement chez elle après sa garde de nuit, mais elle avait peut-être fait halte quelque part. Il décida de l'attendre.

Au bout d'une heure, il laissa tomber. Inutile de rester planté là, si elle était partie. Il réessaierait un peu plus tard.

Une fois chez lui, il se mit directement au lit, mais fut incapable de trouver le sommeil, en dépit de sa fatigue. Il ne cessait de se demander ce qui avait pu blesser Bella. La disparition de Freya, certes, mais était-ce l'unique raison de sa tristesse, ou y avait-il quelque chose de plus personnel ? Il eut beau chercher, aucune réponse ne lui vint, portant sa frustration à son comble.

Il renonça finalement à dormir et se leva. S'étant préparé une tasse de café, il grimpa sur le pont pour le boire. La pluie s'était mise à tomber, il y prit à peine garde. Etait-ce quelque chose qu'il avait dit ? Ou se faisait-il des illusions en supposant pouvoir la faire souffrir ?

Il soupira. La vérité, c'était qu'il ignorait les sentiments de Bella à son endroit. Peut-être devrait-il se réjouir qu'elle semble avoir relégué leur nuit aux oubliettes. Pourtant, s'il était honnête, il savait que cela ne le soulageait en rien. Il était envahi d'un désir bien plus perturbant, qu'il n'aurait pas dû s'autoriser : espérer que, tout comme lui, Bella n'oublierait jamais cette nuit était d'un égoïsme monstrueux.

Bella avançait péniblement. Même si la pluie avait diminué d'intensité, elle n'avait pas cessé, et de petites gouttes glaciales lui frappaient le visage, pendant qu'elle essayait de regagner la route. Elle avait décidé de marcher jusqu'à la nationale dans l'espoir d'intercepter une voiture qui voudrait bien la reconduire en ville. Mais elle ne s'était pas rendu compte de la distance qu'elle avait parcourue à l'aller. A ce rythme, il serait minuit, quand elle atteindrait la route goudronnée !

Eperonnée par cette pensée, elle accéléra le pas, avant de ralentir de nouveau, en atteignant un endroit où le flanc de la colline s'était affaissé. Lessivées par la pluie, la boue et la roche recouvraient à présent le chemin de terre. Elle franchit prudemment l'obstacle, mais des pleurs venant de sa gauche l'obligèrent à s'arrêter. Elle observa les environs afin de déterminer l'origine du bruit, et poussa un cri en découvrant une femme recroquevillée au pied de buissons. Elle se précipita dans sa direction, glissant dans la boue visqueuse. Ce fut seulement en atteignant la femme qu'elle la reconnut. Elle s'accroupit à côté d'elle.

— Freya ! Qu'est-ce que tu fais là ?

— Je me suis tordu la cheville.

Elle passa une main crasseuse sur son visage, pour essuyer ses larmes.

Bella glissa un bras autour de ses épaules.

— Ne t'inquiète pas, dit-elle doucement. On va se débrouiller, ça va aller. Laisse-moi regarder ta cheville.

Elle remonta la jambe du jean de Freya, réprimant une grimace en découvrant sa cheville. Elle était déformée par un énorme hématome, noir et violet par endroits.

— Tu peux bouger les orteils ? demanda-t-elle.

Il lui fallait déterminer s'il s'agissait d'une fracture ou d'une vilaine entorse.

— Non, je n'y arrive pas. C'est cassé, vous croyez ? demanda Freya d'un ton apeuré.

— On dirait, répondit-elle en dénouant son écharpe. Je vais utiliser ça pour l'immobiliser temporairement. Je vais y aller très doucement, mais ça peut faire un peu mal.

Sans ôter la chaussure ni la chaussette de Freya, elle forma un 8 avec son écharpe autour du pied et de la cheville de l'adolescente.

— Ça devrait te soulager un peu, expliqua-t-elle, une fois qu'elle eut terminé. Comment cela est-il arrivé ? Et qu'est-ce que tu fabriquais ici, pour commencer ?

— Je me cachais d'un type qui m'avait dépannée, répondit Freya, d'un ton gêné.

— Je pense que tu devrais commencer par le commencement, dit-elle avec un petit soupir. Mais avant que tu t'y mettes, dis-moi, tu as un portable, qu'on puisse appeler les secours ? Ma batterie est à plat.

— Non. Avant, c'était mon père qui payait mon téléphone, mais il a cessé depuis que j'ai eu Ava, et je n'ai pas les moyens de m'en acheter un.

Elle cilla, sidérée que des parents puissent traiter ainsi leur enfant.

— Ne t'inquiète pas, on va trouver une solution, répliqua-t-elle vivement.

Elle secoua la tête. Jamais elle n'infligerait ça au sien. La pensée que cela ne risquait pas de lui arriver la frappa de plein fouet. Elle s'efforça de refouler cette sombre vision de son avenir.

— Alors, que s'est-il passé, ma chérie ? demanda-t-elle. Je sais que tu as quitté ton appartement, parce que la police a amené Ava à l'hôpital, pour qu'on l'examine. Elle va bien, ajouta-t-elle très vite, en voyant les yeux terrorisés de Freya. Elle est avec une mère d'accueil. Mais pourquoi as-tu quitté ton appartement ?

— Elle n'arrêtait pas de pleurer, expliqua Freya, les yeux de nouveau brillants de larmes. J'ai essayé tout ce que j'ai pu. Je l'ai nourrie, changée, bercée, je lui ai chanté des chansons ; il n'y avait rien à faire, elle ne s'arrêtait pas. Je sais que je n'aurais pas dû la laisser toute seule, mais je n'en pouvais plus.

— Ça doit être très dur, quand on n'a personne pour vous aider, répondit Bella. D'après ce que tu viens de me dire, tes parents n'ont pas changé d'avis ?

— Non. Ils refusent même de me parler quand je leur téléphone, répondit l'adolescente en s'essuyant les yeux. Je sais que j'ai été stupide, mais ce n'est pas comme si j'avais assassiné quelqu'un !

Elle acquiesça avec conviction.

— Alors, que s'est-il passé quand tu es sortie de chez toi ? reprit-elle.

— J'ai sauté dans un bus, sans savoir où j'allais, parce que ça n'avait pas vraiment d'importance. J'avais juste besoin de prendre le large. Le problème, c'est que quand j'ai voulu rentrer, il était plus de minuit, et il n'y avait plus de bus. Alors j'ai commencé à marcher, jusqu'à ce qu'un type me propose de me ramener en voiture.

Bella frémit à l'idée de Freya grimpant dans la voiture d'un inconnu.

— Oui, répondit la jeune fille, les yeux de nouveau pleins de larmes. Il a prétendu qu'il allait me ramener chez moi, mais en fait, il m'a emmenée ici. J'ai eu si peur ! Je me suis débrouillée pour sauter de la voiture quand il s'est arrêté et je me suis cachée jusqu'à ce qu'il reparte. Il faisait nuit noire, et je n'avais pas la moindre idée de l'endroit où je me trouvais. Alors je n'ai pas bougé jusqu'au matin. J'essayais de regagner la route, quand mon pied a glissé et que je me suis tordu la cheville. Si vous n'étiez pas arrivée, je ne sais pas ce que je serais devenue, ajouta-t-elle dans un sanglot.

— Bon, maintenant que je suis là, inutile d'y penser, répliqua Bella en se relevant. On doit regagner la route principale. Tu penses que tu pourras sautiller, en t'appuyant sur moi ? Sinon, je vais devoir te laisser ici le temps de trouver de l'aide.

— Oh non ! ne me laissez pas ! s'écria Freya.

Bella la dévisagea avec compassion. Elle était visiblement terrifiée à l'idée de rester seule de nouveau.

Elle enroula alors le bras de Freya autour de ses épaules pour l'aider à se relever. La tâche n'allait pas être aisée, mais quel choix avait-elle ? Personne ne savait où elles se trouvaient, et personne n'allait partir à leur recherche. La pensée que Mac pourrait s'apercevoir de son absence lui traversa l'esprit, mais elle s'empressa de la chasser. Elle ne lui manquerait pas, il avait été parfaitement clair à ce sujet.

8.

Mac était de plus en plus inquiet. Il avait essayé d'appeler Bella plusieurs fois, en vain. Il aurait pu en conclure qu'elle ne voulait pas lui parler, mais son portable semblait éteint. Etrange, si l'on songeait à la conscience professionnelle qui était la sienne. Comment l'hôpital pourrait-il la contacter si son portable était éteint ?

Il finit par retourner chez elle. Toujours aucun signe de sa voiture, mais cette fois, il sonna, à tout hasard. Peut-être était-elle tombée en panne, et rentrée par un autre moyen. Après six coups de sonnette infructueux, il finit néanmoins par renoncer. De toute évidence, elle n'était pas chez elle.

Il secoua la tête. Où avait-elle pu aller ? Elle avait peu d'amis, depuis qu'elle avait emménagé à Dalverston. Bien qu'elle soit appréciée de ses collègues, son attitude froide n'encourageait pas vraiment les liens — il ne l'imaginait pas s'arrêter chez quelqu'un, pour discuter autour d'une tasse de café. Non, tous ses amis vivaient à Londres. Etait-il possible qu'elle ait conduit jusque là-bas ?

Cela semblait peu probable, mais c'était sa seule piste. Il appela six de leurs amis communs, avant de renoncer. Apparemment, personne n'avait eu de ses nouvelles depuis des mois. Ne restait donc qu'une seule option, la moins agréable. Il composa le numéro de Tim. Il était tellement tendu qu'il parvint à peine à parler à son ami lorsque celui-ci décrocha. En arrivant à Dalverston, il était sûr et certain que Bella était responsable de l'échec de leur mariage. Il n'y croyait plus désormais, et ce n'était pas évident de demander à Tim s'il avait des nouvelles de Bella, comme si de rien n'était. Il avait eu tort de la blâmer, vraiment tort. Quand bien même il vivrait jusqu'à cent ans, il le regretterait toujours.

Tim n'en sachant pas davantage que ses précédents interlocuteurs, il retourna à sa moto, plus déterminé que jamais à retrouver Bella, même si cela devait lui prendre la journée.

La progression était atrocement lente. Elles durent s'arrêter quelques minutes, pour que Freya se repose. Bella jeta un coup d'œil à sa montre, et laissa échapper un soupir en constatant à quel point le temps avait filé. Elles avaient à peine parcouru un kilomètre, et il était déjà midi. Elle aida Freya à s'asseoir dans le creux d'une large roche et se posa à côté d'elle, essayant de déterminer la marche à suivre. Il avait recommencé à pleuvoir, ce qui ne ferait qu'aggraver leur situation. Le sol étant de plus en plus glissant, Freya risquait de faire une nouvelle chute. Elle tira rapidement la conclusion qui s'imposait :

— Freya, on n'y arrivera jamais. Je sais que tu ne veux pas rester seule, mais je dois aller chercher de l'aide.

Elle caressa la main de la jeune fille qui commença à pleurer.

— Je vais te laisser ici, poursuivit-elle, le temps que je retourne sur la route principale. Une voiture finira forcément par passer, et je demanderai au chauffeur d'envoyer des secours. Une fois qu'ils auront reçu l'appel, ce ne sera pas long.

Freya regarda les alentours en frissonnant.

— Vous allez revenir ? demanda-t-elle d'une toute petite voix. Et si vous ne vous souvenez pas d'où je suis ? Tout se ressemble par ici !

— Je vais utiliser ma blouse comme point de repère.

Elle quitta aussitôt sa veste et sa blouse. Attrapant une grosse branche noueuse par terre, elle y attacha le vêtement.

— Je vais enfoncer la branche dans une fissure de la roche, ce sera un point de repère, et on pourra te localiser.

— Espérons, répondit Freya, de toute évidence peu convaincue.

— Tout ira bien, Freya, je te le promets.

Elle embrassa la jeune fille, puis se dépêcha de s'éloigner avant de commencer à douter de son plan. Elle avait bien fait de laisser Freya, sans quoi elles auraient à peine avancé de la journée. A cette pensée, elle accéléra le pas. Une heure plus tard, elle atteignait la route principale. Pourvu qu'une voiture arrive ! Epuisée, elle grelottait. Tout ce qu'elle voulait, c'était rentrer chez elle et prendre un long bain chaud avant de se glisser dans son lit. Pendant une seconde, la pensée de Mac allongé à côté d'elle lui vint à l'esprit, mais elle la repoussa aussitôt. Ils ne dormiraient pas ensemble, ni ce soir ni à l'avenir. Et puis, était-elle folle de songer à cela en un moment pareil !

Mac parcourut toute la ville, mais aucune trace de Bella. Il soupira en se garant près d'un bar. Peut-être qu'une bonne dose de caféine lui redonnerait de l'énergie. Il commanda un triple expresso à emporter, y ajouta quelques sachets de sucre pour lui donner du goût, et tomba, nez à nez sur Helen Robertson, leur interne en première année. La jeune femme grimaça en voyant le brouet qu'il se concoctait.

— Tu dois être en manque de stimulants. Ça m'a l'air bien nocif, ce breuvage.

— Sans doute, répondit-il en buvant une gorgée, mais étant donné la situation, mon cerveau en a bien besoin.

— La nuit a visiblement été difficile, répliqua Helen en riant. J'ai croisé Bella tout à l'heure, au supermarché, elle aussi semblait épuisée.

— Tu l'as vue ! s'exclama-t-il en attrapant le bras de Helen. Quand ça ?

— Ce matin, répondit-elle, interloquée. David et moi, on était dans un club hier soir, et on est allés petit-déjeuner au supermarché en rentrant. C'est là qu'on a vu Bella, même si je ne pense pas qu'elle nous ait remarqués.

— Merci de l'info ! J'étais très inquiet, parce qu'elle n'était pas à son appartement et que son téléphone ne répond pas. Au moins, j'ai une vague idée de l'endroit où elle peut se trouver.

— Elle faisait des provisions pour soutenir un siège, ajouta Helen d'un ton léger.

— Sans doute, lança-t-il en la saluant.

Il se rua vers sa moto pour foncer au supermarché, croisant les doigts pour qu'elle y soit encore. Et si ce n'était pas le cas, que se passerait-il ? Il ne pouvait pas lancer un avis de recherche avec si peu d'éléments. Après tout, il n'avait aucune preuve que quelque chose lui était arrivé — rien, à part ce pressentiment dans ses tripes.

Il grimaça. Essayez donc d'expliquer ça aux autorités. On le prendrait pour un fou !

Bella attendit près d'une demi-heure avant qu'une voiture n'apparaisse. Elle se plaça au milieu de la route. Le vieux couple à l'intérieur ne cachait pas sa nervosité tandis qu'elle s'approchait de la vitre. Elle se pencha, armée de son sourire le plus chaleureux.

— Merci de vous être arrêtés. Avez-vous un portable que je puisse utiliser pour appeler les secours ? Un accident s'est produit, une jeune fille a été blessée, et elle a besoin d'aide.

L'homme lui tendit aussitôt son téléphone. Bella composa le numéro, après avoir vérifié leur localisation exacte avec le conducteur. Fort heureusement, l'homme était du coin, et put expliquer où ils se trouvaient. Quand le couple lui proposa d'attendre en leur compagnie les secours, elle accepta avec joie. Ne plus affronter la pluie, enfin, ne serait-ce que pour quelques minutes.

Les premiers secours arrivèrent quinze minutes plus tard, bientôt suivis du reste des troupes. Rapidement, elle les orienta vers l'endroit où elle avait laissé Freya. Son drapeau improvisé avait survécu au vent et à la pluie, et remplit admirablement sa fonction. Une fois Freya installée sur un brancard, ils se mirent en route. Epuisée, Bella avait des difficultés à suivre l'équipe de secours, aussi, fut-elle particulièrement heureuse quand elle aperçut la route en contrebas. Plus que quelques minutes, et tout irait bien. Mais lorsqu'elle découvrit la moto garée au milieu des autres véhicules, ainsi que l'homme debout à côté, son cœur s'emballa brusquement.

Qu'est-ce que Mac venait faire ici ?

C'était un pur hasard si Mac avait atterri ici. Après un passage au supermarché, il avait roulé dans les environs, essayant de décider où aller. La déclarer disparue était prématuré, pourtant le sentiment que quelque chose s'était passé le hantait de plus en plus. Et lorsqu'il vit des véhicules de secours se diriger vers la montagne, il ne put contenir sa peur. Bella était concernée, il en était sûr !

Il sauta de sa moto, les jambes tremblantes, pour aller discuter avec l'un des membres de l'équipe. Il était sur le point de lui demander s'il connaissait le nom des victimes, quand un cri se fit entendre, et il vit le reste du groupe marcher dans leur direction. Son cœur bondit lorsqu'il aperçut une silhouette allongée sur un brancard. Bella ? Etait-elle blessée ? Il se précipita, mais ce n'était pas elle, c'était Freya Watson. Devait-il en être soulagé ou inquiet ?

— Mac, que fabriques-tu ici ?

Le son de sa voix l'obligea à se retourner. Dieu soit loué, elle allait bien ! Son instinct prit aussitôt le dessus.

L'attirant à lui, il la serra contre son cœur, comme s'il ne voulait plus jamais la laisser repartir. Peut-être était-ce le cas, d'ailleurs. Peut-être suivrait-il enfin son cœur et ne laisserait-il plus sa peur de l'abandon gâcher la situation. Il trouverait le courage de croire en elle et il aurait tout, dans ce cas : Bella dans ses bras et dans sa vie, pour l'éternité.

L'heure suivante se déroula comme dans un brouillard. Bella était encore bouleversée par ce qui venait de se passer. L'expression de Mac et la force avec laquelle il l'avait serrée dans ses bras la hantaient. Ce n'était pas logique. Il ne pouvait s'être inquiété à ce point pour elle.

La question fut reléguée au second plan, tandis que Freya et elle étaient transportées en ambulance à l'hôpital. Elles furent directement conduites aux urgences pédiatriques, où elles furent reçues par l'interne en chef. Bella lui expliqua rapidement ce qui s'était passé, approuvant sa décision d'envoyer Freya passer une radio. Une fois qu'ils sauraient si la cheville de la jeune femme était cassée, ils pourraient convenir d'un traitement approprié.

Freya partie, Bella consentit à contrecœur à être examinée une seconde fois. Même si elle était certaine d'être en forme, il y avait des procédures à suivre. Inutile de créer des problèmes. Comme elle le supposait, on ne lui trouva rien, et on la laissa repartir. Mais alors qu'elle sortait du box d'examen, elle vit Mac dans la salle d'attente. Quelle attitude adopter ? Avait-elle correctement interprété sa réaction ?

Elle sentit son ventre se nouer alors que cette interrogation libérait une foule d'autres questions. Voulait-elle qu'il ressente plus que de l'amitié ? De l'amour ? Mais même si c'était le cas, comment être sûre de ne pas tout gâcher avec son incapacité à montrer ses sentiments ? Un chagrin inattendu l'envahit. Très franchement, elle aurait du mal à supporter d'avoir échoué à être une vraie femme.

*
* *

Mac sentait la tension contracter ses muscles, alors qu'il attendait le retour de Bella. Son comportement avait dû la rendre méfiante, et cette pensée lui faisait peur. Toutefois, s'il avait l'intention de la conquérir, il ne pouvait plus reculer. Il devait se battre pour elle. Bec et ongles.

— Ils ont dit que je pouvais rentrer quand je voulais.

Il frémit en se rendant compte qu'elle se tenait juste devant lui. Il bondit, renversant presque la chaise.

— Pas de soucis alors ?

— Non, tout va bien, répondit-elle en souriant, avant de se diriger vers la sortie.

Il la suivit. Il pleuvait toujours dehors ; or, elle avait déjà essuyé l'orage. C'était une mauvaise idée de la ramener à moto.

Il fouilla dans ses poches, en quête de son portable.

— Je vais t'appeler un taxi, annonça-t-il.

— Ta moto est en panne ?

Il leva les yeux. Son air était si ingénu qu'il déclencha une réaction fébrile chez lui.

— Non, murmura-t-il. Je pensais juste que tu préférerais ne pas te refaire tremper.

— Au point où j'en suis, un peu de pluie supplémentaire ne fera pas une grande différence, répliqua-t-elle en haussant les épaules.

Ses seins se soulevèrent sous le tissu humide de son gilet, et la libido de Mac gagna la bataille contre sa volonté. A plate couture.

— Si tu le dis.

Sa réaction animale l'étonnait. D'habitude, il fallait plus qu'un haussement de sourcil ou le frétillement d'un sein pour l'exciter. Il soupira en sortant le casque supplémentaire de son coffre. Qui essayait-il de tromper ? Bella n'avait qu'à le regarder, et il en frémissait. Il l'aida à mettre le casque, puis après avoir enfourché sa moto, se contracta lorsqu'elle se glissa derrière lui. Il sentait son corps se presser contre le bas de son dos. Pourvu qu'il parvienne à se maîtriser. Surtout, ne pas s'arrêter en chemin. Aucune halte sur une aire de stationnement. Il n'était plus un adolescent, mais un adulte qui avait, en principe, renoncé à ce genre de comportements depuis des années. Non, il allait conduire Bella chez elle, s'assurer qu'elle allait bien et repartir…

— On peut aller sur ton bateau ?

Il sursauta en entendant ces mots chuchotés à son oreille. La chaleur de son haleine sur sa peau le fit frissonner. Il eut besoin de toute sa volonté pour ne pas céder à ses pulsions.

— Tu ne veux pas rentrer chez toi ? demanda-t-il, la voix rauque.

— Non, je… je préférerais aller à ton bateau, si tu n'as rien contre.

Quelque chose dans sa voix le troubla terriblement. Il hocha la tête, incapable de parler, et quitta le parking, essayant de recouvrer ses esprits, mais peine perdue. Comment pouvait-il rester calme, quand son instinct lui soufflait que Bella, en manifestant le désir d'aller sur son bateau, avait tout simplement envie d'être avec lui ?

Sa tension grimpa au fil du trajet, à mesure qu'il sentait se réveiller tout ce qu'il s'était promis d'éviter par le passé. Jamais il ne s'était autorisé à tomber amoureux. Il avait vu le désespoir de son père, quand sa mère les avait quittés, et à dater de cet instant, s'était juré de fuir l'amour. Mais c'était fini maintenant. Parce que Bella était dans sa vie.

Sa respiration se bloqua lorsqu'il comprit. Comment ne pas tomber amoureux d'elle, alors qu'il la désirait avec une telle ardeur ?

Bella prit une profonde inspiration en descendant de moto. Avait-elle bien fait de demander à Mac de l'amener ici ? Elle savait ce qui allait se passer, inutile de prétendre le contraire. Ils referaient l'amour, parce que c'était ce qu'ils désiraient tous les deux. Mais cela compliquerait encore les choses.

— Viens, installons-nous à l'intérieur, avant que tu ne sois trempée jusqu'aux os.

Mac lui plaça une main dans le creux du dos, pour la guider sur le bateau. Elle frissonna. La simple pression de ses doigts sur sa peau l'amenait à se sentir plus vivante. Elle se tourna vers lui, et lut le doute dans ses yeux. Avait-il des certitudes sur ce qui allait se passer ? Non, il n'en était pas plus sûr qu'elle.

Une fois dans la cabine, son stress monta encore d'un cran. L'hésitation de Mac ne faisait qu'augmenter son incertitude à elle. Elle aurait sans doute mieux fait de ne pas poser le pied sur ce bateau, et de rentrer directement chez elle. Peu importait ce qu'elle ressentait pour Mac, elle ne lui forcerait pas la main. Ce serait injuste. Il méritait une femme sans problèmes. Une femme qui comprenait ses propres sentiments, et était capable de les exprimer.

Cette pensée lui était insupportable. Elle savait qu'elle devait partir, avant que l'irréparable ne se produise. Elle se retourna si vivement qu'elle heurta Mac de plein fouet. Une seconde s'écoula, durant laquelle ils se tinrent tous deux immobiles, comme si le temps s'était arrêté. Et la seconde suivante, il la serrait contre elle.

— J'ai eu si peur de ne pas te retrouver !

Sa voix tremblait, véhiculant une foule d'émotions qui la bouleversèrent. Elle lui faisait vraiment éprouver ce genre de choses ? Leurs yeux se rencontrèrent, et elle sut qu'il voyait ce qu'elle ressentait — son trouble, sa stupéfaction, son ivresse.

— Je ne pensais pas que quelqu'un s'apercevrait de mon absence, lâcha-t-elle honnêtement.

— Eh bien, si : moi !

Il posa son front contre le sien, et elle sentit un tremblement la parcourir.

Si elle pouvait susciter autant de désir chez Mac, peut-être un futur était-il bel et bien possible pour eux.

Quand il se pencha pour l'embrasser, elle n'hésita pas. Elle voulait qu'il sache à quel point elle aussi le désirait. Son désir à lui était évident. La prenant dans ses bras, il la porta jusqu'à la petite chambre, et la déposa sur le lit. Ses yeux flamboyaient de désir.

— Je veux te faire l'amour, Bella, mais seulement si tu en as envie.

— Mais j'en meurs d'envie, répondit-elle en lui tendant la main. Je le désire plus que tout, Mac.

Il ne répondit rien, mais lui prit la main et la pressa contre ses lèvres. L'expression de son visage disait tout ce qu'elle voulait entendre. Il s'allongea à côté d'elle, et l'enveloppa de ses bras. Personne ne l'avait jamais regardée ainsi, comme si elle détenait la clé de son avenir. A cet instant, elle sut : peu importait ce qui se passerait, elle ferait tout pour ne pas le blesser. Elle l'aimait tellement — beaucoup trop pour causer son malheur. Peut-être l'avait-elle toujours aimé, à la vérité. Simplement, elle avait eu trop peur de l'admettre.

Ils firent l'amour avec un appétit vorace, qui les transporta. Chaque baiser, chaque caresse, les affolaient davantage. Mac se consumait du désir d'être en elle, mais il réussit à se maîtriser. Il voulait que ce soit formidable pour elle aussi.

— Mac, s'il te plaît.

Le désespoir qu'il perçut dans sa voix le fit basculer, et il la pénétra d'un puissant coup de reins. Il n'aurait pu se retenir plus longtemps, même s'il l'avait voulu. Bella était aussi affamée que lui, son corps s'arquant, tandis qu'il les emmenait tous les deux jusqu'à l'orgasme. Ils tremblaient encore en redescendant sur terre, frappés par l'intensité de leur étreinte. Il savait qu'il revenait d'un sommet jamais atteint jusqu'à présent, et qu'il ne retrouverait plus sans Bella. Elle était la seule avec qui il puisse expérimenter une telle fusion, une plénitude aussi forte. Parce qu'il l'aimait.

Il avait envie de lui avouer ce qu'il ressentait, mais quelque chose l'arrêta, cette peur de l'abandon qui l'avait hanté toute sa vie. Il se haïssait d'être aussi méfiant, mais il savait qu'il devait s'accorder avec ses propres sentiments, avant de passer à l'étape suivante.

Roulant sur le flanc, il lui sourit, adorant la façon dont son visage s'illumina lorsqu'elle lui rendit son sourire. Si ce n'était pas une preuve de ses sentiments pour lui, alors qu'est-ce qui l'était ?

— Maintenant que je viens d'être coquin avec vous, docteur English, j'imagine qu'il faudrait que je vous nourrisse. Serais-tu tentée par du bacon et des œufs ? demanda-t-il.

— Ce serait merveilleux, répondit-elle en s'étirant. A tout hasard, offres-tu le petit déjeuner au lit à tes invités ? Parce que je me sens bien trop alanguie pour me lever.

— J'imagine que je pourrais faire exception, mais juste pour cette fois, répondit-il d'un air de martyr.

— Oh ! Il y aura donc d'autres occasions ?

Elle sourit, ses yeux verts pétillaient, et il ne put résister. Il se pencha et l'embrassa, sentant son corps réagir immédiatement. L'attrapant par la taille, il la souleva au-dessus de lui.

— Je pense bien. J'irai même jusqu'à dire que je sais quand va se produire la prochaine.

Il fit courir une main le long de son dos, tandis que leurs lèvres entraient en contact. Il l'embrassa longtemps, passionnément, sans même s'étonner de l'intensité de son désir. Même s'il lui faisait l'amour une dizaine de fois, il la voudrait toujours autant.

Et ce fut une fois encore un bonheur intense. Il s'obligea

ensuite à se traîner hors du lit. Bella devait avoir faim, et il voulait la nourrir, satisfaire ses moindres désirs. Cette pensée le remplit de tendresse, tandis qu'il enfilait ses vêtements et allait lui préparer à manger. Bella avait décidé de prendre une douche, et il sourit en entendant l'eau couler. Il pourrait s'habituer à vivre avec elle. Très facilement, d'ailleurs.

Il secoua légèrement la tête. C'était la première fois qu'il envisageait ce genre de choses ! Jamais il n'avait vécu avec ses innombrables petites amies. Cela lui était toujours apparu comme une démarche précipitée, alors qu'il savait intuitivement que vivre avec Bella répondait à son vœu le plus cher. Il désirait l'intimité découlant d'une vie commune, il brûlait de connaître toutes les petites choses qui la faisaient réagir, ses plats favoris, les programmes qu'elle aimait regarder à la télévision. La tête commença à lui tourner : s'il s'engageait sur cette route, que trouverait-il au bout ? Le mariage ?

Si seulement il pouvait savoir ce qu'il voulait ! Mais il n'y parvenait pas. Pas encore. Un dernier vestige de sa peur de jadis traînait encore dans un coin de sa tête, et tant qu'il ne s'en serait pas débarrassé, il ne pourrait prendre de décision définitive. Il soupira. Pourvu qu'il réussisse à se décider au plus tôt. Avant de perdre Bella, en tout cas.

9.

— Je suis repue.

Bella poussa un soupir en reposant couteau et fourchette. Elle avait trop mangé, mais comment résister, quand Mac la nourrissait ? Elle lui sourit, et prit plaisir à voir ses yeux s'illuminer lorsqu'il lui sourit en retour. Un indice de ses sentiments à son égard ? Elle s'efforça de chasser cette pensée.

— Essayez-vous de m'engraisser, docteur MacIntyre ? demanda-t-elle.

Elle se mordilla la lèvre. D'accord, ils avaient fait l'amour ; d'accord, cela avait été merveilleux, mais elle ne devait rien tenir pour acquis.

— Parce que tu risques d'y réussir, si tu me prépares des repas pareils.

— Pour autant que je sache, ce n'est pas vraiment un danger qui te menace.

Il lui sourit encore, et elle se sentit rougir en comprenant qu'il était en train de repenser à elle pendant l'amour. Elle fut soudain assaillie par le souvenir de son corps puissant. Bizarrement, ce n'était jamais le physique d'un homme qui l'avait stimulée, autrefois. Même adolescente, elle n'avait jamais accroché aux murs de sa chambre les posters de quelque idole masculine. Cela n'avait jamais marché sur elle, mais aujourd'hui, l'image du corps de Mac, élancé, et en même temps si puissant, la troublait terriblement. Attrapant sa tasse, elle plongea le nez dedans, priant pour qu'il n'ait pas deviné le cours de ses pensées. Ce genre d'idées ne devrait pas tourmenter une femme de son âge !

— Bella ?

Sa voix était si douce qu'elle réagit comme s'il l'avait touchée. D'une main tremblante, elle reposa sa tasse et vit le regard préoccupé qu'il posait sur elle.

— Tu n'es pas chagrinée par ce que nous avons fait, chérie ? demanda-t-il, une main posée sur la sienne.

— Non, répondit-elle d'une voix ferme.

Non, elle ne regrettait pas d'avoir refait l'amour avec lui, même si elle ne pouvait s'empêcher de s'interroger sur la suite des événements. Mac attendait-il qu'ils restent des amis, couchant occasionnellement ensemble ? Pourvu que non ! Mais même elle n'était pas certaine de ce qu'elle désirait au fond.

— Alors qu'est-ce qui ne va pas ? demanda-t-il en pressant sa main. Dis-moi. Je voudrais savoir ce qui te tracasse.

— Rien, tout va bien.

Elle lui adressa un sourire éclatant, répugnant à laisser paraître sa peur, quand ses sentiments étaient aussi ambivalents. Voulait-elle de Mac pour toujours dans sa vie, ou juste dans un futur proche ? Elle l'aimait, de cela elle était certaine, mais c'était long, une vie entière, et elle ignorait si c'était trop demander.

La situation lui sembla soudain trop compliquée. Elle se leva et commença à ramasser les assiettes. Elle avait besoin de temps pour réfléchir, pour déterminer ce qu'elle désirait vraiment… Elle tressaillit quand, en se retournant pour porter les assiettes dans l'évier, elle croisa le regard de Mac. Elle le désirait, mais en avait-elle le droit, sans être sûre de pouvoir combler ses besoins ?

— Je vais prendre une douche, déclara-t-il en se levant.

Ramassant leurs tasses, il les plaça sur le comptoir, en profitant pour lui déposer un baiser dans le cou au passage. Elle eut un petit frisson, en sentant ses lèvres sur sa peau.

Difficile de se comporter de manière raisonnable quand de telles sensations vous envahissaient !

— Bella.

Prononcé par ces lèvres, son prénom sonnait comme une caresse. Aussi se blottit-elle sans hésiter dans les bras qui se refermaient sur elle. Elle ignorait peut-être tout de l'avenir, mais savait ce qu'elle voulait là, tout de suite. Elle lui rendit son baiser, en quête de confirmation. Le désir qu'ils éprouvaient l'un pour l'autre était forcément un bon présage, non ?

Ils refirent l'amour, et ce fut une nouvelle fois une expérience d'une intensité inégalée. La peau satinée de Bella stimulait Mac, comme rien auparavant. Il ne pouvait que s'émerveiller de la différence. C'était quelque chose de spécial. De pleinement épanouissant. Il ne s'agissait pas juste de sensations sexuelles, son esprit aussi était concerné. Il avait l'impression de se trouver lui-même dans ses bras, de découvrir son être véritable, derrière l'image sociale. Il ne s'était jamais rendu compte de la distance qu'il avait mise entre le monde et lui, mais il le savait désormais. Avec Bella, il pouvait être lui-même. La pensée était si poignante qu'elle balaya les derniers reliquats de peur. Lui prenant le visage entre ses mains, il plongea dans ses yeux.

— Je t'aime, Bella.

Il dut s'interrompre, incapable d'aller plus loin. C'était tout de même la première fois qu'il prononçait ces mots, car par le passé, ils n'auraient jamais été vrais. Aujourd'hui, en revanche, c'était bel et bien la vérité. Il aimait Bella de tout son cœur, de toutes les cellules de son être.

— Je…, commença-t-elle, avant de s'interrompre.

Il s'aperçut de sa stupéfaction et comprit. L'instant était crucial pour tous les deux. Il eut un rire nerveux, et déposa un petit baiser sur le bout de son nez.

— Je sais, je suis moi aussi assez abasourdi, mon amour. Nous avons besoin tous les deux de quelques minutes pour nous faire à cette idée, tu ne penses pas ?

Il se leva, submergé par la tendresse en voyant l'expression de son visage, mélange de stupéfaction et d'excitation croissante. Visiblement, sa déclaration ne lui avait pas fait l'effet d'une surprise désagréable. Tout en se dirigeant vers la salle de bains, il sentait le bonheur se répandre dans ses veines. Parler de ses sentiments à Bella avait été un pari risqué, mais le jeu semblait en valoir la chandelle. Il était évident qu'elle avait des sentiments pour lui ; il ne lui restait donc plus qu'à l'amener à admettre qu'elle l'aimait, elle aussi. Ainsi, pourraient-ils envisager l'avenir.

Il sourit en versant du gel douche dans la paume de sa main. Peut-être mettait-il la charrue avant les bœufs, mais Bella et lui semblaient bel et bien être destinés à faire la route ensemble !

Bella lava la vaisselle et rangea tout dans les placards. Mac prenait grand soin de son bateau, et elle ne voulait surtout pas qu'il la considère comme une source de désordre.

Elle s'assit sur le canapé, les jambes soudain flageolantes. Rien d'étonnant à cela, après l'aveu de Mac. Il avait dit être amoureux d'elle. Etait-ce possible ?

Un frisson la parcourut quand elle revit son expression au moment de sa déclaration. Soit il était un comédien hors pair, soit il avait dit vrai… Tout à coup, elle sut avec certitude quelle option elle choisissait. Elle voulait que Mac fasse pour toujours partie de son avenir !

Elle laissa l'idée faire son chemin. Vivre avec Mac, jour après jour, ce serait comme un rêve devenu réalité. Il serait toujours là pour elle, pour la soutenir. Sa loyauté et sa constance étaient des qualités qu'elle avait toujours admirées chez lui. Même si l'écart entre leurs origines sociales différentes l'avait quelque peu inquiétée au départ, elle avait toujours su qu'il serait là pour elle. C'était pour cette raison, qu'elle avait tant souffert en apprenant qu'il la rendait responsable de l'échec de son mariage. Elle avait pensé qu'il comprendrait pourquoi elle avait dû y mettre un terme. Etait-il persuadé désormais que ce n'était pas sa faute ? Elle l'espérait. Car s'ils voulaient avoir une vie heureuse ensemble, ils devaient se faire entièrement confiance.

Un petit doute subsistait néanmoins, telle une tache sombre sur une toile, sans cela impeccable. Elle savait qu'elle devait lui en parler, avant qu'ils n'aillent plus loin. Elle refit du café, pendant qu'il finissait de prendre sa douche, de plus en plus nerveuse à chaque seconde. Si Mac n'était pas persuadé de son innocence, ce serait le début et la fin de leur histoire.

— Oh ! du café ! s'exclama-t-il en pénétrant dans la cabine.

Il sourit, et la prit par la taille.

— Tu n'es pas seulement belle et sexy, tu sais aussi lire dans mes pensées. Rien d'étonnant à ce que je t'aime, Bella English.

Il l'embrassa, agaçant ses lèvres jusqu'à ce que la tête lui tourne. Elle répondit à son baiser, sentant ses derniers doutes s'évanouir. Mac n'éprouverait pas ce genre de choses s'il ne l'aimait pas. Et aucun sentiment au monde n'égalait le bonheur de savoir l'amour de Mac authentique. Quand il releva la tête, elle sut que le moment était venu de lui parler de ce qu'elle ressentait. Elle l'aimait elle aussi, et maintenant que tous les doutes étaient balayés, elle voulait que ce soit clair.

— Mac, je…

Elle fut interrompue par la sonnerie du téléphone de Mac. Poussant un juron, il jeta un coup d'œil à l'appareil, posé sur la table.

— Bon sang ! pourquoi ces trucs sonnent-ils toujours aux pires moments ?

Il l'attrapa, et elle vit son expression changer quand il lut le nom de l'appelant sur l'écran.

— Salut, Tim, lança-t-il d'un ton égal. Oui, je l'ai retrouvée, elle va bien… Bien sûr, elle est là.

Elle sentit son cœur se serrer quand il lui tendit le téléphone. Pourquoi Mac paraissait-il si distant tout à coup ? Il ne pensait tout de même pas qu'elle avait envie de parler avec son ex, après ce qui venait de se passer entre eux ?

Elle raconta les événements à Tim, d'un ton sec qui confinait à l'impolitesse. Elle n'évoqua ni Freya ni rien d'autre, pressée d'en finir aussi vite que possible.

Tout en parlant elle observait Mac, qui se tenait à présent près de l'évier, et sentit les battements de son cœur s'accélérer devant son air lugubre. Il pensait visiblement qu'elle était heureuse d'entendre Tim, alors que rien n'aurait pu être plus éloigné de la vérité. Cette partie de sa vie était terminée, et elle ne se remettrait jamais avec Tim. Il fallait qu'elle le fasse comprendre à son ex. Aussi accepta-t-elle le rendez-vous qu'il lui proposa. Elle ne pourrait aller de l'avant tant qu'elle n'aurait pas tiré un trait sur son passé.

— Il appelait pour vérifier que j'allais bien, expliqua-t-elle après avoir raccroché.

Mac ne répondit rien. Aussi, afin que les choses soient claires, s'empressa-t-elle d'ajouter :

— Il souhaite me voir, et j'ai accepté.

— Oui, j'avais entendu, répliqua-t-il froidement. Je devrais sans doute te féliciter. Vous êtes visiblement venus à bout de vos divergences. Je vous souhaite tout le bonheur possible.

— Non, ce n'est pas vrai ! Je…

Il l'interrompit vivement :

— Pas la peine de m'expliquer. Tim t'aime encore, c'est évident. Et toi aussi, puisque tu es d'accord pour le revoir, après tout ce qui s'est passé, ajouta-t-il avec un haussement d'épaules méprisant. Je suis content d'avoir pu vous aider, dans la faible mesure de mes moyens. De toute évidence, coucher avec moi t'a permis de comprendre ce que tu attendais de la vie, et ce n'est certainement pas une aventure avec moi.

Elle le dévisagea, atterrée. Elle n'en croyait pas ses oreilles. Bien entendu, elle comprenait ce qu'il disait, mais la théorie de Mac selon laquelle coucher avec lui l'aurait incitée à retourner vers Tim dépassait son entendement. S'il l'aimait comme il le prétendait, il l'aurait sue incapable d'un tel comportement.

Tout à coup, elle en eut assez de rester là, à l'écouter proférer toutes ces accusations injustes. Empoignant son sac, elle gravit quatre à quatre l'escalier menant au pont. Elle l'entendit crier son nom, mais continua à courir. Pourquoi lui aurait-elle obéi ? Il avait dit tout ce qui devait l'être, révélé la vraie nature de ses sentiments. Il avait peut-être cru l'aimer, mais c'était faux, sans quoi il ne l'aurait jamais pensée capable de revenir vers Tim, après la nuit qu'ils avaient passée, elle et lui. Encore une fois, la pensée que tout dépendait d'elle refit surface pour la tourmenter. Si elle avait montré ses sentiments à Mac, l'avait persuadé que c'était lui qu'elle voulait et personne d'autre, il en serait peut-être allé autrement.

Les larmes ruisselaient sur ses joues, tandis qu'elle courait le long du quai. Des larmes de tristesse pour son bonheur si éphémère et si vite perdu. Cela faisait mal, bien plus que quand son mariage avait sombré, mais c'était à prévoir. Cette fois-ci, elle avait donné son cœur, et on le lui rendait en lambeaux. C'était le rejet le plus douloureux qui fût.

Après le départ de Bella, Mac s'effondra sur son lit. Il aurait pu lui courir après, mais se savait incapable de faire quoi que ce soit pour l'instant. Elle avait l'intention de retourner avec Tim. Etait-ce vraiment possible ? Mais dans le cas contraire, pourquoi aurait-elle accepté de le rencontrer ?

La tête lui tournait sous l'afflux de questions. Il devait y répondre au plus vite, sans quoi il allait devenir fou, et perdre pied. Mais il n'y avait plus trace de Bella quand il se précipita sur le pont dans l'espoir de la rattraper. Le cœur lourd, il se demanda où elle avait bien pu aller. Ce fut seulement en apercevant un bus qui disparaissait à l'horizon qu'il eut au moins une réponse à ses trop nombreuses questions. Pour toutes les autres, eh bien, il devrait attendre. Bella était la seule à connaître la vérité.

Il se dirigea vers sa moto et démarra l'engin, l'estomac noué, alors que sa vieille peur de l'abandon refaisait surface. Certes, il voulait des réponses, mais il devait prier, afin d'être assez fort pour les entendre.

— Petit garçon de quatre ans, dans le box 3 : Oscar Starling. Sa mère pense qu'il a avalé du détergent. Qui s'en occupe ? Mac ou toi ?

— Moi.

Bella s'empara du dossier du gamin, tournant le dos pour échapper au regard surpris de Trish. Pas question qu'elle lui explique pourquoi elle était si pressée de prendre le patient. Mac avait essayé de la voir en privé durant toute la matinée, mais elle refusait de discuter avec lui. C'était également pour cela qu'elle ne lui avait pas ouvert sa porte, quand il s'était présenté chez elle, hier, après qu'elle avait quitté le bateau. Qu'avait-elle à lui dire, au fond ? Qu'elle n'avait aucune intention de retourner avec Tim ? Comment l'aurait-il crue, alors qu'elle était, à l'évidence, si peu convaincante dans l'expression de ses sentiments ?

Elle écarta le rideau, choisissant de se focaliser sur les besoins de son patient, plutôt que sur ses propres problèmes. Le petit garçon était assis sur la table d'examen. Il afficha un grand sourire en la voyant arriver.

— J'ai eu un nouveau tracteur, lui annonça-t-il avec le plus grand sérieux.

Et il brandit un engin étincelant, d'un vert éclatant.

— Tu en as de la chance, dis-moi, il est magnifique, répondit-elle.

Elle lui prit le jouet, avant d'imiter un bruit de moteur, puis elle se tourna vers sa mère :

— Bonjour, je suis le Dr English. D'après ce que j'ai entendu, Oscar pourrait avoir avalé du détergent, c'est bien ça ?

— Oui, répondit Louise Starling en soupirant. Il jouait dans la cuisine avec son tracteur. D'habitude, il ne s'approche jamais du placard où je range ces produits, mais aujourd'hui, si. Je suis montée à l'étage, et quand je suis redescendue, l'emballage était par terre. J'utilise le produit en capsules, et l'une d'elles était ouverte. C'est un liquide bleu vif ; or, les lèvres d'Oscar étaient tachées de bleu, elles aussi.

— Je vois, répondit Bella en se tournant vers le petit garçon. Tu as avalé beaucoup de détergent, Oscar ?

— Non, répondit-il en secouant la tête. Parce que ça avait un drôle de goût. J'ai tout craché par terre, ajouta-t-il, en observant son tracteur avec un sourire.

— Tu as bien fait.

Elle lui ébouriffa les cheveux. Il était vraiment adorable. Ça devait être merveilleux d'avoir un enfant aussi vif et joyeux. Il n'en fallut pas plus pour la ramener à sa propre situation, et elle réprima un soupir. Il y avait peu de chances que ça lui arrive, si elle repoussait tous les hommes qu'elle rencontrait. Elle tenta de chasser cette pensée en demandant à Louise Starling si elle avait apporté l'une de ces capsules avec elle.

— J'ai la boîte, répondit Louise en la lui tendant avec une grimace. J'avais vu un truc à la TV, comme quoi il fallait apporter l'emballage quand votre enfant avalait quelque chose qu'il n'aurait pas dû.

— Vous avez bien fait, lui dit Bella en esquissant un sourire. Même les parents les plus attentifs ne peuvent prévoir quelle idée va passer dans la tête de leurs enfants. Bon, je vais téléphoner au centre antipoison, et prendre conseil auprès d'eux. Cela étant, je ne pense pas qu'il faille trop s'alarmer. D'après ce qu'Oscar nous a dit, il n'a pas ingéré beaucoup de produit.

Elle passa son coup de fil. Le centre antipoison disposait de la liste des produits ménagers, et l'on put la conseiller sur la meilleure manière de procéder. Heureusement, ces fameuses capsules n'étaient pas très toxiques, et étant donné la faible quantité ingérée, ils convinrent qu'Oscar n'était pas vraiment en danger. Ayant annoncé la bonne nouvelle à la mère, Bella mit en place le traitement, impliquant notamment l'ingestion d'un grand verre d'eau. Le petit garçon s'exécuta sans protester, lui adressant même un grand sourire.

— C'est très bien, Oscar. Je veux que tu boives un autre verre, quand tu rentreras à la maison avec maman. Tu me feras ce plaisir ?

Oscar acquiesça, plus intéressé par son tracteur que par ce qui se passait. Bella éclata de rire, en le faisant descendre de la table d'examen.

— Viens avec moi, je vais voir si je te trouve un autocollant, tu as été un si gentil garçon.

Il lui prit joyeusement la main pour la suivre hors du box. Ils conservaient une pile d'autocollants derrière le comptoir de la réception, où Bella fouilla jusqu'à en trouver un de tracteur. S'étant accroupie, elle le colla sur le T-shirt du petit garçon.

— Et voilà. Ça dit : « Je suis un super patient ! », et c'est la vérité.

Elle sourit en voyant Oscar, tout excité, montrer l'autocollant à sa mère. Elle recommanda à Louise de leur ramener son fils à la moindre alerte, puis remplit le dossier après leur départ. Il était près de midi quand elle en eut terminé. Elle allait se rendre à la cantine, pour se forcer à manger quelque chose. Elle n'avait pas réussi à avaler quoi que ce soit ce matin, à part une tasse de café, mais elle ne pourrait tenir comme ça toute la journée. Si elle voulait travailler correctement, elle devait faire attention à elle. Car si elle se voyait privée de la famille dont elle avait toujours rêvé, il ne lui resterait plus qu'à se focaliser sur sa carrière. C'était un piètre substitut, même si elle adorait son travail, mais elle devait être réaliste. Elle avait eu des rêves, en effet, et il était difficile d'y renoncer. Son cœur se serra lorsqu'elle songea à l'avenir radieux qui s'offrait à Mac et à elle, mais plus elle s'y accrochait, plus douloureuse serait la chute. Ils avaient eu leur chance, et n'avaient pas su la saisir. Mieux valait qu'elle l'accepte au plus vite.

A mesure que la pause déjeuner s'écoulait, Mac avait de plus en plus de mal à contenir sa frustration. Bella avait repoussé chacune de ses tentatives d'explications. Oui, il avait essayé — un nombre incalculable de fois —, mais elle s'était débrouillée pour s'esquiver. Le reste de l'équipe n'allait pas tarder à s'apercevoir que quelque chose n'allait pas. Il n'y pouvait rien. Et si les gens se mettaient à cancaner, Bella serait la seule à blâmer.

Il s'en voulut aussitôt, conscient qu'il se montrait injuste. C'était lui qui avait lancé les accusations. Il avait passé sa nuit d'insomnie à se repasser le film des événements, et au petit matin, avait compris qu'il avait eu tort de tirer des conclusions aussi hâtives. Bella n'aurait jamais essayé de l'utiliser ainsi, ce n'était tout simplement pas dans sa nature. Il avait laissé sa peur d'être blessé dénaturer son jugement, et il lui devait des excuses. Une grande question demeurait cependant : les accepterait-elle ? Au vu de son attitude avec lui ce matin, il en doutait fort.

Il était au plus bas en renvoyant son premier patient de

l'après-midi, et regagna le bureau pour faire une pause. Il découvrit alors Bella devant l'ordinateur. Il n'y avait personne alentour. Le moment était idéal. L'idée de la perdre, si elle retournait avec Tim, était affreuse, mais ce serait encore pire de se quitter en aussi mauvais termes. Il devait lui présenter ses excuses et tenter de sauver ne serait-ce qu'un peu de leur relation. Il s'approcha à pas rapides, mais fut obligé de s'arrêter en entendant sonner le téléphone d'urgence. Il eut l'impression d'être coupé en deux. Une partie de lui voulait ignorer le téléphone et parler à Bella, tandis que l'autre l'incitait à répondre à ses impératifs professionnels.

Finalement, son sens du devoir triompha. Il attrapa le combiné, écoutant attentivement l'opérateur lui donner les informations. Un accident avait eu lieu sur un passage à niveau, au sortir de la ville. Un train avait heurté une voiture, restée coincée sur les rails, et plusieurs personnes avaient été gravement blessées, notamment des enfants. Mac confirma qu'ils envoyaient une équipe, et raccrocha tout en pressant l'alarme pour faire venir le reste du service. Dès que tout le monde fut réuni autour de son bureau, il expliqua la situation.

— Bella, Laura et moi, nous nous occuperons de l'accident, puisque nous sommes formés pour. Ce qui nous laisse Helen, Trish et Bailey pour s'occuper du service. Peux-tu appeler Adam ? demanda-t-il à Janet. Dis-lui de venir. Il avait une réunion ce matin, mais elle devrait être terminée maintenant.

Une fois tout le dispositif mis en place, il se dirigea vers la salle où ils entreposaient leur équipement. Ils passèrent des tenues imperméables, empoignèrent des sacs à dos contenant tout ce dont ils pourraient avoir besoin : des pansements de base aux instruments chirurgicaux. Impossible de prévoir ce qu'ils allaient découvrir, mieux valait donc être préparés au pire. Une voiture les attendait à la sortie de l'hôpital. Bella ne lui adressa pas un regard en grimpant à l'arrière, et invita Laura à s'asseoir à côté d'elle.

Il prit donc place à l'avant. Il avait laissé passer sa chance de s'expliquer et d'arranger la situation, et il risquait de ne plus en avoir l'opportunité. Peut-être devrait-il songer à résilier son contrat, et signer pour une nouvelle mission humanitaire. Il avait prévu de rester en Angleterre pendant quelque temps, mais travailler avec Bella, si elle se remettait avec Tim, serait un enfer. La voir au quotidien, en sachant qu'elle en aimait un autre, lui serait une douleur insupportable. Franchement, il ne pensait pas être capable de faire face.

Il ferma les yeux lorsque le véhicule démarra avec gyrophare et sirène, essayant de chasser le tableau sombre et solitaire de son avenir. Sans Bella dans sa vie, il n'avait plus grand-chose à attendre.

10.

Ce n'était pas le premier accident auquel Bella assistait, mais c'était le plus grave. La plupart des wagons du TGV avaient déraillé. Les équipes de secours et les pompiers travaillaient le long des rails, recherchant des passagers blessés, et le temps qu'ils arrivent, une centaine de personnes au moins gisaient sur la voie. Affronter autant de gens ayant besoin de leur aide était impressionnant. Mac, bien mieux qu'elle, surmontait manifestement son appréhension.

— On doit chercher à localiser les enfants. Cela semble peut-être injuste d'ignorer les adultes, mais d'autres équipes médicales s'en occuperont.

Elle approuva, sentant sa panique initiale refluer devant le calme de Mac.

— Que veulent-ils que l'on fasse ? demanda-t-elle.

Son cœur se remplit de joie alors qu'il lui souriait, mais elle s'obligea à la retenue. Il était facile d'imaginer que ce sourire signifiait quelque chose. Pourtant, Mac avait prouvé qu'il ne l'aimait pas, et elle ne devait jamais l'oublier.

— Je vais interroger l'officier responsable. Les secours ont dit qu'il y avait deux enfants gravement blessés, sans pouvoir exclure qu'il y en ait d'autres. Mais on peut déjà commencer avec eux.

— Très bien, Laura et moi, nous irons vérifier ce groupe là-bas, répliqua-t-elle d'un ton neutre.

Le cœur lourd, elle se dirigea avec Laura vers un

groupe d'adolescents assis près des rails. Il y avait trois garçons et deux filles, tous, à l'évidence, profondément choqués. L'un des garçons avait une large entaille sur le front. Bella la nettoya, avant d'y appliquer un pansement de suture pour en maintenir les bords soudés. Le jeune homme devrait aller à l'hôpital, pour qu'on écarte l'hypothèse d'un traumatisme crânien. Les autres membres du groupe ne souffraient que de blessures superficielles. Ils pouvaient attendre qu'on les autorise à rentrer chez eux. Comme ils avaient tous des portables, elle supposa qu'ils n'attendraient pas longtemps.

Les effets secondaires de ce qu'ils venaient de subir étaient impossibles à prédire. Certains continueraient leur vie comme si de rien n'était, tandis que d'autres seraient traumatisés à vie. Cela dépendait de leur personnalité. Ainsi, elle avait passé son enfance à tenir les autres à distance, et c'était donc doublement ironique de voir ses émotions bafouées, maintenant qu'elle avait réussi à leur consentir une place. Cette pensée était pour le moins déprimante, mais elle n'avait pas le temps de s'y appesantir, car Mac arrivait pour la prendre à part.

— Les enfants blessés sont toujours dans le train. L'équipe qui les a trouvés a jugé qu'il était trop risqué de les bouger.

— Ça se présente mal, répliqua-t-elle d'un ton morose. Connais-tu le numéro du wagon ?

— Un membre de l'équipe va nous y conduire. Tu te sens assez forte ? Je sais comme ce genre de situations peut être difficile, alors n'hésite pas à me faire part de tes appréhensions.

— Ça ira, merci.

Elle se redressa, bien décidée à empêcher ses nouvelles émotions de la submerger.

Mac ne l'aimait pas, et si elle se le répétait assez souvent, peut-être qu'elle finirait par y croire, et arrêterait de réinterpréter chacune de ses paroles.

— Parfait.

Il haussa les épaules, mais elle vit de la douleur dans ses yeux, et dut se retenir pour ne pas ajouter quelque chose. Il n'avait pas besoin d'être rassuré. Il n'avait besoin de rien venant d'elle. Cette pensée l'accompagna, tandis qu'ils suivaient l'un des pompiers. Ils arrivèrent à hauteur des deux premiers wagons, juste après la locomotive, et elle grimaça. Les wagons en question avaient basculé sur le côté dans un désordre chaotique, le long de la pente, et il était dur d'imaginer que quelqu'un avait pu s'en sortir.

— Il va falloir être très prudent, lui expliqua le pompier. Il y a beaucoup de verre brisé et de métal à l'intérieur. On a essayé de stabiliser les wagons autant que possible, pour les empêcher de dévaler la pente, mais si on vous ordonne de sortir, obéissez sur-le-champ. L'un des enfants est dans le premier wagon, l'autre dans le deuxième, et vous devrez entrer par ici. Deux de nos gars attendent avec eux.

Elle acquiesça, économisant son souffle, tandis qu'elle tentait de se déplacer à l'intérieur du wagon. Ils avaient du chemin à faire et peu de matériel, ce serait difficile.

— Prends appui sur moi, je vais t'aider à monter.

Mac plaça ses mains en coupe et, après une brève hésitation, elle y posa le pied. Il la propulsa vers le haut, pour qu'elle atteigne la main du pompier, lequel la hissa sur le wagon, attendant que Mac les rejoigne pour les guider à l'intérieur. C'était désorientant de marcher sur les murs du wagon, en évitant les tablettes et fauteuils, qui s'étaient décrochés. Elle fut soulagée lorsqu'ils atteignirent leur première patiente, une fillette d'une dizaine d'années.

— Reste avec elle, je vais voir l'autre enfant, annonça Mac, dont les yeux s'étaient assombris. Fais attention à tes gestes, Bella. C'est très facile de provoquer soi-même un accident dans ce genre de situations.

Elle acquiesça, incapable de parler tant sa gorge était sèche. Elle s'accroupit et commença à examiner la petite, se concentrant sur ce qu'elle faisait. Ce serait une erreur de chercher à interpréter le regard de Mac, pourtant son cœur s'était mis à marteler sa poitrine, parce qu'elle n'avait aucun moyen de s'en empêcher. En dépit de tout, elle appréciait que Mac s'inquiète à son sujet.

Elle inspira profondément, mais la vérité était tenace. Elle voulait qu'il ressente toutes sortes de choses en la regardant, notamment de l'amour.

Mac fit de son mieux, mais les blessures du garçon étaient trop graves. Il mourut quelques minutes plus tard, et tout ce qui restait à faire à présent, c'était d'informer ses parents. Ils avaient été blessés eux aussi, et évacués à l'hôpital.

Le cœur lourd, il gagna la sortie. Annoncer pareille nouvelle à des proches était toujours difficile, tout particulièrement lorsqu'il s'agissait d'un enfant. Il ne pouvait imaginer la douleur d'une tragédie pareille. S'il avait eu un enfant, il en aurait aimé chaque fibre, mais Bella étant la seule femme avec qui il aurait voulu avoir un enfant, cela ne se produirait jamais.

Pas facile de dissimuler à quel point il était dévasté par cette pensée. Quand il s'arrêta à côté d'elle, il dut se retenir de lui crier tout ce à quoi il venait de penser. C'était injuste de la soumettre à une telle pression, de la culpabiliser, parce qu'elle aimait Tim et pas lui. Les gens ne choisissent pas la personne dont ils tombent amoureux. Pourtant lui, s'il avait eu le choix, il aurait choisi Bella sans hésiter. Dès qu'ils s'étaient vus, il avait su qu'elle était la seule femme pour lui. Il sentit sa gorge se serrer.

C'était dur de contenir ses émotions, mais il parvint à se contrôler.

— Tu as bientôt fini ?

— Oui, son état est stable, et elle est prête à être transportée. Et l'autre enfant ?

Il secoua la tête, les larmes aux yeux, cette fois. Il

était à fleur de peau, et il ne lui en faudrait pas beaucoup pour craquer.

— Il n'a pas survécu.

— Oh ! Je suis tellement désolée ! s'exclama-t-elle en lui touchant la main.

Ce ne fut qu'une caresse légère, le plus bref des contacts, mais il sentit comme une brûlure sur sa peau.

Il se retourna, terrifié. Il ne devait pas la supplier de rester avec lui, ne devait pas la forcer. Elle devait le désirer autant qu'il la désirait, sinon, cela n'en valait pas la peine. Elle finirait par le quitter, et il ne supportait pas cette idée… Toutefois, était-ce pire que ce qu'il vivait maintenant ? Pourrait-il se sentir aussi dévasté qu'en ce moment, en sachant qu'il l'avait perdue ?

La question tourbillonnait dans sa tête tandis qu'il s'éloignait du train. Il devait trouver l'officier responsable, et l'informer du décès du petit garçon. Toutefois, il n'avait franchi plus de quelques mètres quand il entendit un cri. Il se retourna aussitôt. Son cœur s'arrêta de battre lorsqu'il vit ce qu'il restait du wagon glisser le long de la pente. Il y eut un crissement de métal qui se rompt, des bruits de verre brisé, puis le silence.

Il resta planté là, incapable de bouger tant la peur le paralysait. Bella était prisonnière à l'intérieur de cet amas de métal !

Bella était sur le point de se relever quand elle entendit quelqu'un hurler, puis, dans la seconde qui suivit, elle sentit le wagon bouger. Cramponnée à une table, elle comprit qu'il prenait de la vitesse en dévalant le talus. Des morceaux de verre et de métal volaient en tous sens, et elle poussa un cri lorsqu'un éclat d'acier se ficha dans son cou. Un filet de sang tiède se mit à couler de sa blessure, mais elle était trop effrayée pour y porter la main, et vérifier de quoi il retournait. Heureusement, Katie, la fillette dont elle s'occupait, était coincée entre deux sièges retournés qui la protégeaient. Toutefois, Bella put lire une peur immense dans son regard, et sa réaction fut instinctive.

— Tout va bien, ma chérie, le wagon a juste glissé un peu, il va bientôt s'arrêter.

Elle pressa la main de la fillette, priant pour ne pas avoir été trop optimiste. La pente était raide à cet endroit, et filait droit vers la rivière. Mieux valait ne pas imaginer ce qui se passerait, s'ils la dévalaient jusqu'au bout. Aussi fut-elle immensément soulagée quand la carcasse s'immobilisa enfin. Elle se relevait avec précaution, mais elle sentit le wagon se balancer. Un coup d'œil par la vitre lui glaça les sangs : la voiture avait été arrêtée par quelques troncs d'arbres rabougris, et ceux-ci, à l'évidence, ne supporteraient pas leur poids très longtemps.

— On va devoir vous évacuer, déclara derrière elle le pompier qui les avait guidés dans le wagon. Ces arbres sont sur le point de céder. On va vous faire sortir tout de suite, la fillette et vous.

— Je comprends, répondit-elle calmement, tout en faisant de son mieux pour cacher l'inquiétude que lui inspirait Katie.

Elle vérifia que les attelles placées autour des hanches et des jambes de Katie étaient solidement attachées. La fillette avait une fracture du bassin et des deux fémurs, et il était primordial de les stabiliser, avant d'essayer de la déplacer. Une fois certaine d'avoir fait tout ce qui était en son pouvoir, elle se releva.

— Allez-y, évacuez-la.

Les pompiers extirpèrent doucement la fillette d'entre les sièges. Une civière était prête, où ils la couchèrent avant de la transporter à travers les débris. Bella les suivit, crispant la mâchoire sous la douleur qui lui vrillait le cou. Le sang avait arrêté de couler, mais il lui faudrait sans doute des points de suture. Ils atteignirent enfin la porte, et le pompier se tourna vers elle.

— Vous sortirez la première, comme ça vous serez là, si elle a besoin de quelque chose. Ça va être coton de sortir, ajouta-t-il en baissant la voix. Alors préparez-vous, docteur.

Elle hocha la tête. Non seulement l'équipe devait porter la civière jusqu'à l'ouverture, mais il fallait la soulever de manière qu'elle passe par cette même ouverture. Pourvu que les antidouleurs qu'elle avait donnés à la fillette fassent effet. En d'autres circonstances, elle aurait insisté pour qu'ils attendent qu'elle augmente la dose, mais ce n'était pas possible maintenant. Le wagon pouvait reprendre sa course d'un instant à l'autre, et mieux valait ne pas en envisager les conséquences. Elle laissa l'un des pompiers la soulever vers l'ouverture, suffoquant lorsqu'elle découvrit que Mac était au-dessous, pour l'aider à descendre. Il agrippa solidement ses mains, et elle put lire un immense soulagement dans son regard.

— Ça va ? demanda-t-il, la voix tremblante d'émotion.

— Je... je crois que oui.

Il pressa ses doigts, avant de la reposer au sol où un autre pompier attendait pour la conduire vers le poste de secours. Quelques secondes plus tard, elle avait atteint le sommet du talus. Elle se laissa tomber dans l'herbe, alors que sa tête se mettait à tourner. Etait-ce le stress de ces derniers jours ou la quantité de sang qu'elle avait perdue ? Un vertige s'empara d'elle. Plaçant la tête entre ses genoux, elle s'obligea à respirer lentement et profondément, mais son état ne fit qu'empirer. Au moment où elle perdit connaissance, elle entendit encore la voix affolée de Mac, qui criait son nom.

11.

Mac avait toutes les peines du monde à contenir son angoisse en roulant vers l'hôpital de Dalverston. Il aurait volontiers vendu son âme au diable, si cela lui avait permis de monter dans l'ambulance qui conduisait Bella et Katie vers l'hôpital, mais il lui était impossible de laisser Laura se débrouiller seule. Il avait dû rester, même si c'était la chose la plus difficile qu'il ait jamais eu à faire. Bella était blessée, et il avait besoin d'être à ses côtés, même si ce n'était pas ce qu'elle désirait.

Cette pensée l'accablait, quand il atteignit les urgences pédiatriques. Nick Rogers, l'un des internes les plus expérimentés, était de garde, et il sourit en voyant Mac arriver.

— Ça a été pour le moins agité, aujourd'hui, dit-il. On a tiré à la courte paille, et j'ai dû rester ici. C'est l'histoire de ma vie ! Je n'ai jamais le travail intéressant.

Mac savait que Nick plaisantait, et travaillait avec le même sérieux que tous ici, mais il répliqua pourtant :

— Tu ne dirais pas ça, si tu avais vu tous ces blessés, dans le train.

— Pardon, marmonna Nick.

Mac soupira, conscient d'avoir réagi trop vivement.

— Non, c'est moi. Ne fais pas attention. Mais bref, vous avez Bella dans le service. Je peux la voir ?

— Bien sûr, elle est dans le box numéro 4… Non, attends, elle vient juste de descendre en radiologie.

— « En radiologie » ? répéta Mac, avec angoisse. On lui fait une radio ?

— Oui, l'entaille est assez profonde, dans son cou, et j'ai voulu vérifier qu'il n'y restait aucun résidu.

— J'avais espéré qu'elle s'en tirerait avec quelques points de suture, répondit-il, l'estomac noué.

Si quelque chose s'était logé dans la plaie — un morceau de verre ou de métal, par exemple —, Bella aurait besoin d'une opération, et il ne supporterait pas de la voir traverser une épreuve pareille.

— Ce sera sans doute le cas, précisa Nick, mais mieux vaut prendre toutes les précautions nécessaires.

— Je… Oui, bien sûr.

Il fit de son mieux pour reprendre ses esprits, tout en remerciant son collègue. Il savait qu'il exagérait, mais rien n'y faisait. Il s'agissait de Bella, et il était incapable de garder la tête froide quand son sort était en jeu. Il se rua vers l'ascenseur qui descendait au service de radiologie. L'accueil était vide. Pestant, il appuya sur la sonnette, de plus en plus impatient à mesure que son attente se prolongeait. Quand la porte d'une des cabines de radiographie s'ouvrit, il se retourna vivement, et se figea, en découvrant Bella assise dans un fauteuil roulant.

— Mac, qu'est-ce que tu fais là ? s'exclama-t-elle en l'apercevant à son tour. Je pensais que tu serais encore sur les lieux de l'accident.

— Tous les enfants qui n'ont pas été transférés à l'hôpital sont rentrés chez eux, expliqua-t-il en s'approchant d'elle. Nick m'a dit qu'on allait te faire une radio du cou.

— Oui, et Dieu merci, il n'y a rien dans la plaie. Dès qu'on m'aura recousue, je serai sur pied.

Elle lui adressa un sourire, mais il y lut de la méfiance. Bien sûr, elle n'était pas certaine de la suite à donner à leur relation. Alors tout à coup, il ne put attendre ou tergiverser davantage, Il l'aimait, bon sang ! Il la voulait ! Et il voulait qu'elle le sache.

Son cœur battait à tout rompre quand il annonça au brancardier qu'il ramènerait lui-même le Dr English aux urgences pédiatriques. Dès que l'homme se fut éclipsé, il poussa Bella jusqu'à un coin reculé, où ils ne seraient pas dérangés. S'étant accroupi devant son fauteuil, il planta son regard dans le sien, sachant qu'il s'agissait du plus gros pari de son existence. Lui avouer son amour lui avait déjà semblé difficile, l'autre jour, mais ce n'était rien en comparaison avec ce qu'il s'apprêtait à faire aujourd'hui. C'était si énorme que la peur lui nouait le ventre. Pourtant il ne pouvait reculer, s'il voulait se donner une chance d'atteindre ce qu'il désirait si ardemment — Bella et une vie de bonheur à ses côtés.

S'étant emparé de ses mains, il les approcha de sa bouche, sentant la panique refluer au contact de sa chaleur contre ses lèvres. Il pouvait le faire.

— Je t'aime, Bella. Je sais, je te l'ai déjà dit, mais j'ai tout gâché par ma réaction ridicule, quand Tim a téléphoné. Je n'ai pas d'excuse pour ce que j'ai dit. J'ai eu tort, et je le regrette amèrement.

— Je n'aurais jamais couché avec toi juste pour voir quels étaient mes sentiments envers Tim, murmura-t-elle.

— Je sais.

Il se força à articuler ces mots, alors qu'il sentait une immense tristesse dans sa voix. Il savait qu'elle disait vrai, et la conscience de lui avoir causé une telle angoisse ne fit qu'accentuer son sentiment de culpabilité.

— Je suis tellement désolée, mon amour. Peux-tu me pardonner ?

— Oui. Si je suis persuadée que tu me crois, répondit-elle sans le lâcher du regard. Je n'y arriverai pas, si tu continues à douter de moi tout le temps. Je dois être sûre que tu crois en moi, Mac. Notre relation ne fonctionnera pas si tu doutes en permanence.

— Je sais, répéta-t-il.

Il eut un petit soupir, avant de se pencher vers elle, pour l'embrasser sur la bouche.

Il recula aussitôt, car immédiatement son corps réagissait à ce contact. Il était trop tôt pour ça. Ils devaient d'abord régler toutes les questions en suspens avant d'aller plus loin. S'ils décidaient d'aller plus loin. Cette pensée le stimula.

— Je m'en veux de t'avoir fait du mal, Bella. Mais la vérité, c'est que j'ai toujours eu une difficulté à accorder ma confiance aux gens. Cela remonte à mon enfance, tu sais, à cause du départ de ma mère.

Il esquissa un sourire, mal à l'aise face à cet aveu de ce qu'il considérait comme une faiblesse.

— Je sais que j'aurais dû surmonter cette peur depuis des années, mais parfois, cela revient me hanter.

— Nous sommes tous le produit de notre histoire, Mac.

Elle porta sa main à ses lèvres, et déposa un baiser dans sa paume. Sa voix était si douce, si tendre qu'un nœud se forma dans sa gorge.

— Tu crois ? murmura-t-il d'une voix rauque.

— J'en suis sûre, répliqua-t-elle en souriant. Regarde-moi. Mes parents sont des gens réservés, qui ne m'ont jamais encouragée à montrer mes sentiments. Et cela explique pourquoi j'ai tant de difficultés dans mes relations avec les autres : j'ai tendance à tout garder pour moi, plutôt que de montrer ce que je ressens réellement.

— Vraiment ? demanda-t-il, un petit sourire sur les lèvres. Je n'aurais jamais deviné, vu la façon dont tu réagis quand nous faisons l'amour.

— C'est différent ! s'exclama-t-elle en rosissant.

— Ah bon ? Pourquoi ça ? lui répliqua-t-il, taquin, effleurant ses lèvres du plus léger des baisers.

Il la sentit aussitôt répondre, et son cœur s'emplit de joie.

Tout à coup, il ne put plus attendre. Emprisonnant son visage entre ses mains, il plongea le regard dans le sien. Quelle que soit la réponse de Bella, les secondes à venir allaient déterminer le reste de sa vie.

— Tu m'aimes, Bella ? Je sais que je ne devrais pas te mettre la pression comme ça, mais j'ai besoin de le savoir, avant de devenir dingue !

Bella entendait son cœur tambouriner. Si fort, qu'elle n'arrivait presque plus à penser, et encore moins à répondre à la question de Mac. Puis lentement, dissipant la confusion qui régnait dans son esprit, une pensée remonta à la surface. Bien sûr qu'elle l'aimait. Elle n'avait aucun doute là-dessus.

— Bien sûr que je t'aime ! dit-elle vivement. Je pensais que c'était clair, pourtant.

— Pas pour moi.

La voix de Mac n'était plus qu'un mélange d'étonnement et de joie. Elle sentit son indignation fondre, aussi vite qu'elle était apparue. Prenant le visage de Mac dans ses mains, elle lui sourit, sidérée de le voir aussi vulnérable. Il avait toujours été si solide, si maître de lui-même — du moins était-ce l'image qu'elle avait de lui. Découvrir tout à coup un aspect de lui complètement différent était une révélation. Elle sut alors qu'elle ferait tout ce qui était en son pouvoir pour se montrer digne de sa confiance. Il s'était ouvert à elle, et elle ne le trahirait jamais.

Elle l'embrassa tendrement sur la bouche, laissant ses lèvres lui montrer, sans doute possible, l'intensité de ses sentiments. Elle l'aimait tellement qu'elle ne voulait rien tant que passer le reste de sa vie à le lui prouver…

S'il l'y autorisait.

Elle recula, sentant le doute s'insinuer de nouveau, et grignoter son bonheur. Mac lui avait demandé si elle l'aimait. Il avait besoin de le savoir, mais s'était abstenu de lui préciser pourquoi. Elle prit une grande inspiration.

— Je t'aime, Mac, mais es-tu certain de m'aimer ? Tu as été très prompt à penser que je t'avais utilisé pour clarifier mes sentiments envers Tim. Si tu m'aimais vraiment, cela ne t'aurait pas traversé l'esprit. Tu aurais compris que je n'aurais pas pu coucher avec toi pour ce genre de raisons.

Elle se mordit nerveusement la lèvre. Elle n'avait jamais rien fait d'aussi difficile, jamais fouillé ainsi dans ses émotions, et était effrayée de le faire maintenant, alors que l'enjeu était si important. Quelle que soit la réponse de Mac, cela déterminerait le reste de sa vie. Et elle n'était pas certaine de pouvoir supporter la réponse.

Elle se leva brusquement, si terrifiée soudain, qu'elle ne pouvait plus rester assise à écouter ce qu'il avait à lui dire. Si Mac ne voulait pas d'elle, il n'y avait rien qu'elle pourrait faire. Elle devrait accepter sa décision de façon stoïque, sans se ridiculiser en le suppliant de reconsidérer la question. Les larmes roulaient le long de ses joues quand elle voulut le dépasser, mais il la devança. L'ayant attrapée par la manche de son pull, il l'obligea à s'arrêter, refermant les bras autour d'elle afin qu'elle ne puisse plus bouger, lui échapper ou fuir la vérité.

— Bella, arrête ! Je sais que tu as peur, parce que j'ai peur, moi aussi, mais tu ne peux pas t'enfuir.

Il déposa un baiser sur ses lèvres, et elle sentit un frisson courir de son corps au sien. Relevant la tête, il la regarda droit dans les yeux.

— Nous allons devoir faire preuve de courage tous les deux, si nous voulons que ça fonctionne. Je t'aime, et je veux passer ma vie avec toi. Je pense… J'espère… qu'il en va de même pour toi. Qu'en penses-tu, ma chérie ? M'aimes-tu assez pour vivre avec moi pour l'éternité ? Parce que je te préviens, c'est ce que je veux, moi. Je ne me contenterai pas de moins que ça.

Elle eut un petit vertige. On y était. Sa réponse déciderait de son avenir. Voulait-elle vivre avec Mac pour le restant de ses jours ? Voulait-elle passer chacune de ses journées à le rendre heureux ? Bien sûr que oui !

Se penchant en avant, elle l'embrassa, laissant ses lèvres formuler sa réponse. Il lui fallut du temps pour reprendre ses esprits, quelques secondes pendant lesquelles il sembla hésiter, comme s'il n'était pas certain de se trouver dans la réalité. Puis il lui rendit son baiser, l'embrassant avec une faim qu'il ne cherchait plus à dissimuler. Ils tremblaient encore quand ils interrompirent leur baiser, secoués par la profondeur de leurs sentiments. Mac lui prit le visage dans ses mains.

— Je ne savais pas qu'on pouvait éprouver ce genre de choses, Bella. Qu'on pouvait vouloir quelqu'un à ce point.

— Moi non plus, répondit-elle, bouleversée.

Lui dire ce qu'elle ressentait, laisser libre cours à ses émotions lui apparaissait désormais comme la chose la plus naturelle au monde.

— Je te veux tellement, que ça me fait mal, Mac. Je désire passer ma vie avec toi, et en passer chaque seconde à t'aimer. Et même ainsi, cela ne sera pas suffisant. Rien ne saura étancher ma soif.

— Tu en es sûre ? Sûre que c'est moi que tu veux, et pas Tim ? Après tout, tu as bien accepté de le rencontrer.

Elle posa un doigt sur ses lèvres, lui intimant le silence.

— Oui, sûre et certaine, répondit-elle doucement. Et si j'ai accepté de le revoir, c'est justement parce que je t'aime. Je voulais tirer un trait définitif sur mon passé et, si possible, faire la paix avec Tim. Je veux que l'avenir — notre avenir ensemble — soit parfait, et non souillé par le passé.

— Oh ! Mon amour !

Il l'embrassa de nouveau. Une tendresse à faire fondre avait remplacé sa faim, et elle sentit les larmes lui monter aux yeux. Il sourit en les essuyant du bout des doigts.

— Ne pleure pas, chérie. Sinon je risque de verser une ou deux larmes moi aussi.

— Cela ruinerait ton image de macho, balbutia-t-elle à travers ses larmes.

— Pas question, répliqua-t-il. Je devrais plutôt me frapper la poitrine à grands coups de poing. Parce qu'au bout du compte, je viens juste de gagner la femme. Je devrais donc fêter l'événement, avant de la ramener dans ma grotte.

— Bien. On va peut-être arrêter là avec le thème macho, alors, répliqua-t-elle en riant. Je suis une femme moderne, après tout, et j'apprécie mon indépendance.

— Et tu as bien raison. Ne change rien, Bella. Je veux que tu restes exactement telle que tu as toujours été.

— Je ne crois pas que ce sera possible ! J'ai beaucoup changé ces dernières semaines, et en mieux. Grâce à toi, je comprends mes sentiments, maintenant. Et j'espère que ça va encore s'améliorer au fil du temps.

— Pour moi, tu incarnes la perfection, depuis que je t'ai rencontrée.

Sa voix devint rauque, et les yeux de Bella s'emplirent de larmes une fois de plus, parce qu'il était évident qu'il disait vrai. Mac l'aimait exactement comme elle l'aimait, et c'était merveilleux de savoir qu'il la voulait pour ce qu'elle était. Elle l'embrassa pour lui montrer, sans le secours des mots, comme elle l'aimait, et avec quelle intensité elle le désirait. Il trouvait peut-être qu'elle était parfaite, mais à ses yeux à elle, c'était lui qui incarnait la perfection !

Épilogue

Un an plus tard…

Mac reposa le bébé dans le berceau. Il était 2 heures du matin, et le reste de la ville dormait. Avec un peu de chance, Isobel Grace MacIntyre, âgée de trois semaines, ne tarderait pas à l'imiter.

— Elle s'est enfin endormie ?

— Pas encore.

Il se tourna. Il lui sembla que Bella n'avait jamais été plus belle qu'en cet instant. Ils s'étaient mariés dès qu'ils avaient appris sa grossesse. Ils l'auraient fait, de toute façon, mais il s'était découvert des aspects vieux jeu, et refusait que leur enfant naisse hors mariage. La cérémonie, toute simple, qui avait eu lieu à l'hôpital, s'était avérée parfaite, un sceau ultime apposé à leur bonheur, même s'il n'avait nul besoin de preuve supplémentaire. Il aimait Bella de toutes les fibres de son être, et c'était réciproque. Tout le monde pouvait témoigner de leur amour.

— A mon avis, elle est juste en train de réfléchir, pour savoir si elle va accorder un peu de répit à ses pauvres parents.

Il s'allongea près de Bella, et la prit dans ses bras, inhalant la douce odeur qui émanait de son corps. Elle avait décidé d'allaiter Isobel, et il aimait la regarder faire, la façon dont son visage s'illuminait d'amour pour leur enfant. Elle semblait tellement comblée, avec leur bébé à son sein. L'amour, il s'en était aperçu, était infini et se développait chaque jour.

Il déposa un baiser sur ses lèvres, reculant en sentant son corps réagir aussitôt. Il était trop tôt pour qu'ils refassent l'amour, Bella devait avoir le temps de cicatriser après l'accouchement. Mais peu importait, l'attente ne faisait qu'accroître son désir, si cela était encore possible.

— Il me semble que je peux lire dans ton esprit, murmura-t-elle, reculant elle aussi, afin de pouvoir le regarder dans les yeux.

Il gloussa.

— C'est donc si évident que ça ?

— Oui, répliqua-t-elle en se pelotonnant contre lui. Et tu n'es pas le seul à avoir ce genre de pensées.

— Ce n'est pas grave. Encore deux semaines, et nous pourrons « reprendre nos relations », comme ils disent…

— Je n'en peux plus d'attendre, murmura-t-elle, avant de s'écarter. Je t'ai raconté que j'avais discuté avec Freya, ce matin ? Visiblement, les résultats de ses examens sont bons, et on lui a proposé une place à Lancaster. Elle va devenir une excellente infirmière, tu ne crois pas ?

— Si, et puis, je suis ravi que ses parents aient enfin retrouvé la raison. Elle a besoin de leur aide pour réussir ses études à la fac.

Il l'embrassa et sourit.

— Encore des grands-parents à s'être fait avoir par un bout de chou…

Elle se blottit contre lui.

— Tu veux parler de mes parents, j'imagine, répondit-elle. Mon père a appelé, cet après-midi, pour m'annoncer qu'ils nous rendraient visite ce week-end.

— Encore ? demanda-t-il en riant. C'est la troisième fois en trois semaines. Pourquoi ai-je l'impression qu'ils sont en train de devenir gagas ?

— Je me demande bien pourquoi, en effet. Mais ne critique pas. Papa a suggéré qu'ils pourraient faire du baby-sitting, avec maman, si nous avions envie de sortir dîner. La proposition me semble assez séduisante…

— Oui, à moi aussi. Du moment que tout va bien pour Isobel, ajouta-t-il en jetant un coup d'œil dans le berceau.

— Ce sera le cas, reprit Bella en se blottissant encore contre lui. Mais pour le moment, pourquoi ne profiterions-nous pas du répit qu'elle semble nous avoir laissé, finalement ?

Il lui jeta un coup d'œil amusé.

— Intéressant. Et qu'est-ce que tu suggères ?

— Je ne sais pas trop. A toi de voir.

Il éclata de rire, tout en l'attirant dans ses bras pour l'embrasser passionnément. Ils ne pouvaient peut-être pas faire l'amour, mais il y avait tant de manières de s'aimer. Il suffisait de se montrer créatif…

AMBER McKENZIE

Enceinte du chirurgien

Traduction française de
EVELINE CHARLÈS

Blanche

HARLEQUIN

Titre original :
AFTER ONE FORBIDDEN NIGHT…

Ce roman a déjà été publié en 2014

Prologue

— On demande le Dr Darcy en Trauma 1. Le Dr Darcy en Trauma 1.

A l'appel de son nom, Chloé se mit à courir vers l'entrée, le cœur battant à tout rompre. Les traumatismes constituaient la partie la plus effrayante et la plus gratifiante de son métier : la médecine d'urgence. A condition de réfléchir et d'agir vite, on pouvait vaincre la mort. En tant que chef des internes en urgence, Chloé le savait mieux que personne. Chaque fois, elle était tiraillée entre la peur et l'exaltation du défi qui l'attendait.

Enfin, elle arriva dans le hall. Les ambulanciers poussaient un brancard sur lequel reposait une pâle jeune fille. Ils lui firent aussitôt leur rapport :

— Femme de vingt-deux ans retrouvée inconsciente par sa colocataire avec les deux poignets tailladés. Elle a perdu au minimum un demi-litre de sang. Elle a laissé un message… Apparemment, elle aurait eu le cœur brisé après une rupture. La Saint-Valentin a été la goutte d'eau qui a fait déborder le vase.

Chloé réprima une moue d'agacement. Quel homme valait la peine qu'on se tue pour lui ? A vingt-deux ans en plus !

— Qu'est-ce que vous lui avez administré pour la réanimer ? s'enquit-elle.

— Deux litres de sérum physiologique en perfusion et

cinq cents millilitres de colloïde. Sa tension s'est améliorée et les pansements compressifs ont endigué l'hémorragie.

— Merci. Nous prenons le relais.

Chloé appela à ses côtés deux infirmières et un spécialiste des troubles respiratoires. Ensemble, ils firent leur possible pour stabiliser la patiente grâce à plusieurs poches de culot globulaire et de sérum. Au bout d'une demi-heure, la tension de la jeune fille s'améliora et son pouls ralentit. Celui de Chloé aussi : la patiente était presque sauvée.

Chloé lui défit les bandages qu'elle avait aux poignets. Les entailles profondes révélaient des vaisseaux, des tendons et des nerfs endommagés. Aussitôt les pansements défaits, la patiente se remit à saigner. Chloé se tourna vers une des infirmières :

— Appelez la chirurgie vasculaire, et dites-leur qu'on a besoin d'eux tout de suite.

Il fallait absolument stabiliser la jeune fille avant de l'emmener au bloc.

Chloé lui tenait un bras et comprimait les plaies, quand une voix envoûtante la fit se retourner.

— Qu'est-ce qu'on a, Chloé ?

Le Dr Tate Reed s'avançait dans la pièce.

Elle s'était attendue à ce qu'on lui envoie un interne, pas un chirurgien vasculaire, et encore moins le séduisant Tate. La tenue d'hôpital mettait en valeur sa haute stature et son corps athlétique. Ses yeux d'un vert minéral étaient posés sur elle. Comme toujours quand il était là, son cœur cessa un instant de battre.

Elle se força à respirer lentement et se concentra sur son travail.

— Jeune femme de vingt-deux ans, répondit-elle. Tentative de suicide par lacérations des deux poignets. Perte de sang totale estimée à deux litres. Les entailles sont profondes et affectent tous les gros vaisseaux, ainsi que les nerfs et les tendons.

Elle s'apprêtait à défaire le pansement pour qu'il puisse voir par lui-même, mais il lui posa la main sur le bras.

— C'est inutile, Chloé. J'ai confiance en toi.

Il la fixa un instant puis s'écarta d'elle et s'adressa à l'équipe.

— Cette jeune femme est prioritaire. Faites en sorte qu'elle soit prête pour l'opération dans dix minutes. J'aurai besoin de cinq unités supplémentaires de culot globulaire.

Il jeta un nouveau coup d'œil à Chloé puis quitta la pièce sans un mot de plus.

Chloé dut faire un effort pour recouvrer ses esprits.

— Phénotypage du groupe sanguin, ordonna-t-elle. Ensuite, vous enverrez au bloc cinq unités de culot globulaire compatible. Il lui faudra une sonde de Foley pour assurer l'écoulement de l'urine. Nous devons aussi prévenir le chirurgien plasticien de service qu'il devra intervenir quand le Dr Reed aura terminé la réparation vasculaire.

Chloé accompagna la jeune femme au bloc, puis retourna aux urgences.

Il n'était pas loin de 23 heures. Sa garde était presque finie. Heureusement… Le geste de cette jeune femme l'attristait. Comment pouvait-on souffrir au point de croire que la mort seule pouvait vous soulager ?

Elle se plongea dans ses tâches administratives, puis, une fois qu'elle eut terminé, retourna au bloc pour avoir des nouvelles. Le gros inconvénient de la médecine d'urgence, c'était qu'elle ne suivait pas les patients. Elle les accueillait, posait un diagnostic et organisait leur hospitalisation, mais elle avait rarement de leurs nouvelles par la suite. C'était un peu comme commencer un livre sans jamais en terminer la lecture.

Elle patienta sur un des sièges du couloir, jusqu'à ce que Tate sorte de la salle d'opération.

— Pourquoi ne suis-je pas surpris de te voir ? lança-t-il en s'asseyant près d'elle.

Il ôta sa charlotte de chirurgien et se passa la main dans ses cheveux blonds coupés court.

Chloé tâcha de se concentrer sur la raison qui l'avait amenée là.

— Comment va-t-elle ?

— Son état est stable. Les entailles étaient nettes, ce qui a facilité l'anastomose veineuse. Les plasticiens s'occupent d'elle et ils en ont pour deux bonnes heures. Bien sûr, on ne saura pas tout de suite si elle retrouvera le plein usage de ses mains.

A son réveil, cette pauvre jeune fille devrait gérer un double choc physique et émotionnel, songea Chloé avec tristesse.

— Tu sais pourquoi elle a fait ça ? demanda Tate.

Chloé lui sourit. Il témoignait toujours d'une grande compassion à l'égard de ses patients, et cela le rendait encore plus attirant.

— C'est la Saint-Valentin, expliqua-t-elle avec une pointe de sarcasme.

— Ah… Je ne t'ai rien apporté.

Le commentaire la surprit, mais Tate avait l'air si malicieux qu'elle renchérit.

— Je me contenterai d'un verre de vin !

L'expression de Tate changea immédiatement. Il ne souriait plus, semblait soudain très sérieux. Elle déglutit, ne sachant que dire.

— Tope là, lança-t-il enfin. Mais il faudra que ce soit chez moi. Je n'ai pas de vêtements de rechange et je préfère ne pas sortir dans cette tenue.

Muette de surprise, elle le fixa un instant, puis acquiesça d'un lent mouvement de tête.

Tate ouvrit la solide porte en métal de son loft.

Chloé n'y était jamais entrée, mais son intérieur correspondait à l'idée qu'elle s'en faisait. Une paroi entièrement vitrée donnait sur la rivière Charles, et conformément au style loft, il n'y avait pas de cloisons : la salle de séjour était prolongée par la salle à manger et la cuisine ouverte. Un peu plus loin, un grand lit trônait sur une estrade. Le cœur de Chloé se mit à battre plus vite.

Tate passa alors près d'elle, effleurant furtivement son bras. Chloé en tressaillit presque. Une douce chaleur se diffusait en elle.

Tate ouvrit la porte du réfrigérateur dont il sortit une bouteille de vin blanc. Il lui en servit un verre et prit une bière pour lui-même. Il se souvenait de ce qu'elle aimait, il n'avait même pas besoin de le lui demander, se réjouit Chloé. La chaleur en elle se fit plus intense.

— Fais comme chez toi, dit-il. Je reviens tout de suite.

Il désigna le canapé gris ardoise placé devant la cheminée et elle alla s'asseoir docilement.

Un instant plus tard, il sortit de la salle de bains vêtu d'un jean et d'un T-shirt à manches longues qui soulignait ses muscles puissants. Il était nu-pieds et cela ne faisait que renforcer l'aura de sensualité qui émanait de lui.

Elle jeta un coup d'œil à son propre reflet dans le miroir posé sur la cheminée. A côté de lui, elle paraissait bien terne. Sa chevelure rousse et indisciplinée, ses courbes voluptueuses et ses yeux vert émeraude attiraient l'attention, mais en comparaison de Tate, elle faisait pâle figure !

Il s'assit près d'elle, et elle avala une gorgée de vin pour se calmer.

— Alors, dit-il, explique-moi pourquoi la plus belle femme de l'hôpital et la plus convoitée se retrouve seule le soir de la Saint-Valentin.

Belle et convoitée ? Etait-ce vraiment ainsi qu'il la voyait ?

Un doute saisit Chloé. Tate croyait-il les rumeurs selon lesquelles elle aurait utilisé son physique pour favoriser sa carrière ?

Les yeux verts ne recélaient apparemment aucun sous-entendu, mais elle n'était pas prête à répondre sincèrement… Si elle n'avait pas de cavalier ce soir, c'était parce que le seul homme qui l'attirait, le seul pour qui elle avait des sentiments depuis trois ans, était assis à côté d'elle.

— Je pourrais te poser la même question, répliqua-t-elle sur un ton volontairement léger.

— Tu me trouves belle ? plaisanta-t-il.

Chloé se représenta un troupeau d'infirmières enamourées… L'image était si nette qu'elles parurent se matérialiser autour de lui.

— Non, mais tu es un homme très convoité.

Il se rembrunit.

— Pas par tout le monde.

Il pensait à Kate, comprit Chloé. Sa meilleure amie, à elle, et son ancienne petite amie, à lui. Kate travaillait également à l'hôpital et lorsqu'elle avait commencé à sortir avec Tate, Chloé avait compris avec horreur que Tate ne lui inspirait pas que de l'amitié.

La torture avait été cruelle. Plus Tate se rapprochait de Kate, plus Chloé apprenait à le connaître, plus son amour pour lui grandissait et plus il était inaccessible.

Finalement, Kate avait quitté Tate. Mais Chloé n'en avait tiré aucun réconfort. Elle était libre d'exprimer ses sentiments, mais elle n'avait plus l'occasion de rencontrer Tate aussi souvent.

Elle eut soudain très chaud et voulut enlever le cardigan noir qu'elle portait sur son débardeur. Comme elle s'efforçait en vain de le déboutonner de ses doigts tremblants, les mains fortes de Tate l'immobilisèrent puis firent glisser le vêtement le long de ses épaules. Elle ne put réprimer un frisson.

— Tu as froid ? s'étonna Tate.

— Pas du tout !

Il caressa sa peau comme pour vérifier sa température et elle trembla de nouveau.

— Tu recommences, remarqua-t-il.

— Je sais.

Que pouvait-elle dire d'autre ? Si elle était incapable de contrôler les réactions de son corps, du moins pouvait-elle éviter de parler à tort et à travers.

Les mains de Tate remontèrent jusqu'à son cou et frôlèrent ses joues. Ses yeux d'un vert minéral plongèrent dans les siens.

— Pourquoi es-tu là, Chloé ?

Elle n'avait pas envie de répondre à cette question, mais elle n'avait pas le choix.

— Parce que tu me l'as demandé.

Sous ce regard intense, elle se sentait nue. Il ne touchait que sa nuque et son visage, mais c'était comme si son corps tout entier recevait ses caresses.

Sans doute parce qu'il aspirait à les accueillir…

— Pourquoi ? s'enquit-il de nouveau.

Il y avait tant de raisons qu'elle aurait été incapable de les énumérer… D'autant qu'il n'aurait sans doute pas compris.

Elle humecta ses lèvres sèches et osa affronter son regard.

— C'est important ?

L'expression de Tate se modifia légèrement.

— Pas ce soir, non.

Sur ces mots, il s'empara de sa bouche et enroula sa langue autour de la sienne. Elle ne put retenir un gémissement. Jamais elle n'avait été embrassée de cette façon, un peu brutale. Mais elle était incapable d'y résister.

Nouant ses bras autour du cou de Tate, elle glissa ses doigts dans ses cheveux. Tandis qu'il l'embrassait avec une passion accrue, l'une de ses mains traça un sillon léger dans son dos et elle se cambra contre lui.

Aussi soudainement qu'il avait pris sa bouche, Tate

s'écarta alors d'elle et se leva. Sans un mot, il la prit par la main et la mit debout, puis l'entraîna vers le lit.

Lorsqu'ils furent sur l'estrade, il ôta son T-shirt. Elle avait cru que le vêtement laissait peu de place à l'imagination… Mais c'était avant qu'il ne soit torse nu. Chacun de ses muscles était parfaitement dessiné. Tendant le bras, elle caressa la courbe solide d'une épaule, sa poitrine puis son ventre plat… et s'arrêta à la ceinture.

Tate la prit par la taille, s'empara de son débardeur et le lui fit passer par-dessus la tête. Jamais elle n'avait été aussi excitée, aussi consciente de son propre corps. De nouveau, les doigts de Tate encerclèrent sa taille, mais cette fois sur sa peau nue. Ce simple contact la brûla au point qu'elle frissonna pour la troisième fois.

— Tu n'as rien de froid, je suis catégorique à ce propos, murmura-t-il en la serrant contre lui.

De son souffle chaud, il lui effleura la nuque, puis ses lèvres déposèrent une pluie de baisers sur sa peau, alimentant le feu qui la consumait déjà. Elle l'attira contre elle et fut récompensée par le renflement dur qui pressait son ventre.

Il la lâcha un instant et s'écarta d'elle le temps de retirer son jean. Puis, sans la quitter des yeux, il fit de même pour elle, et elle se retrouva devant lui, uniquement vêtue de son soutien-gorge de dentelle bleue et d'un string assorti. Au lieu de la prendre dans ses bras, il la parcourut lentement du regard. L'attente se mua pour Chloé en véritable torture. Ne sachant comment exprimer son désir, elle tendit la main vers lui.

De nouveau, plutôt que de la saisir, il passa derrière elle et défit l'agrafe de son soutien-gorge sans bretelles. Le mince rempart de dentelle tomba par terre, les seins gonflés de Chloé jaillirent de leur abri. Les doigts de Tate caressèrent alors ses mamelons, puis gagnèrent sa taille et enfin ses hanches. Un instant plus tard, son string glissait sur le sol.

Tate se débarrassa alors de ses propres vêtements et se tint nu devant elle avec une impudeur dénuée d'arrogance.

Elle poussa un cri lorsqu'il la souleva pour l'attirer contre lui. Elle noua ses jambes autour de son torse qui semblait supporter son poids sans aucun effort. Les draps frais l'accueillirent et le corps chaud de Tate recouvrit le sien. Il s'empara de sa bouche avec une ardeur exacerbée par le contact de leurs peaux nues.

Chloé gémit quand sa paume se posa sur l'un de ses seins tandis que ses lèvres se refermaient sur le mamelon de l'autre. Elle écarta les jambes sous lui… Comme pour le supplier en silence de faire ce qu'elle souhaitait.

Il tendit un bras vers le tiroir de la table de chevet et en sortir un sachet argenté. Il déroula le préservatif sur son sexe dressé, mais ses doigts tremblaient un peu, et elle posa la main sur la sienne pour l'affermir. Il lui saisit alors le poignet et le maintint au-dessus de sa tête, sur l'oreiller.

Se plaçant entre ses jambes, il la pénétra d'un mouvement précis. Les muscles de Chloé se contractèrent autour de lui et, comme pour leur faire écho, il resserra son emprise.

Jamais Chloé n'avait éprouvé un tel plaisir.

Nouant de nouveau ses jambes autour du torse de Tate, elle s'agrippa à lui pendant qu'il bougeait en elle, la menant un peu plus près de l'extase à chaque poussée.

Chaque fois qu'il entrait en elle ou en sortait, il enflammait tous les nerfs de son corps jusqu'à ce qu'elle menace d'exploser de l'intérieur.

Elle passa brutalement le point de non-retour et se mit à crier, agrippée à Tate. Quelques secondes plus tard, il la rejoignait et ses propres spasmes de plaisir firent écho aux siens.

Lorsqu'il se laissa aller contre elle, sa peau était moite et la chaleur de son haleine remontait contre son cou. Il semblait rassasié et détendu, et elle en était comblée. Elle lui caressa tendrement le dos.

Elle avait perdu toute notion du temps, savourant leur proximité, jusqu'à ce qu'il se soulève sur les coudes pour la regarder. Il était toujours en elle, mais il semblait attendre des réponses ou une explication, comme s'il se demandait comment ils en étaient arrivés là et ce qui se passerait ensuite.

Elle aurait été bien incapable de répondre.

— Je ne veux pas en parler maintenant, murmura-t-il.

Son ton vibrait de regrets contenus, lui brisant le cœur.

— D'accord, dit-elle sans trouver autre chose à dire.

Il se retira d'elle et se rendit dans la salle de bains, la seule pièce fermée du loft.

Chloé s'assit sur le lit et masqua sa nudité avec un oreiller. Un besoin urgent de bouger, de prendre ses vêtements et de s'en aller avec ce qu'il lui restait de dignité la tenaillait. Mais elle n'y parvint pas. Tous les muscles de son corps étaient paralysés par l'improbabilité de ce qui venait d'arriver…

Elle avait fait l'amour avec Tate !

Mais il ne s'agissait pas seulement de sexe. C'était l'expérience la plus cataclysmique de sa vie, tant sur le plan physique qu'émotionnel.

A cet instant précis, elle comprit : elle l'aimait.

Mais il regrettait ce qui venait de se passer…

Et elle ?

Elle s'était juré de ne pas se laisser emporter par ses sentiments, mais qu'aurait-elle pu faire alors que son rêve se réalisait ?

Le bruit d'une porte qui s'ouvrait la ramena à la réalité. Tate la rejoignit sur l'estrade, absolument pas gêné par sa nudité. Son corps était d'une beauté à couper le souffle et ce souvenir serait définitivement gravé au fer rouge dans sa mémoire, elle le savait.

Il tira les couvertures et lui fit signe de se glisser en

dessous. Elle n'aurait pas dû accepter, mais refuser était trop difficile. Lorsqu'elle fut entre les draps, il en fit autant de l'autre côté, puis il éteignit la lumière grâce à une commande posée sur la table de chevet.

Les seules lueurs provenaient du feu qui brûlait dans la cheminée et des lumières de la ville qui scintillaient derrière les vitres.

Immobile, Chloé ne savait que dire ou que faire. Un bras puissant entoura alors ses épaules.

— Dors, ordonna Tate en l'attirant contre lui.

Son corps nu se pressa contre ses reins et son dos.

Impossible, pensa-t-elle.

En se réveillant, Tate remarqua immédiatement qu'il n'était pas seul… Des courbes voluptueuses et une peau douce se serraient contre lui.

Il ouvrit les yeux : de splendides cheveux roux étaient étalés sur l'oreiller.

Chloé.

D'un coup, les événements de la nuit défilèrent dans son esprit. La façon dont elle l'avait laissé la déshabiller, la passion incontrôlée qui le submergeait lorsqu'elle était sous lui… Au point qu'il avait eu du mal à se retenir.

Il brûlait d'envie de l'embrasser, de caresser ses seins et plus encore… En partie pour satisfaire son désir, mais aussi pour s'assurer que leur union n'avait pas été aussi explosive qu'il se la rappelait.

La froide lueur du jour le ramenait à la raison.

Comment avait-il pu permettre que cela arrive ? Et pourquoi ? Il n'avait pas attiré une femme ordinaire dans son lit… C'était Chloé, la femme la plus belle et la plus intelligente qu'il ait jamais rencontrée. Ce n'était pas comme s'il venait de prendre conscience de sa beauté. Elle l'avait toujours attiré, mais lorsqu'il avait fait sa connaissance, il commençait à sortir avec Kate. Il avait donc envisagé ce qu'il ressentait pour Chloé comme la réaction normale d'un homme en bonne santé.

Que s'était-il passé la nuit précédente ?

Qu'il soit damné s'il le savait !

Il passa les doigts dans la chevelure rousse. Cette histoire allait mal se terminer.

Les femmes médecins devaient travailler plus dur pour prouver leurs compétences sur un terrain dominé par les hommes.

Les femmes comme Chloé… Bien qu'il n'en connût *aucune* comme elle… étaient soumises à rude épreuve. Personne ne pouvait imaginer qu'elle était aussi intelligente que belle. Pire, certaines mauvaises langues prétendaient que sa réussite n'était pas due à son seul travail.

De telles rumeurs lui étaient parvenues, mais malheureusement il n'aurait fait qu'aggraver les choses en défendant Chloé.

Ces ragots malveillants pouvaient gravement la mettre en danger professionnellement. Encore plus si tous deux se revoyaient et que quelqu'un de l'hôpital venait à l'apprendre. Cela pourrait compromettre la carrière de Chloé. Et pour quel bénéfice ? Il n'avait rien à lui offrir. Ses fiançailles rompues avec Kate l'avaient éprouvé et il n'était pas prêt à s'engager de nouveau.

Et puis, il ne voulait pas blesser Chloé dans le seul but de satisfaire un besoin dont il ignorait encore l'existence la veille.

Il fallait mettre un terme à cette aventure avant même qu'elle ait commencé…

A son réveil, Chloé fut un peu perdue. Mais sa nudité confirmait la folle vérité : elle n'avait pas rêvé… Elle était dans le loft de Tate et ils avaient fait l'amour.

Bouleversée, elle se tourna dans le lit : Tate n'y était plus.

Elle releva la tête. Il se tenait dans la cuisine et la regardait fixement.

Apparemment, il avait déjà pris sa douche et s'était habillé.

— Bonjour ! lança-t-elle, gênée.

— La nuit dernière était une erreur, dit-il.

Immédiatement, le rêve se mua en cauchemar.

— Il vaudrait mieux que nous oubliions ce qui s'est passé, continua-t-il. Je dois partir au travail, mais prends ton temps. Tu n'auras qu'à claquer la porte en partant.

Elle n'eut pas le temps de discuter ou même de répondre. Il quitta aussitôt l'appartement, la laissant muette de stupeur.

Comment pouvait-il se comporter ainsi ?

C'était une évidence… Il ne ressentait rien pour elle. Elle l'attirait physiquement, rien de plus. Rien de comparable avec son amour pour Kate.

Après leur rupture, il avait été fou de colère, anéanti.

Elle-même n'était que l'erreur d'une nuit… comprit-elle. Rien à voir avec son amour pour Kate dont la perte avait failli le détruire.

1.

Six semaines plus tard

Chloé venait de rédiger la feuille de sortie de sa dernière patiente et s'apprêtait à rentrer chez elle, mais elle fut soudain prise de nausées et un léger vertige la saisit. Elle s'accrocha à son bureau.

Ces derniers temps, ces malaises se faisaient de plus en plus fréquents. Etaient-ils liés à son aventure avec Tate ? Elle se le demandait. En tout cas, elle avait tenté de lui parler, mais il l'évitait, et le souvenir de leur folle nuit la perturbait dangereusement.

Une voix l'arracha à ses pensées.

— Tu te sens bien ?

Elle se retourna vivement et le regretta immédiatement : de nouveau, elle vacillait.

Son chef de clinique, le Dr Ryan Callum, l'observait avec attention. Il avait sept ans de plus qu'elle et avait quitté l'armée où il exerçait ses fonctions de chirurgien spécialisé en traumatologie pour travailler au Boston General. Avec sa carrure athlétique, ses cheveux noirs, ses yeux bleus, ses cicatrices et ses tatouages, il était la coqueluche des infirmières.

Mais pour Chloé, c'était son mentor en tant qu'interne et un ami.

— Tout à fait, affirma-t-elle.

— Tu mens, dit-il sans colère.

— Oui, mais tu n'insisteras pas, par amitié pour moi.

Il hocha la tête et Chloé se détendit.

— Tu me le dirais, si tu avais besoin de quelque chose ? insista-t-il.

— Bien sûr.

— C'est parfait, en ce cas. Tu as une mine affreuse, rentre vite chez toi.

— Merci. C'est ce que je vais faire.

Un instant plus tard, Chloé gagnait le vestiaire des femmes situé à l'intérieur des urgences. La tête lui tournait et le seul fait de pousser la porte lui coûta le peu d'énergie qui lui restait. Elle fit quelques pas en direction d'un banc devant les casiers, mais une douleur violente dans le bas-ventre la plia en deux. La souffrance était si intense qu'elle tomba à terre. Elle tenta en vain d'appeler au secours tandis qu'un voile noir masquait sa vision.

Quelqu'un cria, mais ce n'était pas elle. Elle s'efforçait en vain de voir et d'entendre ce qui se passait autour d'elle, quand des bras puissants la soulevèrent de terre.

— Tate, souffla-t-elle.

— Non, Chloé, c'est Ryan.

Submergée par la déception, elle perdit conscience.

Tate parcourait la liste des patients qu'il allait opérer dans la soirée. Les portes du bloc s'ouvrirent et un employé de l'hôpital entra, portant une mallette provenant de la banque du sang.

L'aide-soignant qui était à l'accueil demanda :

— C'est le sang pour la salle numéro 7 ?

— Oui. Je vous apporte quatre unités de culot globulaire et deux de plasma frais congelé pour Chloé Darcy… D-A-R-C-Y… Née le 20 mars 1983.

— Très bien, répondit l'aide-soignant. Laissez-le ici, je vais l'apporter dans la salle d'op.

Au nom de Chloé, Tate se pétrifia, puis se ressaisit presque aussitôt.

— Je m'en charge, lança-t-il à l'aide-soignant.

Sans attendre la réponse, il prit la mallette et gagna la salle numéro 7. Pour la première fois de sa vie de chirurgien, il avait peur d'y entrer. C'était un sentiment à la fois nouveau et terrifiant.

Après avoir mis un masque sur son visage, il s'arrêta devant la porte vitrée. Deux anesthésistes se trouvaient à la tête du lit mais il ne put identifier aucun des autres membres du personnel qui entouraient Chloé. Le sol était jonché de compresses imbibées de sang. Le bocal du drain en contenait au moins deux litres… Etait-ce celui de Chloé ?

Il entra dans la salle. Des collègues du service d'obstétrique étaient au chevet de Chloé, et son trouble s'accentua.

— Vous avez besoin d'aide ? demanda-t-il en remettant la mallette à une infirmière.

— Vous devez sortir d'ici, docteur Reed, ordonna une chirurgienne.

C'était Erin Madden, la chef des internes en gynécologie-obstétrique.

— Le Dr Madden a raison, insista un autre praticien, sans doute le Dr Thomas. Il ne s'agit pas d'un problème vasculaire et nous devons vous demander de partir.

Tate dévisagea les infirmières et ses autres collègues : ils semblaient gênés.

— Très bien.

Il quitta la salle, l'esprit fourmillant d'hypothèses. Qu'était-il arrivé à Chloé ? Comment une jeune femme en bonne santé pouvait se retrouver dans un état critique du jour au lendemain ? Et en quoi cela concernait-il des gynécologues ?

Une explication possible lui traversa l'esprit et y demeura. Tandis qu'il surveillait les moniteurs à travers la vitre, une main se posa sur son épaule.

— Tate…

C'était la voix de Kate.

Il se retourna, encore plus troublé.

— Je pense que son état est stable, répondit-il. Ils m'ont fichu dehors, alors je n'en suis pas totalement certain. Mais ils ont cessé de réclamer du sang et je peux voir sur les écrans que son rythme cardiaque a ralenti et que sa pression artérielle a remonté.

— Que s'est-il passé ? demanda Kate.

— Je n'en sais rien. On ne m'a rien dit pour respecter la confidentialité. Je suis arrivé il y a environ un quart d'heure.

— Qui est avec elle ?

— Des gynécologues.

— C'est un kyste ovarien hémorragique ?

— Je l'ignore, Kate.

Elle cessa de poser des questions. Parce qu'elle en était arrivée à la même conclusion que lui ? En tout cas, il lui était reconnaissant de se taire, cela lui permettait de se focaliser sur Chloé.

Un instant plus tard, Kate l'écarta gentiment de la porte et entra dans la salle. Elle y discuta avec Erin Madden. Manifestement, elle obtenait plus d'informations que lui.

— Elle va bien, le rassura-t-elle en revenant. Ils ne m'ont pas révélé ce qu'elle avait, mais ils l'ont opérée et ont stoppé le saignement, d'où qu'il vienne. On va l'emmener aux soins intensifs parce qu'elle a perdu beaucoup de sang.

— Merci Kate, dit Tate sans quitter son point d'observation.

— Tate, ils nous demandent de partir et je pense que nous devrions leur obéir. Chloé est stable et nous ne pouvons rien faire, à part distraire l'équipe.

— Je ne vais pas l'abandonner.

— Tu ne l'abandonnes pas, Tate. Au contraire, nous l'aidons en les laissant faire leur boulot. C'est exactement ce que nous demandons aux gens dans les mêmes circonstances.

Elle le prit par le bras et le secoua légèrement.

— Tu sais parfaitement que Chloé détesterait qu'on la voie dans cet état.

Tate hocha la tête. Kate avait raison…

Après leur folle nuit, s'éloigner de Chloé avait été très difficile, mais il l'avait fait pour elle. Dieu seul savait combien il avait eu envie de l'embrasser chaque fois qu'elle avait tenté de lui parler depuis. Ne serait-ce que pour savoir si le plaisir qu'ils avaient partagé était réel et non un souvenir qui prenait d'énormes proportions dans son esprit.

Mais qui essayait-il de tromper ?

En réalité, les sentiments qu'elle lui inspirait le terrifiaient de plus en plus.

Il jeta un coup d'œil à Kate… Il n'éprouvait rien, pour elle. Comment avait-il pu être aussi stupide ? Il respectait Kate, et dans l'abstrait elle lui convenait parfaitement. Le seul problème, c'était qu'il n'avait jamais été amoureux d'elle. Il lui avait demandé de l'épouser parce que cela paraissait logique. Il était las du célibat, il voulait une épouse, fonder une famille, et Kate réunissait tous les critères qu'il recherchait.

Pour la première fois de sa vie, son esprit rationnel avait été mis en échec. Le refus de Kate l'avait mis en colère et froissé son amour-propre. Aujourd'hui, il s'en réjouissait.

— Tu aimes Matt McKayne ? lui demanda-t-il à brûle-pourpoint.

La question parut la surprendre.

— Oui. Je crois que j'ai toujours été amoureuse de lui, même quand je le détestais.

— En ce cas, tu devrais oublier tout ce qui n'a pas fonctionné entre vous et être avec lui.

— Ce n'est pas si simple, Tate. Je ne peux pas lui faire confiance.

— Kate, ce qui n'est pas *simple*, c'est ce qui arrive à Chloé. Alors évite d'utiliser ce mot à tort et à travers.

Sur ce, il jeta un dernier coup d'œil à travers la vitre et s'éloigna. D'un pas volontairement tranquille, il retourna à l'accueil où il retrouva l'aide-soignant avec qui il avait parlé un peu plus tôt.

Il prit une profonde inspiration et demanda, le cœur battant :

— Je passe après la grossesse extra-utérine rompue ?

Il retint son souffle pendant que l'homme consultait la liste confidentielle où se trouvaient les noms des patients, les procédures et les diagnostics.

— Oui. Dès qu'ils auront terminé avec le Dr Darcy, nous ferons amener votre patient, docteur Reed.

— Merci, marmonna-t-il.

Il continua de marcher sans savoir où il allait.

Chloé était enceinte… Du moins elle l'avait été… Etait-il le père ? Etait-il responsable de cette grossesse qui avait failli la tuer ?

La porte du bloc s'ouvrit devant Ryan Callum.

— Elle est encore là ? s'enquit-il avec une froideur inattendue.

— Oui, répondit Tate. Tu sais ce qui lui est arrivé ?

— Oui.

Tate attendit, mais rien ne vint. Ryan n'avait jamais été du genre agressif, mais en l'occurrence son attitude était clairement hostile.

La question était de savoir pourquoi.

— J'aimerais le savoir, moi aussi, reprit Tate.

— Si Chloé avait souhaité que tu sois au courant, elle te l'aurait dit.

Dit quoi ? se demanda Tate. Y avait-il une raison expliquant que Ryan ait su que Chloé était enceinte et pas lui ?

— Qu'est-ce que c'est censé signifier ?

— Tu es un brillant chirurgien, Tate, fais marcher ton intelligence.

Tate n'avait pas particulièrement envie de se tourmenter davantage. Pour l'instant, il aurait préféré savoir qu'il était le père de ce fœtus qui menaçait la vie de Chloé plutôt que d'apprendre que Ryan l'était.

— Si je comprends bien, je suis à blâmer. C'est ce que tu penses ?

— Elle a prononcé ton nom, pas le mien, quand je l'ai prise à moitié morte dans mes bras pour aller chercher de l'aide. Voilà ce que je pense.

Sans attendre sa réponse, Ryan passa près de lui et se dirigea vers les salles d'opération.

Cela signifiait-il qu'il était le père ?

Et pourquoi était-ce lui que Chloé avait appelé lorsqu'elle gisait sur le sol, quasi mourante ?

2.

Chloé ouvrit péniblement un œil. Elle avait mal partout. Elle tenta de bouger pour soulager la douleur, mais son corps refusa de lui obéir.

Où donc était-elle ? Elle n'arrivait même pas à écarquiller les yeux. Elle était épuisée, et une pression s'exerçait sur sa gorge et sa bouche, comme un masque à oxygène. Elle voulut s'en débarrasser, mais ses poignets étaient retenus par des courroies.

Un moniteur se mit à sonner. C'était un bruit familier qui l'apaisa. Une main serra alors la sienne.

— Chloé, c'est Kate.

Kate… Elle reconnaissait sa voix sans pouvoir déchiffrer ses paroles. Elle s'efforça d'interpréter la situation, mais tout était trop difficile et lui opposait trop de résistance.

L'alarme sonna de nouveau et quelqu'un entra dans la pièce. On lui caressa le front et les cheveux.

La voix de Kate résonna encore. Cette fois, elle put comprendre quelques mots.

— Reste calme, d'accord ? Tu es intubée… Aux soins intensifs… Ne t'inquiète pas.

Chloé concentra tous ses efforts pour soulever ses paupières. Lentement, le visage de Kate entra dans son champ de vision.

— Chloé, reprit Kate, je vais devoir sortir un instant pendant que les médecins t'examinent. Je ne serai pas loin et je reviendrai dès qu'on m'y autorisera, d'accord ?

L'information pénétra peu à peu dans son esprit et elle hocha la tête. Visiblement soulagée, son amie lui pressa la main puis s'éloigna.

Chloé s'obligea à garder les yeux ouverts. La pièce se remplissait de monde. On lui posa quelques questions, auxquelles elle parvint tant bien que mal à répondre, et enfin, on lui ôta le tube.

Pouvoir respirer par elle-même la rassura. Une infirmière lui fixa cependant un masque à oxygène sur le visage. L'air se mit à souffler doucement et elle en oublia presque sa gorge irritée.

Le personnel médical quitta la pièce aussi rapidement qu'il y était entré, à l'exception d'une jeune femme en blouse blanche. A la monture en écaille de ses lunettes et à ses cheveux blonds tirés en arrière, c'était sans aucun doute Erin Madden.

Qu'est-ce que cette gynécologue faisait dans sa chambre ?

— Chloé, est-ce que tu savais que tu étais enceinte ?

Enceinte ?

C'était impossible… En deux ans, elle avait fait une seule fois l'amour et Tate avait mis un préservatif. Ce mois-ci, elle n'avait pas eu ses règles, mais elle avait mis cette aménorrhée et les nausées sur le compte du stress. Si elle avait porté l'enfant de Tate, elle l'aurait certainement su !

— Je suis enceinte ? répéta-t-elle d'une voix faible.

— Non, Chloé. Je suis désolée… Tu l'étais. C'était une grossesse extra-utérine. Ta trompe de Fallope droite s'est rompue, c'est pourquoi tu t'es évanouie. Nous avons dû procéder en urgence à une laparotomie et retirer la trompe pour stopper l'hémorragie. Tu as été transfusée et nous avons décidé de te garder aux soins intensifs. Mais tout va bien, maintenant.

— J'ai perdu le bébé…

— Oui. Je suis sincèrement désolée…

Un frisson parcourut Chloé.

— Je veux rentrer chez moi, Erin. J'en ai besoin !

Elle ne pouvait pas rester dans cet hôpital où Tate et elle travaillaient. Le père de l'enfant qu'elle venait de perdre… L'homme qui l'avait rejetée…

Mais Erin fit non de la tête.

— Chloé, vingt-quatre heures à peine se sont écoulées depuis ton opération. Tu sais parfaitement que c'est impossible. On vient seulement de te retirer le respirateur et tu n'es même pas encore assise.

Elle tenta de se redresser, mais son corps la trahit et elle retomba lourdement sur son oreiller.

— S'il te plaît, Chloé, laisse-moi gérer la situation. Je vais te faire transférer en obstétrique où personne ne te connaît.

Chloé soupira faiblement. Elle n'avait pas le choix. Elle allait se retrouver parmi des mères et leurs bébés.

— D'accord, fit-elle en fermant les yeux.

Sa collègue remonta la couverture sur elle.

— Et merci pour tout, Erin.

Une minute plus tard, elle s'endormit.

Chloé remua légèrement. Son ventre la faisait toujours autant souffrir. Une main douce lui repoussa les cheveux en arrière.

Kate.

Tentant en vain de trouver une position plus confortable, elle laissa échapper un gémissement.

Une paume se posa sur son bras, bien trop large pour appartenir à Kate…

Tate !

Chloé n'ouvrit pas les yeux. Elle n'était pas prête à l'affronter.

— Je sais que tu ne dors pas, Chloé.

Soulevant les paupières, elle rencontra son regard. Avec ses yeux rougis soulignés par les cernes, il paraissait fatigué.

— Comment es-tu au courant ? souffla-t-elle.

— Je t'ai regardée dormir, une fois…

— Non. Je voulais savoir comment tu as su que j'étais ici ?

— Cette semaine, je travaille la nuit. J'ai appris qu'on t'avait amenée au bloc.

Elle fit la grimace : qu'il la voie dans cet état ne la réjouissait pas du tout.

— Tu as mal ? s'inquiéta-t-il. Tu veux plus de morphine ?

— Non, ça va.

Ce n'était pas tout à fait vrai, mais elle n'avait aucune envie de le reconnaître.

— J'ai eu très peur, confia-t-il.

— J'en suis désolée, marmonna-t-elle.

— Pourquoi ne m'as-tu rien dit ?

— Je ne comprends pas…

Il la fixa comme s'il pouvait trouver la réponse en l'observant attentivement.

— Pour quelle raison ne m'as-tu pas parlé de ta grossesse ?

Il savait. Elle ignorait comment, mais c'était un fait. En gros, il lui demandait s'il était le père du bébé… Une humiliation supplémentaire !

— C'est important, Tate ?

— Oui.

— Pourquoi ?

— Ça l'est, c'est tout.

— Quelle différence cela ferait, si tu étais le père ? Tu me prendrais en pitié ? Tu te sentirais coupable ? Mais si tu ne l'étais pas, toutes les rumeurs qui courent sur moi seraient fondées et tu aurais la conscience tranquille ? Je crois que tu devrais partir, Tate.

— Nous n'en avons pas fini, Chloé.

Elle s'efforça de retenir ses larmes.

— Sois honnête, Tate. Nous n'avons jamais rien commencé et j'ai besoin que tu t'en ailles.

— Et si je voulais rester ?

— En ce cas, tu aurais dû le faire il y a six semaines. Ou au moins m'écouter quand j'ai essayé de te parler ensuite. Mais tu ne voulais pas avoir affaire à moi et je ne vois pas ce qui aurait changé maintenant. Va-t'en !

— Mais le bébé…

— Il n'y a pas de bébé, martela-t-elle.

En prononçant ces mots, une douleur inconnue la transperça et elle laissa échapper quelques larmes.

Tate se leva alors, tira les rideaux, puis ferma la porte.

Un instant plus tard, il s'asseyait au bord du lit et la serrait dans ses bras puissants.

Chloé se laissa aller. Elle n'aurait pas dû se sentir si bien contre le torse de Tate, mais elle n'y pouvait rien.

Perdant toute maîtrise d'elle-même, elle se mit à sangloter. Tate lui caressa le dos.

— J'ignorais que j'étais enceinte, finit-elle par avouer entre deux hoquets.

— Tout va bien, Chloé, murmura-t-il.

— Non, tout ne va pas bien. Comment ne m'en suis-je pas aperçue ?

— Cela n'aurait rien changé.

Il avait raison. La venue de leur enfant n'aurait pas modifié les sentiments de Tate à son égard.

— Je ne méritais pas d'avoir ce bébé, soupira-t-elle.

— Tu ne méritais pas cette épreuve.

— Tu crois ?

Elle avait commis l'impensable. Elle était tombée amoureuse de l'ex de sa meilleure amie et elle avait couché avec lui. Si Tate était là auprès d'elle, c'était parce qu'il était désolé pour elle. Pas par amour.

Il la repoussa gentiment et prit son visage entre ses mains.

— J'en suis certain, Chloé.

Il avait vraiment l'air de se soucier d'elle... Si seulement cela pouvait être vrai !

Il posa alors ses lèvres sur sa joue mouillée par les larmes, puis la serra de nouveau contre lui. Cela dura une éternité.

Lorsqu'elle se réveilla, il était parti.

Le deuxième jour qui suivit l'intervention fut atroce. Le moindre mouvement était un calvaire. Le matin, une infirmière vint pour l'aider à s'asseoir au bord du lit, les jambes ballantes. Elle tint à peine cinq minutes et dormit pendant trois heures.

A son réveil, Kate était auprès d'elle. Assise dans un fauteuil, elle lisait un gros manuel de médecine.

— Salut, murmura-t-elle.

— Tu sembles en meilleure forme, assura Kate.

— C'est-à-dire dans un sale état, répliqua Chloé, qui avait du mal à maintenir ses yeux ouverts.

— Tu veux me dire ce qui s'est passé ? demanda Kate.

Chloé n'avait pas pensé à grand-chose, ces dernières vingt-quatre heures, mais elle avait quand même anticipé les questions de son amie.

— J'ai fait une grossesse extra-utérine et ma trompe droite s'est rompue.

— Je ne savais pas qu'il y avait un homme dans ta vie.

Kate semblait blessée par ce manque de confiance.

— Ce n'est pas le cas.

— Oh !

— J'ai couché avec quelqu'un, il y a quelques semaines, mais c'était une erreur et ça n'a pas marché.

Kate ne répondit pas tout de suite.

— Je suis désolée, dit-elle enfin.

— Moi aussi.

Il n'y avait rien de plus vrai. Elle aurait préféré passer

sa vie à rêver de l'homme qu'elle aimait plutôt que de vivre un tel drame.

— Je peux faire quelque chose pour toi ? s'enquit Kate.

— Je suppose que tu n'accepteras pas de me faire sortir d'ici ?

— Non, désolée. Trouve autre chose.

— J'aimerais avoir mes vêtements et des affaires de toilette.

— C'est dans mes compétences. Tu veux des produits de maquillage et de la lingerie fine ? demanda Kate en lui adressant un clin d'œil.

Chloé lui fut reconnaissante d'alléger la conversation.

— Absolument ! Mais je dois admettre que la tenue d'hôpital est très confortable.

— C'est dur d'être un patient ?

— Oui, mais je ne sais pas ce qui est pire : me sentir impuissante où être hospitalisée sur mon lieu de travail.

C'était la triste vérité. Elle qui était habituée à accomplir plusieurs tâches à la fois, elle dépendait de ceux-là même qu'elle impressionnait auparavant par son hyperactivité. Cette vulnérabilité était difficilement supportable.

— C'est un gros changement, admit Kate, mais les deux premiers jours sont les plus difficiles. Demain, tu pourras te déplacer un peu et tu rentreras chez toi dans quelques jours.

— Ce ne sera jamais assez tôt !

Chloé hésita à poser la question qui la tourmentait :

— Est-ce que tout le monde est au courant ?

— Non. Aux urgences, la version officielle est que tu avais un kyste ovarien qui s'est rompu. Je crois que les internes comptent t'envoyer des fleurs. Tes gardes seront assurées pendant les huit prochaines semaines. Comme ça, tu n'auras pas à travailler avant les examens.

— Deux mois… C'est long et court à la fois.

— Tu en as besoin, Chloé. Exceptionnellement, tu vas t'occuper de toi. Si tu avais une patiente qui avait vécu la même expérience, c'est exactement ce que tu lui aurais conseillé.

— Je suis tout à fait d'accord, fit une voix masculine.

Quelqu'un tira le rideau et Ryan Callum apparut.

— Salut, dit Chloé, gênée que Ryan en sache plus qu'elle sur ce qui s'était passé la nuit où elle avait été opérée.

Les yeux de Kate passèrent de l'un à l'autre.

— Je vous laisse, annonça-t-elle en se levant.

Un instant plus tard, elle refermait la porte derrière elle.

— Je ne voulais pas vous déranger, toutes les deux, s'excusa Ryan en s'asseyant sur la chaise que Kate venait de libérer.

— Ce n'est pas le cas.

— Comment te sens-tu ?

— Pas trop mal, le rassura-t-elle. C'est toi qui m'as secourue, l'autre nuit ?

— Oui. Je n'ai jamais eu aussi peur de ma vie.

— Je suis désolée.

— Ne le sois pas. Je suis passé voir si tout allait bien et te dire que j'ai été le seul à avoir eu connaissance de ton taux de bêta-HCG.

Chloé rougit, mais que personne d'autre n'ait pu voir que le test de grossesse était positif la rassurait. Tout le monde pourrait ainsi croire à la fable du kyste ovarien rompu.

— Merci, fit-elle avec reconnaissance.

— Ne me remercie pas. Je ne veux pas qu'une telle information puisse te nuire dans ta future position au Boston General. A ce sujet, ton poste t'attend dès que tu seras prête.

— Merci, répéta Chloé, les larmes aux yeux.

— Tu le mérites, souviens-t'en.

Mais il paraissait avoir autre chose en tête.

— Pourquoi ai-je l'impression que tu ne me dis pas tout ?

— Parce que c'est le cas, mais ce n'est pas le moment d'en parler et cela ne me regarde pas.

— Depuis quand gardes-tu pour toi tes compliments ou tes critiques, Ryan ?

— Depuis l'entrée en scène de Tate Reed.

Le cœur de Chloé cessa de battre. Qu'est-ce que Ryan savait exactement ?

Elle prit son air le plus détaché.

— Et alors ?

— Je veux que tu sois prudente, Chloé.

Ryan avait donc deviné la nature de sa relation avec Tate. Aussi, elle répliqua :

— C'est un peu tard pour ça, tu ne crois pas ?

— Fais attention, c'est tout. Je ne le connais pas très bien, mais j'en sais un rayon sur ce genre d'hommes. Si l'administration doit choisir entre toi et son très estimé chirurgien vasculaire, tu ne gagneras pas.

— Tate ne ferait jamais ça…, commença-t-elle.

Elle s'interrompit brusquement. Après tout, elle ignorait ce que Tate ferait ou ne ferait pas.

— Merci, Ryan…, conclut-elle. Pour tout.

3.

Le troisième jour, Chloé put se déplacer dans sa chambre et prendre une douche. Elle avait encore des nausées, mais il faudrait sans doute un peu de temps pour que son taux de bêta-HCG baisse. Cela expliquait aussi ses fréquentes crises de larmes.

On frappa à la porte et Kate écarta le rideau, toute souriante et visiblement surexcitée.

— Matt m'a demandé de l'épouser, annonça-t-elle en s'asseyant près du lit.

Réprimant l'émotion qui menaçait de la faire pleurer, Chloé tendit les bras vers son amie et celle-ci se leva pour l'embrasser.

— C'est formidable !

— Il m'aime… Il m'a toujours aimée, confia Kate.

Chloé la serra plus fort. Comment Matt ne l'aurait-il pas adorée puisqu'elle était parfaite ?

Elle ferma les yeux, s'efforçant de contenir une jalousie naissante. Elle devait arrêter tout de suite ! Elle avait la chance d'être vivante et d'avoir des amis dont l'affection était sincère.

Tout ce qui lui manquait, c'était d'avoir l'homme qu'elle idolâtrait…

Lorsqu'elles s'écartèrent l'une de l'autre, le visage de Kate rayonnait de bonheur.

— Je voulais que tu sois la première à savoir.

— Je suis si contente pour toi et Matt !

— Tu veux bien être ma demoiselle d'honneur ?

— Rien ne me ferait plus plaisir que de me tenir près de toi devant l'autel, le jour de ton mariage.

— Qui a parlé de mariage ? lança une voix qu'elle connaissait bien.

Vêtu d'un pantalon noir et d'une chemise jaune, Tate apparut dans l'encadrement de la porte. Ils ne s'étaient pas vus depuis qu'il était passé la voir aux soins intensifs. De toute façon, elle n'avait plus rien à lui dire.

— Matt m'a demandé de l'épouser et j'ai accepté, répondit Kate.

— Toutes mes félicitations, Kate.

Celle-ci se leva de nouveau de sa chaise et fit la bise à Tate. Chloé les observa, songeuse. Tate pensait-il à sa propre demande en mariage… Celle que Kate avait repoussée ?

On frappa de nouveau à la porte, puis Erin et Ryan entrèrent ensemble dans la pièce.

— Je voulais juste savoir si tu avais besoin de quelque chose, déclara l'obstétricienne.

— Tout va bien, merci.

— Quand penses-tu que Chloé pourra sortir ? demanda Tate à Erin.

— Demain si elle se sent assez bien pour partir, mais elle ne pourra pas rester seule pendant les prochaines semaines.

— Elle peut habiter chez moi, suggéra Kate.

Son offre était sans aucun doute sincère, mais Chloé ne pouvait l'accepter.

— Non, Kate, je n'ai pas l'intention de m'immiscer entre Matt et toi.

— Tu seras la bienvenue chez moi, Chloé.

Tous les yeux se tournèrent vers Ryan. Il ne paraissait pas du tout gêné par la surprise que sa proposition suscitait.

— Je ne pense pas que ce soit une bonne idée, intervint Tate, visiblement furieux.

— Pourquoi donc ? demanda Ryan avec désinvolture.

— Parce que Chloé est encore interne et que tu es son chef de clinique.

Seigneur ! s'étrangla Chloé. Est-ce que Tate venait vraiment de dire ça ? Ne se rappelait-il pas que Kate était interne et lui son mentor, lorsqu'ils sortaient ensemble ?

Elle jeta un coup d'œil à son amie qui semblait avoir fait le même rapprochement et arborait une mine embarrassée.

— Ce n'est pas parce que tes intentions envers Kate n'étaient pas honorables que les miennes ne le sont pas non plus, riposta Ryan. Pour guérir, Chloé a besoin de se trouver dans un endroit sûr sans que cela ne l'engage à rien.

— Je suis d'accord avec Tate, intervint Erin.

Tous les yeux se tournèrent vers elle. Chloé lui fut reconnaissante d'avoir mis un terme à une dispute entre deux mâles dominants avant qu'elle ne devienne franchement désagréable.

— Je ne crois pas que tu sois en mesure de juger la situation, répliqua Ryan.

Chloé n'en revenait pas : jamais Ryan n'avait fait preuve d'une telle agressivité. Cette attaque à l'encontre d'Erin était particulièrement déplaisante.

— Ça suffit ! trancha-t-elle. J'apprécie votre sollicitude, mais je suis adulte et capable de prendre mes propres décisions. Erin, tu es certaine que je ne peux pas rentrer chez moi ?

Manifestement blessée par la remarque de Ryan, Erin inspira profondément.

— Tout à fait. Tant que ton taux d'hémoglobine sera bas et ta tension insuffisante, tu risques d'avoir des vertiges et de t'évanouir. Tu ne peux pas rester seule.

Les yeux de Chloé allèrent de Ryan à Tate.

Si Ryan ne s'était pas montré si détestable, elle aurait accepté sa proposition. Habituée aux rumeurs selon lesquelles elle aurait utilisé sa beauté et sa sensualité pour faire avancer sa carrière, elle ne craignait pas d'ajouter un peu d'huile sur le feu. Mais pourquoi Ryan était-il furieux contre Tate ? S'il avait des vues sur elle, elle ne voulait pas risquer de blesser un homme qui deviendrait son collègue quand elle ferait partie du personnel médical.

Restait Tate… Mais il ne lui avait rien proposé, malgré sa dispute avec Ryan.

Elle se tourna vers lui.

— Tate, est-ce que je pourrais habiter quelque temps dans ton loft ?

Personne ne dit mot. Ni Kate, ni Ryan, ni Erin. Et en tout cas, pas Tate.

— C'est le moins que je puisse faire, répondit-il enfin.

Craignant ce qui allait suivre, elle réprima un cri. Allait-il annoncer à tout le monde qu'il était à l'origine de sa grossesse ?

— Kate a le droit d'être seule avec Matt pour profiter de leurs fiançailles, expliqua-t-il.

Ces mots broyèrent le cœur de Chloé… Encore et toujours Kate ! Cela durerait-il jusqu'à la fin des temps ?

Fidèle à sa promesse, Tate parut sur le seuil de la chambre le lendemain matin. Chloé n'avait pas passé une bonne nuit, en proie aux doutes. Etait-ce bien raisonnable d'aller s'installer chez Tate ? Elle en avait envie, mais ne prenait-elle pas le risque de souffrir de nouveau ?

Elle avait finalement cessé de se poser de vaines questions. Levée de bonne heure, elle s'était douchée et habillée de façon à se sentir à peu près elle-même lorsqu'il arriverait.

Son pantalon noir la moulait sans la serrer et son pull à torsades rouge la rendait de nouveau féminine.

— On a signé ta feuille de sortie ? s'enquit-il.

— Oui.

— Très bien. Je vais chercher un fauteuil roulant et je reviens.

— Je n'en ai pas besoin !

— Chloé, c'est à peine si tu peux faire quelques pas

dans le service sans devoir t'asseoir. Tu as le choix : soit tu acceptes le fauteuil, soit je te porte.

La deuxième éventualité lui rappela le final d'un film romantique, mais elle ne s'attarda pas longtemps sur cette vision.

— Je préfère le fauteuil.

— C'est moins drôle, mais d'accord.

Cet humour léger la prit de court, et elle ne put s'empêcher de sourire.

Maïs elle ne tarda pas à déchanter quand Tate la poussa dans les couloirs de l'hôpital. Les infirmières, les internes et les médecins marquaient un temps d'arrêt en les croisant. Elle avait toujours suscité l'attention, mais jusqu'à maintenant cela ne l'avait pas vraiment gênée. Elle valait mieux que ce que les autres voyaient en elle et le savait.

Cette fois, ils devaient imaginer les pires des scénarios, en l'apercevant avec Tate… Et ils n'étaient pas loin de la vérité !

Elle s'obligea à fixer ses mains croisées sur ses genoux. Elles portaient encore les marques des nombreuses intraveineuses qu'on lui avait faites.

— Tout va bien ? demanda Tate.

— Oui.

— Tu n'en as pas l'air.

Comment avait-il deviné son malaise ?

— Les gens me regardent bizarrement.

— Je pensais que cela ne t'affectait plus depuis longtemps.

— Je ne vois pas pourquoi ils me dévisagent !

— Tu es ravissante, pourtant tu t'arranges pour que ta beauté ne soit pas un obstacle à ta progression. Ça les étonne.

Jusque-là, elle ignorait ce qu'il pensait d'elle. Malgré son désir d'en savoir davantage, elle se tut et redressa le menton tandis qu'ils terminaient leur parcours jusqu'au parking.

Arrivée devant chez Tate, elle tenta de franchir seule

la distance entre l'entrée de l'immeuble et le loft. Mais les vertiges étaient trop forts. Elle aurait eu besoin de s'asseoir ou du moins de prendre appui quelque part. Il lui fallait de l'aide et cette réalité était dure à avaler.

— Bon sang, Chloé !

Un bras fort la saisit par la taille et la soutint. Tate déverrouilla la large porte de métal, puis la souleva de terre et la porta à l'intérieur.

— Je peux marcher, protesta-t-elle.

— Bien sûr !

Un instant plus tard, il la déposa sur le lit et une couverture toute douce remplaça la chaleur de son corps.

Des yeux verts plongèrent dans les siens quand il s'accroupit auprès d'elle.

— Cesse de vouloir être forte, Chloé. Je sais que je ne suis pas dans tes petits papiers, actuellement, mais tu dois apprendre à demander de l'aide.

— Pourquoi dis-tu ça ?

— Parce qu'il n'est jamais bon de prendre des risques inutiles.

— Pourquoi penses-tu que je t'en veux ?

— Parce que je suis responsable de ta grossesse.

— Moi aussi, Tate. Et si les choses n'avaient pas tourné de cette façon, j'aurais été heureuse d'avoir ce bébé.

Elle hésita un instant avant de poser la question :

— Tu veux avoir des enfants ?

— Oui. C'était l'une des raisons pour lesquelles je voulais me marier.

— Avec Kate.

Il avait utilisé l'imparfait… Cela signifiait-il qu'il renonçait au mariage et à la paternité ?

— En effet, acquiesça-t-il. Au fait, j'ignorais que tu étais aussi proche de Ryan Callum.

Il avait changé de sujet un peu trop rapidement pour que ce ne soit pas suspect. De toute évidence, cela lui était trop pénible de parler de Kate.

— C'est mon superviseur, répondit-elle.

— Il t'a invitée à séjourner chez lui.

— Mon évanouissement l'a effrayé.

— Il n'a pas été le seul.

— Tu l'as été ? Pourquoi ? demanda-t-elle franchement.

— Parce que j'ai de l'affection pour toi, Chloé. Tu ne peux pas l'ignorer.

Ces paroles lui firent chaud au cœur, mais elle avait du mal à y croire. S'il l'appréciait, pourquoi l'avait-il ignorée pendant tout ce temps ?

— Tu as cessé de me parler après que nous avons couché ensemble, lui fit-elle remarquer.

— Cela ne signifie pas que je n'éprouve rien pour toi.

— Explique-toi !

Il se passa la main dans les cheveux.

— Je ne suis pas l'homme qu'il te faut, Chloé.

— Tu ne crois pas que c'est à moi d'en juger ?

— Non, dit-il en se levant.

Il s'éloigna, mettant ainsi un terme à la conversation.

Le canapé était très confortable, mais, cette nuit-là, Tate eut du mal à trouver le sommeil…

Impossible de dormir avec Chloé si proche !

Les semaines précédentes, il n'avait cessé de se demander comment ils en étaient arrivés là. Et la réponse n'était pas agréable : il avait été faible… C'était la seule raison. Car pour le reste, il n'était pas l'homme qu'il fallait à Chloé.

Chloé… La seule femme qu'il n'aurait jamais dû mettre dans son lit ! Tous ces mois passés à dormir seul, à panser ses plaies et à restaurer son amour-propre avaient certainement brouillé sa raison.

Le problème n'était pas qu'une femme l'ait désiré, mais que cette femme soit Chloé. Depuis ses quinze ans, il n'avait que l'embarras du choix, mais elle, elle était différente.

Il la respectait.

En tant que médecin, elle était extraordinaire.

Et en tant qu'amie, elle était totalement dévouée.

Plus important, elle était la meilleure amie de Kate.

Il ne put retenir un soupir.

Jusqu'à sa rencontre avec Kate, un an auparavant, il avait consacré toute son existence à sa profession. Il avait poursuivi sa carrière et franchi chaque étape avec succès, depuis sa sortie de l'école de médecine jusqu'au poste prestigieux qu'il occupait maintenant.

A un peu plus de trente ans, il faisait partie des dix meilleurs chirurgiens vasculaires du pays, et un hôpital de pointe lui versait un salaire important.

Pendant toute cette période, il avait enchaîné les conquêtes. Il aimait le sexe, et ses partenaires connaissaient les règles du jeu. Il les respectait et appréciait ce qu'elles lui offraient, mais il ne ressentait rien pour elles.

Puis il avait rencontré Kate. Au départ, il n'avait pas envisagé une liaison avec elle. Il avait commencé par être son chef de clinique en chirurgie générale. Il l'avait aidée à affûter ses capacités en lui offrant des cas qui lui permettaient de perfectionner ses techniques chirurgicales.

Mais à force de la côtoyer à l'intérieur et à l'extérieur de l'hôpital, il avait compris ce qu'il voulait vraiment : une femme qui serait son égale.

Kate semblait la personne idéale et il l'avait courtisée avec la même opiniâtreté qu'il mettait à poursuivre sa carrière.

Il n'avait jamais connu un seul échec de toute sa vie… jusqu'à Kate. Il lui avait demandé de l'épouser et elle avait refusé.

En homme à qui habituellement tout réussit, il ne l'avait pas bien pris…

Mais toute la colère qui grondait en lui était mal venue ! Il n'aurait pas dû en vouloir à Kate mais à lui-même, puisqu'il n'avait jamais été amoureux d'elle.

Comment avait-il pu penser qu'il se contenterait d'un

compagnonnage fondé sur l'entente intellectuelle et le respect mutuel ?

Sans aucune étincelle ?

Sans aucune chaleur ?

C'était une décision insensée et dont les conséquences lui avaient paru derrière lui. Malheureusement, sa relation passée avec Kate risquait de ruiner un avenir possible avec Chloé.

Comment espérer que Chloé voie en lui autre chose que l'ex de sa meilleure amie ?

Chloé.

Les images se pressaient dans son esprit.

Chloé tremblant sous ses caresses.

Chloé sous lui, vibrante de plaisir.

Chloé sur la table d'opération, presque morte.

Les suites catastrophiques de leur seule nuit d'amour auraient pu tuer en lui tout désir, mais ce n'était pas le cas. Il brûlait d'envie de la toucher, de la réconforter et de rester auprès d'elle jusqu'à savoir exactement où tout cela allait les mener.

4.

Chloé avait froid.

Adoptant une position fœtale, elle roula sur le côté, mais une violente douleur lui déchira aussitôt le ventre et quelqu'un se mit à crier dans l'obscurité. Elle s'obligea à ouvrir les yeux, et lorsqu'elle y parvint, le cauchemar se dissipa peu à peu.

Elle tira alors le drap sur elle, se sentant plus vulnérable que dans son rêve. Elle s'efforça de respirer lentement et prit peu à peu conscience du lieu où elle se trouvait.

Chez Tate…

— Tu vas bien ? Est-ce que je peux t'aider en quoi que ce soit ?

Au prix d'un petit effort, elle se redressa. Il était là, vêtu d'un jean et d'un pull crème, assis devant le comptoir de la cuisine. Il buvait un café, son ordinateur portable posé devant lui.

— Tu n'es pas à l'hôpital ? s'étonna-t-elle.

— Je travaille chez moi.

— Tate, comment serait-ce possible puisque tu es chirurgien vasculaire ?

— J'ai annulé toutes mes interventions des deux prochaines semaines et je me suis arrangé pour être remplacé pendant mes gardes.

— Tu n'as pas besoin de faire ça.

— Bien sûr que si. Je te connais, Chloé, et je ne te

fais pas confiance. Si tu risques d'avoir des vertiges ou de t'évanouir, tu ne dois pas rester seule.

C'était un sacrifice colossal, mais elle se sentait incapable d'en discuter avec lui. Son malaise de la veille excluait toute négociation.

— Merci, dit-elle seulement.

Elle s'assit au bord du lit et, avant que ses pieds ne touchent le sol, il fut auprès d'elle.

— Je peux me débrouiller, affirma-t-elle.

— Prouve-le.

Elle le dévisagea, détaillant ses joues rasées de près, ses yeux verts et ses sourcils dressés. Il ne capitulerait pas, c'était clair… Bizarrement, cette protection la réconforta plus qu'elle ne l'agaça.

Elle réussit à se mettre debout… L'entreprise la plus douloureuse et la plus difficile depuis son opération !

Elle fit ensuite quelques pas en direction de la salle de bains, Tate sur les talons.

Parvenue devant la porte, elle se tourna vers lui.

— Tu es satisfait ?

— Je n'irai pas jusque-là, mais bravo.

Bien sûr qu'il n'était pas satisfait ! songea-t-elle. Elle avait envahi sa vie et maintenant il était obligé de s'occuper d'elle.

— Parfait. Alors si tu veux bien m'excuser…

— Ne t'enferme pas.

— Quoi ? s'exclama-t-elle, choquée.

Elle avait besoin d'intimité, ne serait-ce que pour étudier sa cicatrice.

— Les toilettes sont séparées, mais si tu dois te doucher, je veux pouvoir t'entendre.

Chloé s'efforça d'adopter un ton léger :

— C'est la seule raison ? plaisanta-t-elle.

— J'ai une mémoire photographique, Chloé. Je peux te voir nue chaque fois que j'en ai envie. Prends ta douche, je suis là si tu as besoin de moi.

*
* *

Pendant les quatre jours suivants, Chloé ne quitta pas le loft. Elle dormit, étudia et passa plus de temps à discuter avec Tate qu'elle ne l'avait fait pendant toutes les années précédentes. Lorsqu'il sortait avec Kate, elle avait appris certaines choses à son propos, mais désormais elle avait l'occasion d'être en tête à tête avec lui et elle adorait ces conversations.

Ils parlèrent de tout… De leurs familles respectives, de leur passé, de leur éducation et de leurs plans de carrière. Chloé le découvrait chaque jour un peu plus.

Elle était allongée sur le canapé et lisait un article sur les douleurs abdominales quand on sonna à la porte. Sans paraître surpris, Tate alla ouvrir.

Chloé se pencha un peu pour découvrir le visiteur. C'était une femme aux cheveux gris réunis en chignon et aux yeux du même vert que ceux de Tate. Sa mère, sans aucun doute, déduisit Chloé.

Immédiatement, elle tâcha de se rendre présentable en tirant sur son pull à col roulé crème et en remettant un peu d'ordre dans sa chevelure rousse.

Comme la mère et le fils s'approchaient d'elle, elle voulut se lever mais son ventre sensible la ralentit.

— Je vous en prie, ma petite, restez assise, gronda doucement la mère de Tate.

— Maman, dit celui-ci en souriant, je te présente Chloé. Chloé, voici ma mère, Lauren Reed.

Chloé tendit la main, mais la nouvelle venue la prit dans ses bras.

— Je suis ravie de faire votre connaissance, Chloé. Je suis si contente de savoir que vous allez mieux !

Un doute s'empara de Chloé : Lauren savait-elle pour son fils et elle ? Tate lui avait-il parlé de la grossesse ?

Mais Lauren semblait si attentionnée qu'elle préféra repousser ses questions.

— Merci, madame Reed.

— Appelez-moi Lauren, je vous en prie.

— Merci, Lauren.

— J'ai demandé à ma mère de rester avec toi pendant que je fais quelques courses, cet après-midi.

— Ce n'est pas nécessaire, protesta Chloé en rougissant.

— Je savais que tu dirais cela, c'est pourquoi nous avons décidé tous les deux de ne pas t'avertir. Je serai de retour dans quelques heures. Amusez-vous bien.

Il prit ses clés et sa veste, et lui adressa un clin d'œil. Chloé en resta muette d'étonnement.

— Je peux vous faire une tasse de thé, Chloé ?

La voix de Lauren la fit revenir à la réalité.

— Très volontiers, merci.

Lauren s'affaira dans la cuisine ouverte, puis revint avec la théière et des tasses sur un plateau.

— Encore merci de me tenir compagnie, dit Chloé.

— J'en suis ravie, à vrai dire. Mon fils ne fait plus très souvent appel à moi et j'apprécie d'avoir l'occasion de vous rencontrer, puisque vous en êtes la raison.

— Je lui suis très reconnaissante de ce qu'il fait pour moi.

— Ne soyez pas trop enthousiaste. Nous savons tous les deux qu'il a des défauts. Il n'est pas mauvais qu'on les lui rappelle de temps à autre.

— Pardon ?

Lauren eut un petit sourire.

— Tate est têtu et indépendant. Ce sont des qualités en ce qui concerne sa carrière, mais déplorable pour sa vie privée.

Ces affirmations surprirent Chloé. Lauren dut le deviner, car elle ajouta.

— Ne prenez pas mal ce que je vais vous dire, ma petite. Votre amie Kate est adorable, mais elle ne convenait pas à Tate. Elle ne le stimulait pas. Mon fils a besoin de relever des défis, qu'on le mette dans une situation inconfortable.

Apparemment, la mère de Tate en savait beaucoup sur les relations amoureuses de son fils, comprit Chloé. Elle tâcha de se rappeler toutes les fois où elle avait mis Tate en difficulté... Depuis leur première et seule nuit ensemble jusqu'à l'obligation où il était maintenant de dormir sur son canapé. Si le but était de lui rendre la vie difficile, elle avait réussi.

— Madame Reed... Lauren... Tate et moi, nous ne sommes pas engagés sentimentalement l'un envers l'autre.

Lauren sourit de nouveau.

— Je suis désolée de l'entendre, mais j'espère que cela ne durera pas trop longtemps.

— Je ne suis pas sûre...

Lauren l'interrompit en lui posant la main sur le bras.

— Chloé, je connais bien mon fils et j'ai confiance en lui. Vous devriez en faire autant. Maintenant, finissons-en avec les choses sérieuses et parlez-moi de vous.

Deux heures plus tard, Chloé riait si fort que ses douleurs abdominales se firent presque plus aiguës.

La porte d'entrée s'ouvrit et Tate parut, un bouquet de fleurs dans une main et toute une collection de sacs dans l'autre.

— Je vois que vous vous êtes très bien débrouillées sans moi, toutes les deux, constata-t-il avec un sourire.

— Je racontais justement à Chloé la fois où tu voulais tellement un petit frère que tu as coupé les cheveux d'Emilie et insisté pour qu'on l'appelle Eli.

— Ce n'est pas mon meilleur exploit, admit-il.

Lauren se releva du canapé.

— Eh bien, Chloé, j'ai été ravie de vous rencontrer et de passer l'après-midi avec vous. Je compte revenir vous voir très bientôt.

— Je ne te chasse pas, maman.

— Je sais, mais je suis venue pour Chloé, pas pour toi. Prends soin d'elle, elle en vaut la peine.

Chloé ne put se retenir de rougir.

Après les avoir embrassés tous les deux, Lauren s'en alla.

— Je te demanderais bien de quoi vous avez parlé, dit Tate, mais je crains de le regretter.

— Ta mère est merveilleuse, Tate. Tu as de la chance de l'avoir… Et aussi que vous soyez aussi proches.

— J'en ai conscience… Même si elle a la mauvaise habitude de se mêler de ma vie privée.

En songeant à toutes les révélations de Lauren, Chloé rougit de nouveau. Tate reconnaîtrait-il un jour que Kate n'était pas faite pour lui ? Comprendrait-il qu'une autre femme l'attendait ?

Elle se força à reprendre ses esprits et fixa les fleurs aux couleurs brillantes.

— Tu permets que je les mette dans un vase ?

— Je peux le faire, mais d'abord je veux que tu voies ce que je t'ai apporté.

Les emplettes de Tate lui étaient donc destinées…

— Je ne sais pas quoi dire !

— Ne dis rien… Et fais ce que je te dis.

Le premier sac contenait ses produits de bain préférés, depuis la lotion moussante jusqu'au gel douche, en passant par le lait hydratant. Le tout parfumé au citron et au bois de santal.

Elle leva vers lui un regard interrogateur.

— J'ai pensé que tu avais besoin de te sentir comme chez toi, expliqua-t-il.

Stupéfaite, elle passa au paquet suivant : c'était des bonbons gélifiés aux fruits. De nouveau, elle le fixa avec étonnement.

— C'est ce que tu aimes grignoter en étudiant, non ?

Le troisième sac recélait des pantalons de yoga ainsi que des T-shirts à manches longues.

— J'ai estimé que tu avais besoin de vêtements confortables, précisa Tate, et je savais que ceux-ci étaient tes préférés.

Dans un dernier sac, il y avait des culottes en coton à taille haute qui auraient convenu à des grands-mères. Horrifiée, Chloé voulut les remettre où elle les avait trouvées. Cette fois, elle n'osait plus regarder Tate.

— Elles ne frotteront pas contre ta cicatrice, se justifia-t-il d'un ton embarrassé.

Comment avait-il deviné que ses slips l'irritaient au niveau de l'incision ? se demanda Chloé. Une telle sollicitude la toucha. Peu d'hommes auraient eu ce genre d'attention.

— Merci.

Comme pour changer de sujet, ils se levèrent ensemble et prirent le bouquet de fleurs. La main de Tate se referma sur la sienne. L'espace d'un instant, ils demeurèrent face à face, les yeux dans les yeux. Il était si près que l'odeur de son savon lui chatouillait les narines… Le même qu'elle partageait avec lui depuis quelques jours. Allait-il l'embrasser ?

— Je vais chercher un vase pour que tu puisses arranger ces fleurs, dit-il finalement.

— D'accord, parvint-elle à articuler.

Ils se rendirent tous deux dans la cuisine. En cherchant un ciseau pour couper la ficelle et tailler les tiges, Chloé ouvrit un tiroir et tomba sur…

Un écrin bleu pâle.

Tout d'abord, elle voulut le remettre là où il était et ne plus jamais poser les yeux dessus. Au lieu de cela, elle souleva lentement le couvercle : à l'intérieur étincelait une bague de fiançailles en diamant.

Pas besoin d'être voyante pour deviner que Tate l'avait achetée pour Kate… Mais pourquoi l'avait-il gardée ?

La voix de Tate l'arracha à ses pensées.

— Manie-la délicatement !

Elle était comme une gamine surprise en train de

plonger les doigts dans un pot de confiture. Sans réfléchir, elle tendit la boîte à Tate. Il la ferma et la remit dans le tiroir.

— Tu l'as gardée, constata-t-elle. Pourquoi ?

— J'ai mes raisons.

Il était clair qu'il ne souhaitait pas en discuter et elle n'insista pas. Pourtant sa réponse n'avait aucun sens. Espérait-il que Kate changerait d'avis ? Ou voulait-il se rappeler ce qu'ils avaient vécu ensemble ? Quels étaient ses sentiments envers elle ?

Ces questions se pressaient dans son esprit, mais elles devraient y rester. Tate n'avait manifestement aucune envie d'y répondre.

5.

Au bout de deux semaines, Tate reprit son travail, à la grande satisfaction de Chloé. Jamais elle ne parviendrait à recouvrer son indépendance si elle était constamment assistée.

Un coup frappé à la porte l'arracha à ses pensées. Abandonnant la révision des algorithmes de réanimation, elle posa une main sur son ventre et se leva en s'appuyant de l'autre sur le canapé.

Kate apparut dans l'encadrement de la porte. Vêtue d'un jean et d'une chemise violette ajustée, elle rayonnait de bonheur. Chloé maudit son pantalon de yoga et son ample gilet bleu. Elle faisait pâle figure en comparaison ! De nouveau, une pointe de jalousie la titillait.

— Salut, belle inconnue ! lança son amie.

Le sourire de Kate effaça ses pensées négatives. Après qu'elles se furent embrassées, elles gagnèrent le salon.

— Comment te sens-tu ? s'enquit Kate.

— Fatiguée et endolorie, répondit-elle.

Et un peu perdue aussi…, faillit-elle ajouter.

— Parlons de choses plus gaies, enchaîna-t-elle. Que deviens-tu ?

— Je suis ravie ! C'est drôle, parce que j'ai pensé pendant des années que cette période d'examens serait la pire de ma vie, surtout si je devais quitter Boston. Au lieu de cela, c'est la meilleure ! Matt a trouvé un appartement pour nous deux, à New York, et nous avons décidé de nous marier en août dans les Hamptons.

Le sourire de Kate était contagieux et une vague de bonheur submergea Chloé, lui faisant oublier ses problèmes pendant quelques secondes. Un scintillement attira alors son attention. Comment avait-elle pu manquer cela ? Kate portait à la main gauche un anneau de platine orné d'une grosse émeraude.

— Cette bague est magnifique, Kate !

— Je le sais. Pour la première fois depuis longtemps tout est parfait.

La jalousie travailla une fois de plus Chloé.

— Tout se passe bien avec Tate ?

Ce changement brutal de sujet prit Chloé par surprise. Elle plongea dans les prunelles grises de son amie, mais aucune malice n'y perçait. Kate ne se doutait de rien.

Aussi, elle plaqua sur son visage le sourire qu'elle arborait chaque fois qu'elle parlait de Tate.

— Je lui suis très reconnaissante pour tout ce qu'il a fait pour moi.

— Et Ryan ?

De nouveau, la question prit Chloé de court.

— Il a été formidable, assura-t-elle. Il m'a appelée deux fois et, la semaine prochaine, il viendra m'aider à préparer les oraux.

— Tu ne te sens pas mal à l'aise avec lui ?

— A cause de ma grossesse ?

— Oui.

— Au début, oui, mais Ryan s'est montré très discret et compréhensif.

— Tu crois que vous pourrez encore travailler ensemble ?

— Bien sûr. Nous sommes tous les deux des professionnels très compétents, alors je ne vois pas ce qui poserait problème. Ce sera plus facile que pour toi, si tu devais exercer dans le même service que Tate, l'homme avec qui tu as été presque fiancée.

Chloé se reprocha aussitôt d'être autant sur la défensive, mais Kate ne parut pas le remarquer.

— Je suppose… En réalité, j'ai l'impression que ma relation avec Tate date d'un siècle.

— C'était il y a neuf mois, pourtant.

— Oui, mais depuis nous avons tous les deux poursuivi notre chemin.

— Kate, il t'a dit qu'il t'aimait et il t'a demandée en mariage !

— Il n'en avait pas vraiment envie.

— Comment peux-tu être si sûre que Tate en a terminé avec toi ?

La lourde porte du loft s'ouvrit, mettant un terme à la conversation. Elles se tournèrent toutes les deux vers l'homme qui venait d'entrer. Il était rare qu'il fasse une apparition dans la journée et Chloé s'interrogea : avait-il su que Kate lui rendrait visite ?

Il parut pourtant sincèrement surpris à la vue de son ex, et celle-ci se leva du canapé pour l'accueillir.

— Salut ! Je suis juste passée voir Chloé.

— Tu es toujours la bienvenue, Kate.

— Merci.

Nulle tension ne semblait régner entre eux, mais le spectacle n'en était pas moins pénible, songea Chloé.

Tate retira sa veste et la posa sur une chaise, puis vint s'asseoir avec elles.

Chloé laissa échapper un soupir. Aux yeux de Tate, elle ne serait jamais aussi belle que Kate !

— Tu es fatiguée ? s'inquiéta Tate. Tu veux qu'on te laisse te reposer ?

— Ça va, merci !

Mais Kate et Tate l'observaient d'un air sceptique.

— Je ne suis pas habituée à ne rien faire, c'est tout !

expliqua-t-elle. C'est dur de ne plus pouvoir sortir comme avant.

— On pourrait dîner dehors, suggéra Tate. Pas très loin d'ici, de préférence.

— Ce serait formidable, acquiesça-t-elle.

— Tu veux te joindre à nous, Kate ? proposa Tate.

Chloé se tourna vers son amie, espérant un refus de sa part.

— Pourquoi pas ? répondit Kate.

— C'est réglé !

Tate retira sa cravate et alla téléphoner pour retenir une table.

Chloé se leva aussi et gagna l'estrade où elle ouvrit le tiroir que Tate lui avait attribué. Elle n'avait pas grand-chose d'autre à mettre qu'une robe de jersey bleu qui moulait ses seins et ses hanches.

Elle se rendit dans la salle de bains pour se changer, puis réunit sa chevelure indisciplinée en queue-de-cheval et se maquilla légèrement.

Lorsqu'elle eut terminé, elle jeta un coup d'œil à son reflet dans le miroir : ce n'était pas mal, mais sans comparaison possible avec Kate.

Un brin mélancolique, elle sortit de la salle de bains. Kate et Tate étaient assis sur le canapé. Son arrivée stoppa net leur conversation, mais elle dissimula sa gêne en arborant un large sourire.

— Où allons-nous ?

— Kate a proposé un restaurant italien.

— C'est parfait… Allons-y !

Lorsqu'ils franchirent le seuil de la petite salle qu'elle connaissait déjà, Chloé se sentit revivre. Enfin elle voyait du monde !

Le patron du restaurant les accueillit à bras ouverts.

— Docteur Reed ! Docteur Darcy ! s'exclama-t-il en

venant à leur rencontre. Nous avons une excellente table pour vous.

Chloé lui sourit largement, tandis que Tate la prenait par le bras et la guidait jusqu'à la banquette de cuir. Elle y prit place à côté de Kate.

Tate s'assit en face d'elles, et ils commencèrent par parcourir la carte en silence.

Quand le serveur s'approcha, Tate commanda une bouteille de vin rouge, des amuse-gueules et une escalope milanaise, tandis que Kate optait pour une pizza et Chloé pour des pâtes aux fruits de mer.

— J'espérais que tu choisirais un plat de viande, remarqua Tate après le départ du serveur. Tu as besoin de fer, Chloé.

— C'est pour cela que la femme de ménage remplit le frigo de steaks, d'épinards et de céréales enrichies en minéraux ?

— Peut-être, répliqua-t-il avec un petit sourire satisfait.

Kate éclata de rire et Chloé en fit autant.

Le patron revint avec une bouteille qu'il déboucha devant eux, puis fit goûter à Tate. Quand ce dernier l'y autorisa, il commença à remplir les verres. Chloé refusa : le vin pourrait accentuer ses vertiges et ses nausées.

Le gérant posa alors les yeux sur l'émeraude de Kate.

— Toutes mes félicitations ! Je n'avais pas compris que vous célébriez un événement heureux. Le Dr Reed a très bon goût en matière de femmes et de bagues.

Chloé retint une exclamation horrifiée. Le patron avait connu Tate et Kate du temps où ils formaient un couple. Elle jeta un coup d'œil à son amie, qui semblait légèrement embarrassée.

— Merci beaucoup, Antonio, répondit Tate sans manifester aucune gêne.

Après le départ du patron, il se tourna vers Kate.

— Il avait au moins raison sur un point. Ta bague est magnifique, Kate.

Chloé le scruta : comparait-il cette bague à celle qu'il avait achetée pour son ex ?

— Merci, fit Kate. La date du mariage est fixée au long week-end du mois d'août, dans les Hamptons. J'espère que vous viendrez.

— Je ne manquerais ça pour rien au monde, répliqua aimablement Tate.

Puis ils parlèrent travail, et Chloé poussa un soupir de soulagement. Ensuite, les amuse-bouches arrivèrent, suivis de près par les plats qu'ils avaient commandés.

Tout en dînant, ils évoquèrent l'hôpital et les examens imminents. Tate et Kate se demandèrent brièvement des nouvelles de leurs familles respectives. Leur aisance stupéfiait Chloé. Manifestement, elle était la seule des trois à trouver cette situation étrange.

Elle baissa les yeux vers ses pâtes aux fruits de mer. Elles étaient délicieuses, pourtant elle y avait à peine touché. Elle n'avait toujours pas retrouvé son appétit et les nausées n'avaient pas encore disparu.

— Tu vas bien ? demanda Tate en fixant son assiette pleine.

— Oui, mais je n'ai pas très faim.

— Cette sortie était peut-être prématurée, suggéra Kate.

Pas la sortie ou le repas, mais le fait qu'ils soient réunis tous les trois…

— Je vais demander l'addition et on rentre, déclara Tate.

Sans la laisser répondre, il fit signe au serveur qui arriva promptement.

— Je peux prendre un taxi, protesta Chloé. Restez, tous les deux, et profitez de votre repas.

— Il n'en est pas question, répliqua Tate.

Chloé se tourna vers son amie.

— Je suis désolée.

— Ne le sois pas. Il est normal que tu t'épuises très vite, mais tu iras bientôt mieux, la rassura Kate en lui pressant affectueusement la main.

Ils firent le trajet ensemble et déposèrent Kate devant sa voiture, puis rejoignirent le loft.

Chloé se sentait vidée.

— Tu retournes à l'hôpital, ce soir ? demanda-t-elle à Tate.

— Non. J'ai pensé qu'on pourrait se détendre en regardant un film. Mais si tu tombes de sommeil, je comprendrais.

La banalité de cette suggestion sidéra Chloé. Rien n'était pourtant ordinaire, entre eux !

— Très volontiers, répondit-elle sur un ton léger. Accorde-moi une minute, je vais ôter cette robe et me laver la figure.

— Pas de souci.

Elle gagna la salle de bains où elle se déshabilla et enfila un short ample ainsi qu'un T-shirt. Ce n'était pas exactement de la lingerie fine, mais là encore, c'était tout ce qu'elle avait.

Lorsqu'elle retourna dans la chambre, les lampes étaient éteintes. D'ordinaire dissimulée dans un meuble, la télévision était en revanche branchée. A sa grande surprise, Tate était installé sur le lit. Toujours habillé, il était étendu sur la couverture. Durant les semaines passées, il n'avait pas quitté le canapé pas plus qu'il ne s'était approché du lit.

— J'ai pensé que ce serait plus confortable pour toi, expliqua-t-il.

— Merci.

Elle grimpa les deux marches de l'estrade tandis qu'il tirait la couverture.

— Tu as des préférences ? demanda-t-il en prenant la télécommande.

— Quelque chose de drôle. Rien de sérieux ou de violent… Je n'ai pas besoin de faire encore des cauchemars.

— Tu fais des cauchemars ?

Elle regretta immédiatement cette confidence.

— Oui.

— Tu veux m'en parler ?

— Tu ne seras pas vexé, si je dis non ? Ils me torturent suffisamment pour que je n'aie pas envie de les revivre.

— Bien sûr.

Quelques instants plus tard, il avait sélectionné un dessin animé comportant une fougueuse héroïne aux cheveux roux.

— J'ai pensé que tu apprécierais un personnage qui t'est familier, commenta-t-il.

Elle se tourna vivement vers lui. Il n'émettait aucun son, mais il était clair qu'il riait silencieusement. Elle ne put s'empêcher de sourire.

— Crois-moi, Chloé, mes sœurs et mes nièces jurent que ce film est génial et autant apprécié des adultes que des enfants.

— C'est ce qu'on va voir, plaisanta-t-elle à son tour.

Mais elle s'endormit rapidement, et quand elle remua, un bras fort l'étreignit.

— Tout va bien, Chloé, murmura une voix grave dans l'obscurité.

Cela arriva plusieurs fois jusqu'à ce qu'elle se blottisse dans ses bras comme elle l'avait fait une fois. Quelques semaines plus tôt…

Après cette soirée, elle ne fut jamais seule. Comment Tate s'était-il arrangé pour éviter les nuits de garde pendant quatre semaines au total ? Elle n'osa le lui demander. Toutes les nuits, il dormait près d'elle… Lui habillé et sur les couvertures, elle en dessous.

C'était divinement agréable, mais elle craignait de devenir trop dépendante de lui. Lorsqu'elle serait guérie, leurs chemins se sépareraient forcément.

Elle posa le manuel qu'elle lisait et se leva. Elle se sentait de mieux en mieux chaque jour. Cependant, sa cicatrice était encore un peu douloureuse, et les nausées n'avaient pas totalement disparu.

Gagnant la salle de bains, elle entra dans la cabine de douche. L'eau chaude ruissela sur son corps, lui faisant oublier ses préoccupations. Lorsqu'elle se planta devant le lavabo, la vapeur recouvrait le miroir. Elle s'enveloppa dans une serviette et entreprit de brosser sa longue chevelure emmêlée.

Une main couvrit la sienne.

Sous l'effet de la surprise, elle perdit l'équilibre et s'appuya sur le rebord de granit. Malheureusement, la serviette tomba du même coup par terre.

— Seigneur !

— Non, ce n'est que moi... Tate, fit une voix sarcastique.

Elle sourit et oublia durant quelques secondes sa nudité. Puis, se retournant, elle se pencha pour ramasser le tissu-éponge, mais Tate l'avait précédée.

En se redressant, il s'arrêta à mi-parcours. N'osant baisser les yeux vers lui, Chloé préféra les fermer.

Du bout des doigts, il caressa l'incision qui barrait son bas-ventre. Il l'avait déjà vue nue, il lui avait même fait l'amour, mais ce geste était plus intime que tout ce qui avait pu se passer entre eux auparavant.

Le visage de Tate était très proche de son sexe et elle était nue alors qu'il était habillé...

Il posa la paume sur son ventre. Sa main monta ensuite de quelques centimètres et s'arrêta avant ses seins.

Elle rouvrit finalement les yeux lorsqu'il l'enveloppa de nouveau dans la serviette. Il était clair qu'il ne la trouvait plus à son goût... L'humiliation la brûla comme un fer rouge imprimé sur sa chair.

Tate la saisit par les épaules et la tourna vers le miroir. Elle fixa en silence son reflet brouillé par la vapeur. Tate lui prit alors la brosse des mains et commença à coiffer ses longues mèches rousses en faisant attention à ne pas lui faire mal. Il était difficile de ne pas fondre, tant le geste était intime. Mais Chloé restait tendue. Il ne leva pas les yeux de sa tâche tant qu'elle ne fut pas terminée.

Quand ce fut fait, leurs regards se croisèrent dans la glace.

— Quelle est la date de ta prochaine consultation ? demanda-t-il à brûle-pourpoint.

Prise par surprise, elle frissonna.

S'écartant d'elle un instant, il alla chercher son peignoir. Le tissu-éponge noir était chaud et lourd, lorsqu'il le posa sur ses épaules et l'aida à l'enfiler.

— Quand dois-tu voir le Dr Thomas ? insista-t-il.

— La semaine prochaine. Pourquoi ?

— Je vais devoir m'organiser en conséquence.

— Ce n'est pas la peine ! Je prendrai un taxi.

— Je veux t'accompagner.

— Pourquoi ?

— J'ai quelques questions à lui poser.

— A quoi bon, puisqu'on ne peut pas revenir en arrière ?

— J'ai besoin de savoir que tu iras bien.

— C'est le cas.

— Je viendrai quand même.

— Sois raisonnable, Tate. J'ai rendez-vous à l'hôpital. Que vont penser les gens s'ils nous voient ensemble ?

— Ça m'est complètement égal.

C'était sans doute vrai en ce qui le concernait, mais Chloé, elle, se souciait de sa réputation. Elle avait eu vent des rumeurs qui couraient sur prétendue vie amoureuse, elle ne tenait pas à ce qu'on dise qu'elle récoltait les miettes laissées par sa meilleure amie.

— Pas à moi, lâcha-t-elle.

— Tu as tort.

— Sans doute, mais je n'y peux rien.

— Je suis désolé.

Elle se tourna vers lui. Tate était manifestement sincère, mais pourquoi se faisait-il du souci pour elle ?

— Ce n'est pas ta faute, reprit-elle.

— Vraiment ?

Elle ne pouvait pas continuer ainsi !

— Absolument. Et je pense que je devrais rentrer chez moi.

— Je voudrais que tu restes ici jusqu'à ton rendez-vous avec le Dr Thomas.

— Ce n'est pas une bonne idée.

— Rien de ce qui s'est passé entre nous n'en était une, renchérit-il.

Là encore, c'était exact, mais cela faisait quand même mal à entendre.

— Tu as raison, acquiesça-t-elle.

— Alors pourquoi ce revirement ?

— Parce que la situation est anormale, Tate. Nous ne formons pas un couple et nous ne pouvons pas continuer à jouer cette comédie.

— Tu penses que je joue un rôle ?

Visiblement, elle l'avait blessé sans le vouloir.

— Non, Tate. Tu as été formidable, pendant toutes ces semaines. Mais ce n'est pas vraiment toi et je ne veux pas continuer de compter sur ta générosité et ta culpabilité. J'ai besoin de retrouver mon indépendance.

Le visage de Tate se crispa.

— Ce n'est pas exactement cela, Chloé.

— Vraiment ? Jusqu'à mon hospitalisation, tu ne voulais rien avoir à faire avec moi. Je comprends pourquoi et j'apprécie ton aide, mais… Ce n'est pas ce que tu avais prévu.

Il la fixa comme s'il allait discuter, mais aucun argument ne franchit le seuil de ses lèvres.

— Très bien. Je te ramènerai chez toi dès que tu seras prête.

— Merci.

Un profond soulagement la gagna, alors que Tate se dirigeait vers la porte de la salle de bains. Mais il se retourna brusquement.

— Chloé, j'ai toujours l'intention de t'accompagner à ta consultation, la semaine prochaine.

Peut-être n'en avaient-ils pas totalement terminé, tous les deux…

6.

Chloé resta trois jours chez elle… Le quatrième, elle crut devenir folle si elle ne retournait pas travailler.

En arrivant à l'hôpital, elle était plus nerveuse que le premier jour de son internat, mais elle se détendit dès qu'elle franchit les portes des urgences.

Le vestiaire n'avait pas changé, en dépit du fait qu'elle avait failli y mourir sur le sol. Frissonnante, elle gagna son casier et en sortit une tenue bleue. Le pantalon comprimait légèrement son ventre encore un peu gonflé.

En entrant dans la section B, réservée aux soins mineurs, elle croisa Ryan Callum. Il se tenait devant le comptoir central.

— Apparemment, certains d'entre nous ne savent pas quand ils doivent rester chez eux. Sois la bienvenue, Chloé.

Il lui souriait, mais il y avait de l'inquiétude dans sa voix.

— Merci… Pour tout, dit-elle.

Elle allait prendre un dossier quand un pleur d'enfant retentit. Ce n'était pas nouveau ou inattendu, mais le cri était si désespéré qu'elle alla voir de quoi il s'agissait.

Dans un box, un interne était en train de maintenir une petite fille sur un brancard pendant qu'une infirmière préparait une perfusion.

— Docteur Russel ! lança Chloé. Je peux vous parler une minute ?

Visiblement furieux, l'interne la suivit hors du box.

— Oui, docteur Darcy ?

— De quoi souffre cette petite fille ?

— En quoi est-ce que cela te regarde ?

— Andrew, dis-moi ce qu'elle a.

— J'ignorais que tu étais de retour. Ça doit être sympa de prendre cinq semaines de congés. Je me demande ce qui te vaut ce traitement de faveur, mais pas besoin d'être grand clerc pour le deviner.

— Je te suggère de retrouver ton professionnalisme avant de dire quelque chose que tu regretteras. Je t'ai posé une question.

— Tu ne seras pas toujours chef, Chloé.

— C'est exact. Le premier juillet, je ferai partie du personnel médical du Boston General… Je te le répète, Andrew, fais attention à ce que tu vas dire.

Le visage du jeune homme exprima l'incrédulité, puis la résignation.

Elle était la seule interne à avoir été engagée directement après sa formation. Si Andrew voulait conserver le moindre espoir d'obtenir un poste plus tard au Boston General, il devait tenir sa langue.

— Elle a trois ans et elle est tombée d'une hauteur de deux mètres et demi. Après l'accident, elle était somnolente et passive. Maintenant, elle est combative et irritable. Je voulais lui administrer un sédatif avant de lui faire passer un scanner.

— Regarde-la ! Elle est parfaitement consciente et réactive.

— Cela n'exclut pas la possibilité d'un traumatisme crânien.

— Je suis d'accord. En revanche, tu n'as pas à faire subir à un enfant de trois ans un traitement aussi brutal, sans compter des radiations inutiles.

— Que suggères-tu ?

— Appelle la pédiatrie, demande que l'enfant soit admise en observation et trouve les parents.

— Rien d'autre ?

Son regard débordait d'animosité.

— Andrew, je te garantis que lorsque tu présenteras ton choix thérapeutique au Dr Callum et au pédiatre, ils te féliciteront pour ta prudence. Pourquoi ne pas y aller tout de suite ?

Il obtempéra, et elle retourna dans le box. Dès que la petite fille la vit, son menton minuscule se mit à trembler et ses yeux se remplirent de larmes. Se déplaçant lentement, Chloé s'assit à côté d'elle.

— Bonjour, ma puce. Tu n'as plus besoin d'avoir peur, personne ne va te faire de mal.

L'enfant lui jeta un regard soupçonneux, puis se tourna vers l'infirmière qui tenait encore le matériel de perfusion.

— C'est bon, Cassie, tu peux partir, dit Chloé.

Dès que l'infirmière fut sortie, la petite fille se détendit. Chloé garda le silence pendant quelques minutes et fut récompensée quand l'enfant se rapprocha d'elle.

— Cela te plairait si on te donnait quelques jouets ?

L'enfant hocha la tête et tendit les bras. En la soulevant, Chloé vacilla légèrement, surprise par la difficulté inattendue de la tâche. Retrouvant son équilibre, elle sortit du box et se dirigea vers l'aire de jeux de la pédiatrie.

— Jaclyn !

La petite fille s'agita, faisant de nouveau chanceler Chloé. Une femme courait comme une folle dans leur direction. Lorsqu'elle fut près d'elles, la petite fille sauta de ses bras dans ceux de sa mère.

— Dieu merci ! cria la femme. Comment va-t-elle ?

— Bien mieux, maintenant. Nous avons demandé à un pédiatre de venir l'examiner. Il faudra peut-être qu'on la garde cette nuit en observation, mais je pense qu'elle n'a rien. Vous pouvez attendre avec elle dans l'aire de jeux, si vous voulez.

— Merci d'avoir pris soin d'elle.

— Vous avez une gentille petite fille… Ce n'était pas trop difficile !

La maman s'éloigna, son enfant serrée contre son cœur.

Chloé déglutit. Elle voulait être mère, elle aussi.

Elle avait dit à Tate que tout allait bien se passer, mais ces cinq dernières semaines, une question l'avait hantée : pourrait-elle être de nouveau enceinte ?

Et surtout, rencontrerait-elle un autre homme qu'elle aimerait et dont elle voudrait porter le bébé ?

S'arrachant à ces sombres pensées, elle fit marche arrière pour prendre un dossier.

Quatre heures plus tard, elle était exténuée. Elle avait passé la journée à suturer, plâtrer et suivre de près les analyses qu'elle ordonnait. C'étaient des traitements simples, mais elle se sentait vidée.

Assise devant un ordinateur, elle faisait défiler des images réalisées en coupes fines de l'abdomen de sa patiente. Le radiologue les avait déjà examinées et mis son rapport en pièce jointe, mais elle se faisait toujours sa propre idée avant de lire les conclusions de ses collègues.

Il s'agissait d'une inflammation de l'appendice, dans la fosse iliaque droite. Ce n'était pas une surprise puisqu'elle l'avait déjà diagnostiquée à l'examen.

Ryan la rejoignit devant l'écran.

— Si tu savais déjà que c'était une appendicite, pourquoi avoir demandé un scanner ?

— Parce que la patiente sera plus vite admise en chirurgie que si j'avais demandé aux collègues de me croire sur parole, répondit-elle.

— Tu trouves plus simple d'exposer cette femme à des radiations que de défendre ta position ?

Il la défiait comme il le faisait toujours. Elle lui fut reconnaissante de ne pas la ménager.

— Aujourd'hui, en tout cas, admit-elle.

— Je crois que cette ruse n'aura servi à rien, releva Ryan d'une voix froide.

Levant la tête, elle suivit son regard : Tate se tenait

de l'autre côté de la salle. Flanqué d'un interne et d'un étudiant en médecine, il portait sa tenue de chirurgien.

— On dirait que l'équipe tout entière débarque pour discuter de ta patiente, continua Ryan.

Les yeux fixés sur Ryan, Tate s'approcha d'eux à grandes enjambées.

— Ryan.

— Tate.

Leur hostilité mutuelle était presque palpable.

— J'ai été surpris d'apprendre que le Dr Darcy avait une patiente pour nous, lança Tate. J'aurais cru que les urgences se montreraient moins protocolaires.

— Les urgences ont toujours soutenu le Dr Darcy dans tous ses choix professionnels… Y compris sa décision de reprendre le travail, répliqua Ryan.

Les yeux de Chloé allèrent de l'un à l'autre. Elle devait mettre un terme à l'affrontement avant que des paroles irréparables ne soient prononcées. L'interne semblait mal à l'aise, d'autant qu'il était inhabituel qu'on déplace une équipe pour un simple cas d'appendicite.

— La patiente a vingt-quatre ans, commença-t-elle. Lorsqu'elle s'est présentée, elle souffrait depuis presque deux jours de souffrances abdominales croissantes qui sont maintenant localisées dans le quadrant inférieur droit. En dehors de la douleur, elle a des nausées et elle vomit. Elle est aussi un peu fiévreuse, son pouls bat à cent trente et sa tension est normale. Le ventre est sensible et la palpation a provoqué une douleur vive au niveau du point de McBurney, accompagnée d'une défense discrète. Les analyses ont montré un taux élevé de globules blancs. L'hémoglobine est normale ainsi que l'ionogramme, et les reins fonctionnent bien.

Le rapport était en grande partie destiné à l'étudiant en médecine.

— Demande à Chloé pourquoi elle a demandé un scanner, suggéra Ryan.

Tate l'interrogea du regard.

— Je voulais seulement prouver qu'il s'agissait bien d'une appendicite.

Ryan ne se contenta pas de cette explication.

— Chloé me disait justement que la chirurgie n'accepterait pas une patiente si le diagnostic se fondait seulement sur un examen.

Ce fut dit comme un défi lancé entre deux départements. Il était tout aussi clair que le taux de testostérone grimpait dangereusement.

— Je ne pense pas qu'on doive faire des hypothèses sur ce qu'un service fera ou ne fera pas, répliqua Tate. Docteur Munnoch, soumettez à la patiente le formulaire de consentement éclairé et expliquez à l'étudiant de quoi il s'agit.

L'interne et l'étudiant s'éloignèrent aussitôt.

— Chloé, je peux te parler une minute ? demanda Tate.

C'était moins une question qu'une injonction adressée à Ryan de quitter les lieux.

— D'accord, fit-elle.

Tandis que Ryan s'éloignait, elle réfléchit à la façon dont elle allait formuler la question :

— Qu'est-ce que tu fais ici, Tate ?

— J'allais te demander la même chose.

— C'est ici que j'exerce mon métier.

— Cela ne me pose pas de problème, Chloé. Où et avec qui tu travailles ne me regarde pas.

— Qu'est-ce que c'est censé vouloir dire ?

— Ryan se montre très protecteur envers toi.

— Il a toujours été là pour moi et il m'a sauvé la vie. S'il y a quelqu'un qui peut comprendre une relation entre un mentor et sa protégée, c'est bien toi…

Elle s'était laissé emporter par la colère et elle regretta ces paroles aussitôt après les avoir prononcées. Etablir une comparaison entre Ryan et elle d'une part, et Tate et Kate d'autre part, n'était ni juste ni approprié.

— Il ne s'agit pas de Kate.

— Il ne s'agit que d'elle, au contraire.

— C'est loin d'être la vérité.

Cette conversation ne les menait nulle part, s'agaça-t-elle intérieurement.

— Pourquoi es-tu là, Tate ?

— J'ai accepté de faire quelques remplacements pour compenser mes absences récentes. J'ai été surpris d'apprendre par mon interne que tu étais de retour aux urgences. J'ai voulu m'assurer que tu allais bien.

— Tu n'as pas à t'inquiéter pour moi. Je peux prendre soin de moi toute seule.

— C'est ce que nous verrons. A quelle heure termines-tu ton service ?

— Maintenant.

— Je vais te raccompagner chez toi.

— C'est inutile.

— Je ne te donne pas le choix, Chloé. C'est ton appartement ou mon loft… Ce sont tes seules options.

Il était inutile de discuter. Il ne changerait pas d'avis, quels que soient ses arguments, comprit Chloé.

— Très bien. Je vais juste terminer mon rapport et me changer.

Un peu plus tard, elle regagna le vestiaire. Elle ôta sa tenue d'hôpital et la mit dans le panier à linge. Son jean la serrait désagréablement et elle décida finalement de le déboutonner et de défaire la fermeture Eclair. Sortant ensuite de sa poche un élastique pour cheveux, elle le passa dans la boutonnière et autour du bouton de façon à gagner quelques centimètres.

Laissant flotter sa chemise autour de sa taille, elle enfila enfin ses bottes et sortit.

— Tout va bien ?

La voix de Tate la fit sursauter.

— Personne ne t'a dit qu'il est très impoli de se tenir devant la porte du vestiaire des femmes ?

— Non, mais comme je te l'ai dit il y a quelques jours, je me soucie peu de l'opinion des autres.

Chloé finirait par avoir sa peau…, songea Tate en s'affalant dans son canapé. Si elle ne se mettait pas d'abord en danger à trop vouloir travailler !

Il détestait l'avoir laissée devant chez elle, tout comme il détestait son loft vide. En fait, ce qui l'ennuyait le plus, c'était qu'elle n'y soit plus.

Quand donc l'erreur initiale — introduire Chloé dans son lit et dans sa vie — s'était-elle muée en ce qui pouvait lui arriver de mieux ?

Il ne l'avait pas prévu et il ne l'avait même pas voulu. Il n'y avait pas de place pour l'improvisation dans son existence. Mais Chloé était arrivée et jamais il n'avait éprouvé un tel manque d'assurance que depuis qu'il la fréquentait.

Les questions se bousculaient dans sa tête : où en était-il avec elle ? Les choses iraient-elles plus loin entre eux ? Sa relation précédente avec Kate ruinait-elle toutes ses chances avec Chloé ?

Il ne parvenait pas à lire en elle… Sauf que, depuis son hospitalisation, il y avait chez elle une tristesse nouvelle qu'elle s'efforçait de dissimuler. Etait-ce parce qu'elle avait perdu son enfant ou y avait-il autre chose ?

Ryan ajoutait une note fâcheuse à cette situation déjà compliquée.

Les voir ensemble était très agaçant, pesta Tate intérieurement. N'importe quel observateur aurait pu dire que Chloé était plus à l'aise avec Ryan qu'avec lui.

Tate étouffa un juron. Il n'avait jamais été jaloux de quelque chose ou de quelqu'un et il n'appréciait pas vraiment de le devenir. Mais lorsqu'il les voyait ensemble, il avait envie de jeter aux orties tout ce pour quoi il avait travaillé si dur et casser la figure de Ryan.

Et puis, il y avait le comportement de Chloé… Elle avait changé et cette métamorphose ne devait pas être prise à la légère, il le sentait. Car quelque chose les reliait encore, ça, il en était certain.

7.

Assise dans la salle d'attente du Dr Thomas, Chloé feuilletait distraitement un magazine. Elle ne s'était toujours pas habituée à son statut de patiente. Tate, si. Il avait insisté pour venir avec elle à la consultation.

Elle avait tenté de l'en dissuader. Qu'il soit présent quand on lui annoncerait qu'elle ne pouvait plus avoir d'enfants ne la réjouissait pas du tout. Mais il n'avait rien voulu entendre.

Sauf… qu'il n'était pas là. Elle était seule dans la pièce. Tate avait-il changé d'avis au dernier moment ? Avait-il eu un empêchement ?

La voix d'une infirmière la sortit de ses pensées.

— Chloé Darcy !

Chloé se leva et la suivit dans l'une des salles d'examens du service. Jetant un dernier regard à la porte d'entrée, elle laissa échapper un soupir de soulagement. Tate n'était vraiment pas là.

Elle attendit encore dix minutes avant que le Dr Thomas n'entre dans la pièce. C'était un homme d'âge moyen, qui vint s'asseoir près d'elle, face au bureau.

— Vous semblez en meilleure forme, constata-t-il.

— Merci.

— Comment vous sentez-vous ?

— Pas trop mal. L'incision cicatrise bien, même si elle me fait parfois un peu mal. Je suis encore fatiguée et j'ai toujours des nausées. J'espère que cela ne me nuira pas trop pour mes examens. Ils ont lieu dans deux semaines.

Le Dr Thomas prit quelques notes.

— Je me souviens bien de cette période de ma vie… On vous a fait une prise de sang ?

— Oui. Il y a une heure, environ.

— Parfait. Vous pourriez vous changer pendant que je vais voir si les résultats sont prêts. J'ai demandé au Dr Madden de venir vous examiner. Il y a un drap, sur le lit. Vous enlevez tout de la taille aux pieds.

Après son départ, Chloé suivit ses instructions, puis s'enveloppa dans le drap.

L'attente dura un siècle. Avait-on une terrible nouvelle à lui annoncer ? Ses pires pressentiments allaient-ils se concrétiser ?

Lorsqu'on frappa à la porte, elle retint son souffle. Tate allait-il finalement débarquer ?

Non, c'était Erin Madden. La petite blonde était juchée sur des talons hauts et avait lâché ses cheveux, ce qui était rare.

— Bonjour Chloé. Le Dr Thomas m'a demandé de passer te voir. Difficile de croire que huit semaines ont déjà passé depuis ton opération. Comment te sens-tu ?

— Bien. J'ai de bons et de mauvais jours, évidemment. J'ai repris le boulot cette semaine et ça m'a aidée. Mais je n'étudie pas autant que je le voudrais et je serai contente quand l'examen sera passé. J'aurais pensé que tu étais plongée dans tes bouquins, toi aussi.

— Tu sais ce qu'on dit des meilleures intentions. Allez… dis-moi comment tu te sens *vraiment*.

— Déçue, frustrée… Tu as le choix ! J'ai du mal à admettre que j'ai commis une erreur pareille, d'abord en tombant enceinte et ensuite en ne m'en apercevant pas. Je voudrais en finir avec tout ça, mais je suis toujours fatiguée et nauséeuse. En plus, je suis d'une émotivité qui me fait honte !

— Tu es peut-être un peu dure avec toi-même.

— Je sais.

— Chloé, cela ne t'ennuie pas si je palpe ton ventre ? Ensuite, nous ferons une échographie.

Quelque chose n'était pas normal… s'alarma Chloé intérieurement.

— Qu'est-ce que tu me caches, Erin ? demanda-t-elle en s'étendant sur la table d'examen.

Sans répondre, Erin se lava les mains, puis posa les mains sur le ventre de Chloé. Ses doigts pressèrent une zone située deux centimètres au-dessus du pubis.

— Tes analyses de sang révèlent un taux élevé de bêta-HCG.

— Qu'est-ce que ça veut dire ?

— Si nous avions procédé à une salpingotomie et enlevé simplement le fœtus, il pourrait rester un peu de placenta dans la trompe de Fallope, ce qui expliquerait ces résultats, mais…

— Mais ?

— Mais la trompe était rompue et nous étions incapables d'endiguer l'hémorragie, si bien que nous avons effectué une salpingectomie et enlevé la trompe de Fallope. Ton taux d'hormones ne devrait donc pas être aussi important, à moins que…

— A moins que quoi ?

— Je pense que tu es enceinte, Chloé.

Le temps s'arrêta tandis que les mots faisaient lentement leur chemin dans l'esprit de Chloé.

— Je ne comprends pas…

— Je crois que tu as fait une grossesse hétérotopique. L'un des fœtus se trouvait dans la trompe de Fallope et l'autre dans l'utérus. C'est très rare, on n'en rencontre que cinq cas sur trente mille.

— On peut s'en assurer ? demanda Chloé, le cœur battant.

— C'est ce qu'on va voir, oui.

Erin lui étala du gel sur le ventre puis posa la sonde sur l'abdomen.

Les deux femmes se tournèrent simultanément vers l'écran : la silhouette d'un bébé apparut. Son cœur palpitait, ses jambes et ses bras remuaient.

— Un bébé…, fit Chloé avec émerveillement.

— Ton bébé, confirma Erin. Je prends quelques mesures pour connaître la date exacte de la conception.

— Il n'y en a qu'une possible.

— Ce qui nous donne quatorze semaines.

— Tout va bien pour lui ? s'enquit Chloé.

Sa surprise initiale venait de se muer en crainte que l'opération et le traitement aient fait du mal à son enfant.

— Pour autant que je puisse l'affirmer actuellement, il se porte comme un charme. Avant que nous ne connaissions ton groupe, tu as reçu pas mal de produits sanguins ainsi que des médicaments que nous ne recommandons pas pendant une grossesse. Mais pour l'instant, dis-toi seulement que tu attends un enfant.

— Un enfant…, répéta Chloé.

Les deux femmes contemplèrent l'écran en silence.

— C'est merveilleux, ajouta-t-elle.

— Très bien. Je vais te prescrire des analyses de sang prénatales et une autre échographie dans quatre semaines. Nous pourrons examiner en détail l'anatomie du bébé.

— Erin, est-ce que c'est normal, si je suis excitée et terrifiée en même temps ?

— Bien sûr que oui ! Tu vas être une mère formidable, Chloé. Toutes mes félicitations.

En se rhabillant, Chloé souriait comme jamais depuis des mois. Cette fois, elle ne maudit pas son ventre légèrement arrondi en enfilant son jean.

Elle sortit du service et croisa Tate qui marchait vers elle à grandes enjambées, toujours vêtu de sa tenue d'hôpital.

— Je suis désolé, Chloé. Une autre équipe opérait un

patient présentant une hémorragie massive. J'ai été appelé pour clamper l'aorte.

— Ce n'est pas grave.

— On peut discuter quelque part ?

Chloé réprima un soupir. Elle aurait voulu prétendre qu'il n'y avait rien à dire, mais ce n'était pas vraiment le cas.

— D'accord.

Ils gagnèrent l'une des nombreuses cafétérias de l'hôpital. Après avoir commandé un café double pour lui et un thé à la menthe pour elle, ils s'assirent à une table.

— Comment s'est passée ta consultation ? s'enquit-il.

Elle avait besoin d'un peu de temps pour s'habituer à sa grossesse avant d'en informer Tate.

— Bien.

— Toutes les analyses étaient normales ?

— Oui… Tate, je peux te demander quelque chose ?

— Depuis quand as-tu besoin d'une permission ?

Il lui souriait et elle ne put s'empêcher d'en faire autant.

— Qu'est-ce que nous aurions fait si ma grossesse n'avait pas été extra-utérine ?

Il ne répondit pas tout de suite.

— Mais elle l'était, finit-il par dire.

— Oui. Le bilan confirme que le fœtus se trouvait dans ma trompe de Fallope droite.

C'était la vérité… Et en même temps un mensonge.

— Alors à quoi bon en discuter ? s'étonna-t-il.

— Parce que j'aimerais le savoir.

Tate soupira et l'espace d'un instant il parut ne pas vouloir poursuivre la discussion.

— Nous aurions trouvé une solution.

— C'est-à-dire ?

— Nous aurions fait au mieux pour l'enfant, Chloé. Pourquoi parlons-nous de cela ?

— Parce que j'y réfléchis. Je me suis demandé si tu y avais pensé, toi aussi.

— Non, Chloé, je ne me suis pas attardé sur ce qui n'a jamais été une possibilité dans mon esprit.

Elle acquiesça en silence. Elle n'avait aucun droit de se sentir blessée… Pourquoi Tate aurait-il envisagé cette éventualité ? Il considérait certainement qu'il l'avait échappé belle.

Elle était la seule à avoir rêvé qu'ils pourraient vivre ensemble.

Elle ne pouvait pas lui dire la vérité.

Pas aujourd'hui, en tout cas.

Pas quand son cœur était rempli d'amour pour la vie qu'ils avaient créée ensemble.

Tate resta un moment seul à la cafétéria après le départ de Chloé.

Rares étaient les fois où il en avait voulu à son métier, mais c'en était une. Une question de vie ou de mort l'avait empêché d'assister à la consultation de Chloé et il allait devoir en supporter les conséquences.

Il voulait vraiment être auprès d'elle. Elle redoutait une éventuelle stérilité, il le savait et souhaitait ardemment la soutenir. Il avait aussi besoin de s'assurer qu'elle allait et qu'elle irait bien.

Les cauchemars de Chloé l'avaient effrayé. Auparavant, le souvenir de l'opération qu'elle avait subie le hantait mais ces mauvais rêves y avaient ajouté des gémissements de peur qui restaient gravés dans sa mémoire.

Qu'aurait-il fait si la grossesse n'avait pas été extra-utérine ?

Honnêtement, il n'en savait rien. Ses sentiments pour Chloé s'étaient développés à partir du moment où il avait craint de la perdre.

Sans cette menace, auraient-ils été les mêmes ?

*
* *

Pendant les deux semaines suivantes, Chloé flotta sur un petit nuage. Tout ce qui lui paraissait pénible auparavant s'était évaporé : elle allait être mère ! Chacun des symptômes de la grossesse était le bienvenu et lui rappelait la vie qui grandissait en elle.

Après avoir vécu cinq ans à préparer et à craindre son examen final, elle se révéla, le jour dit, confiante en ses connaissances et en ses compétences.

Huit heures plus tard, elle arriva toute souriante chez Kate. Cela faisait longtemps qu'elles avaient prévu de fêter ensemble l'événement et elle n'aurait manqué ce rendez-vous pour rien au monde.

Les deux amies s'embrassèrent avant que Chloé ne rentre dans l'appartement.

— Où est Matt ?

— Il a une audition qu'il ne peut manquer, à New York. On se retrouve le week-end prochain, mais il nous a laissé ça dans le frigo !

Kate sortit du réfrigérateur une bouteille d'un champagne très cher entourée d'un gros ruban.

— Tu es certaine qu'il ne la réservait pas pour vos retrouvailles ? s'inquiéta Chloé.

— Il y a un message qui dit « Toutes mes félicitations à Kate et à Chloé. Je n'ai jamais douté de votre succès. Avec tout mon amour, Matt. »

Kate remplit deux coupes et en tendit une à Chloé, puis leva la sienne.

— A l'accomplissement de nos souhaits et à notre bonheur, lança-t-elle.

Chloé trinqua avec son amie, puis porta la coupe à ses lèvres. Dès qu'elle les trempa dans le liquide pétillant, elle se rappela son état : elle ne pouvait pas boire d'alcool.

— Qu'est-ce qui ne va pas ? demanda Kate. Il est mauvais ?

— Pas du tout, mais… J'attends un bébé, Kate.

Son amie écarquilla les yeux.

— Je croyais qu'il s'agissait d'une grossesse extra-utérine ?

— Elle l'était… Mais il y en avait une autre, intra-utérine celle-ci. J'attendais des jumeaux, en quelque sorte.

— Seigneur ! Tu es enceinte de combien ?

— De seize semaines.

— Waouh ! On peut se réjouir pour toi ?

— Tout à fait ! Je le suis pour moi, d'ailleurs. Et excitée… Et morte de peur.

— Tu as prévenu le père ?

Chloé scruta le visage de Kate, cherchant un quelconque jugement. Son amie ignorait à coup sûr qu'elle avait passé une nuit avec Tate. Sinon, elle n'aurait pu s'empêcher d'en parler.

— Non, Kate. Je ne le sais que depuis quinze jours et j'avais besoin d'un peu de temps pour me faire à cette idée. Je voulais aussi passer l'examen.

— Mais tu vas le lui dire ? Je veux dire… Si tu travailles au Boston General, tu ne pourras pas dissimuler ton état.

— J'en suis consciente… Mais pas aujourd'hui et pas ce soir. C'est notre grande soirée, Kate. Toutes mes félicitations… Tu vas devoir boire pour deux.

— Je serai honorée d'accomplir ma première mission en tant que tatie Kate ! Maintenant, préparons-nous… Nous sommes attendues à une réception.

— Félicitations, Chloé, tu es superbe !

Ce compliment accompagna Chloé pendant toute la soirée.

Elle n'était pourtant pas certaine d'avoir fait le bon choix en sélectionnant cette robe de cocktail verte au décolleté plongeant devant et derrière, pourvue de fronces sur les côtés qui masquaient les changements de sa silhouette.

Cela ne l'empêchait pas de remercier gracieusement toutes les personnes qui se réjouissaient d'autant plus pour elle qu'elle avait failli mourir.

Elle était aussi très heureuse de passer la nuit en compagnie de presque tous les internes avec qui elle avait travaillé pendant des années. C'était la fin d'une époque et le début d'une nouvelle vie.

La fête avait lieu dans un pub situé près de l'hôpital et très fréquenté par le personnel. Une fois par an, il était fermé au public pour cette célébration. Les lumières étaient tamisées et un orchestre était installé au fond de la salle.

Chloé se promena parmi les invités, elle dansa et évita discrètement les boissons alcoolisées.

— Je ne suis sûrement pas le premier à te le dire, mais puis-je te répéter combien tu es ravissante et à quel point je suis fier de toi, docteur Darcy ?

Faisant volte-face, elle sourit à Ryan qui se tenait derrière elle, deux flûtes de champagne dans les mains.

— Je n'y serais pas arrivée sans toi, confia-t-elle.

— Tu aurais connu le même succès n'importe où et sans aide. Je suis juste heureux que tu aies fait ton internat ici et que tu restes parmi nous.

— Merci.

Il lui tendit une flûte.

— Buvons à la santé du Dr Darcy, une amie, une source d'inspiration et maintenant une collègue.

Souriante, elle trinqua avec lui. Mais comme elle reculait le bras, une main se referma sur ses doigts qui tenaient la flûte.

Elle n'eut pas besoin de se retourner. Ce ne pouvait être que Tate.

— Dansons, dit-il.

Ce n'était pas une prière… Prenant la flûte, il la déposa sur une table puis entraîna Chloé sur la piste.

— Je peux te demander à quoi tu joues ? lui demanda-t-elle en tâchant de parler plus fort que la musique, mais pas assez pour être entendue des autres danseurs.

— Je pourrais te poser la même question.

— Je fête mon succès et je n'apprécie pas d'être dérangée et remorquée de cette façon quand l'envie t'en prend.

Elle avait articulé les derniers mots plus fort qu'elle ne le voulait, juste au moment où les batteries se taisaient pour faire place à un slow langoureux.

Estimant la conversation terminée, elle voulut s'écarter. Mais une fois de plus, elle fut tirée en arrière. Cette fois, Tate la serra contre lui, une main posée sur ses reins et l'autre retenant fermement la sienne.

— Je pensais, au contraire, que tu apprécierais mon intervention, plaisanta-t-il.

— Et pourquoi donc ?

— J'ai cru comprendre que tu ne voulais pas boire d'alcool, souffla-t-il à son oreille.

Elle se cambra pour le dévisager.

— Ce n'est pas bon pour le bébé, précisa-t-il.

Elle aurait voulu s'enfuir… Faire son possible pour éviter une conversation qu'elle n'était pas prête à soutenir, mais elle en était incapable quand Tate la prenait ainsi dans ses bras.

— Comment es-tu au courant ? demanda-t-elle d'une voix faible.

— Tu viens de me le confirmer.

— Tate…, supplia-t-elle.

— Tu as changé. Il y a quinze jours, j'ai compris que ces changements n'étaient pas dus à l'opération.

— Qu'est-ce que tu veux dire ?

— J'ai remarqué que tes hanches et tes seins étaient plus pleins. La grossesse a encore ajouté à ta perfection.

Une vague de chaleur la submergea. Elle crut défaillir.

— On ne devrait pas parler de ça ici.

— Vraiment ? Quand comptais-tu me mentionner ta grossesse ? A moins que cela ne me regarde pas ?

— Pas ici ! répéta-t-elle en détournant le regard.

— Partons, alors.

Sans attendre sa réponse et avec la même force, il l'entraîna loin de la piste. Tandis qu'ils se frayaient un chemin parmi la foule, il ne s'arrêta pas une seule fois. Enfin, ils sortirent du pub et parvinrent devant sa Range Rover, dont il ouvrit la portière pour elle.

Chloé retint un juron. Elle n'avait même pas dit au revoir à Kate !

— Où allons-nous ?

— Nous allons terminer cette conversation.

Peu pressée de parler, elle se tut.

Quand Tate se gara devant son propre immeuble, elle n'en fut pas étonnée. Si elle avait été l'offensée, elle aurait aussi voulu traiter l'affaire sur son propre territoire.

Un peu plus tard, il ouvrit la porte de son loft pour la laisser entrer. Parvenue au milieu du salon, elle se tourna vers lui.

— Et maintenant quoi, Tate ?

— Ça !

S'approchant d'elle, il l'attira pour la seconde fois contre lui. Plongeant la main dans ses cheveux, il s'empara de sa bouche.

Chloé n'aurait pas pu se dégager de son étreinte si elle l'avait voulu… De toute façon, elle n'était pas certaine d'en avoir envie. Depuis qu'ils avaient passé une nuit ensemble, il semblait que ce soit leur seul mode de communication… Le seul moment où ils étaient parfaitement synchronisés, le seul moment où elle pouvait oublier tout ce qui rendait leur relation si compliquée.

Elle entrouvrit les lèvres pour retrouver le goût des

siennes et il en profita aussitôt pour plonger sa langue dans sa bouche offerte.

Puis, il fit glisser les bretelles de sa robe le long de ses épaules et tira sur le tissu. Un souffle d'air frais la frôla dans le dos tandis que les mains qui l'avaient maintenue immobile caressaient librement ses courbes. Quand le haut de sa robe descendit au niveau de sa taille, il déboutonna sa chemise et plaqua son torse contre ses seins.

Cette douce friction la fit se consumer. Tate se mit alors à lui taquiner le cou avec ses lèvres et sa langue.

Une large paume se referma sur l'un de ses seins gonflés par la grossesse, puis il se pencha pour en prendre la pointe dans sa bouche.

Le plaisir était si délicieux qu'elle poussa un cri. Tate s'arrêta un instant. Ses yeux quittèrent sa cible pour rencontrer les siens. Le regard qu'ils échangèrent était aussi primitif que la sensation qu'elle venait d'éprouver.

Elle gémit quand Tate abandonna ses seins pour descendre le long de son corps. Cette fois, il remonta le bas de sa robe, qui rejoignit le haut au niveau de la taille. Il la prit par les fesses et la souleva de terre.

En nouant ses jambes autour des hanches de Tate, elle savoura son sexe durci contre le sien. Vibrant de plaisir anticipé, elle s'agrippa à lui tandis qu'il la portait à travers le loft et la déposait sur lit.

Il enleva sa chemise et sa ceinture. Puis, tel un prédateur, il se pencha sur elle. Son corps frôla le sien sans exercer aucune pression.

Appuyé sur ses avant-bras, il enfonça l'une de ses mains dans ses longs cheveux roux éparpillés sur l'oreiller. Son visage s'approcha du sien et il s'empara de nouveau de sa bouche. Elle frissonna. Son cœur battait la chamade comme jamais.

Il abandonna ensuite ses lèvres pour taquiner ses mamelons et continua d'alterner ainsi les caresses, chacune d'entre elles constituant une torture plus exquise que la précédente. Quand il laissa ses seins tranquilles, elle en fut immédiatement frustrée… Jusqu'à ce qu'elle comprenne ses intentions.

Les lèvres de Tate descendirent le long de son ventre et, après avoir léché un instant son nombril, il poursuivit son chemin plus bas.

Elle ne portait pas de sous-vêtement sous sa robe et lorsqu'il eut complètement remonté sa robe sur sa taille, il ne resta plus aucune barrière entre eux. Après avoir embrassé délicatement l'un de ses genoux, il traça un sillon brûlant avec sa langue à l'intérieur de sa cuisse.

Tout naturellement, elle écarta les jambes pour l'accueillir. Il l'ouvrit avec sa langue et elle faillit se laisser emporter par un orgasme brutal. Sans perdre de temps, il fit subir à son sexe le même délicieux supplice qu'il avait infligé à ses seins.

Il plongeait au plus profond de son intimité, et chacun des mouvements qu'il effectuait la menait plus près du plaisir… Un plaisir incandescent comme elle n'en avait jamais connu.

Et puis, elle fut vaincue par une dernière caresse. Cambrant le dos, elle poussa un grand cri. Mais elle eut beau se crisper sous lui, il ne s'interrompit pas et continua d'entretenir son désir.

Se couchant sur elle, il l'embrassa légèrement sur la bouche.

— Nous n'en avons pas terminé, susurra-t-elle.

Elle posa la main sur son bas-ventre et le caressa doucement. Il ne l'en empêcha pas, mais resta immobile au-dessus d'elle.

— Je ne veux pas te faire de mal, dit-il entre ses dents serrées.

— Alors, donne-moi ce que je veux, répliqua-t-elle en glissant les doigts sous la ceinture de son jean pour prendre son sexe durci à travers le boxer.

Il sembla lutter contre lui-même, puis s'écarta d'elle et

se déshabilla. Enfin, il lui retira ce qui restait de sa robe et parcourut des yeux son ventre arrondi et sa cicatrice. La prenant dans ses bras, il roula sur le côté d'un mouvement souple, de façon à être sur le dos. Comprenant son intention, elle s'assit sur ses cuisses puissantes et contempla son sexe dressé. Le spectacle était magnifique… Elle ne put s'empêcher de le toucher pour vérifier si le contact serait aussi agréable que la vue. La verge de Tate était dure et douce à la fois…

— Vas-y doucement, Chloé, lui dit-il, le visage crispé.

Comme elle se penchait vers lui, ses seins effleurèrent son torse.

— Pourquoi ?

— Parce que jamais je n'ai eu autant envie d'être à l'intérieur d'une femme.

Tout en l'embrassant, elle se souleva au-dessus de lui et d'un seul mouvement s'empala sur lui. Ils poussèrent un même cri, étouffé par la bouche de l'autre.

Elle se mit alors à remuer lentement. Tate posa les mains sur ses hanches pour contrôler son rythme.

— Chloé, je ne vais pas pouvoir tenir beaucoup plus longtemps.

— Alors ne te retiens pas.

Tandis qu'elle accélérait et faisait en sorte qu'il s'enfonce plus profondément en elle, il semblait approcher de l'explosion. Tate était de plus en plus dur. Il gémissait et quand il s'agrippa plus fermement à elle, elle se souleva une dernière fois, puis retomba. Tate cria et un jet chaud se répandit en elle, la propulsant au sommet du plaisir.

Enfin, elle se laissa aller sur Tate qui glissa une fois de plus ses mains dans ses cheveux.

— Epouse-moi, murmura-t-il.

Ces mots arrachèrent Chloé à la béatitude.

— Pardon ?

— Je crois que tu m'as très bien entendu.

Il était étendu sous elle avec l'expression confiante d'un homme sûr de la réponse.

— Non ! Je ne me marierai pas avec toi.

Les mots les surprirent tous les deux, mais ce fut la colère évidente de Tate qui la fit bouger. S'arrachant de lui, elle jaillit hors du lit.

Si elle aimait Tate ? Oui, et peut-être à jamais. Mais pour rien au monde elle n'épouserait un homme qui n'était pas amoureux d'elle.

Lui tournant le dos, elle scruta le sol pour trouver ce qui restait de sa robe. A la vue du petit tas de tissu, elle prit rapidement une décision.

S'approchant d'une commode, elle ouvrit un tiroir contenant des tenues d'hôpital. Malgré son changement de silhouette, elle nageait dans le pantalon et le haut, mais peu lui importait. Elle gagna ensuite le canapé sur lequel elle s'assit pour enfiler ses chaussures. Quand elle releva la tête, Tate était devant elle, simplement vêtu d'un jean.

— Tu ne partiras pas comme ça, Chloé. Je pense que tu me dois au moins une explication.

Il était torse nu, superbe et… Très, très en colère.

— Ah bon ? C'est toi qui m'as demandée en mariage, c'est donc à toi de t'expliquer.

— Tu es enceinte, Chloé.

— J'en suis tout à fait consciente.

— Tu as une autre proposition ?

— Fais attention à ce que tu dis, Tate ! répondit-elle en se levant.

— Qu'est-ce que tu attends de moi, Chloé ?

— Je n'en sais rien, mais pas ça.

— Tu attends un enfant, alors nos désirs doivent passer en second.

— On n'est plus dans les années soixante ! Le mariage n'est plus la seule solution quand une grossesse s'annonce.

— Tu penses que ton enfant n'a pas besoin d'un père ?

Pour la première fois, la résolution de Chloé vacilla.

— Je n'ai pas dit ça…

— Réfléchis, Chloé. Comment vas-tu t'en sortir en tant que mère célibataire ? Tu exerces un métier prenant qui ne t'offrira aucun des privilèges liés à la maternité dans d'autres professions. Comment vois-tu les choses ? Tu vas accoucher et retourner au travail le lendemain ? Entre le remboursement de ton prêt étudiant et la crèche, ton salaire sera insuffisant. A moins bien entendu que tu ne négliges ton enfant pour prendre des gardes supplémentaires.

— Je…

— Chloé, nous ne sommes pas parfaits, mais nous nous respectons mutuellement… Et nous sommes plus que compatibles dans un certain domaine.

Il avait en partie raison… Que devait-elle faire ?

Les questions s'enchevêtraient, et elle dut s'y perdre quelques instants, car Tate s'approcha soudain d'elle avec un écrin dans les mains.

L'espace d'un instant, elle fut comme hypnotisée. Ce ne pouvait pas être… Il n'oserait quand même pas…

S'emparant vivement de la boîte, elle souleva le couvercle, priant pour se tromper. Mais c'était bien la bague qu'il avait destinée à Kate.

Submergée par la rage, elle ferma l'écrin d'un coup sec et…

Sa main claqua sans même qu'elle ait compris son geste. Sa paume la brûlait. Elle venait de gifler Tate…

Immobiles, ils étaient aussi stupéfaits l'un que l'autre. Mais l'écrin qu'elle tenait encore dans la main fut suffisant pour qu'elle n'ait aucun regret.

— Non, conclut-elle. Je ne me contenterai pas d'être un second choix. Au revoir, Tate.

8.

Chloé attendait dans la salle d'attente pour sa seconde échographie. Autour d'elle, il n'y avait que des femmes enceintes, la plupart accompagnées par leur compagnon. Un douloureux sentiment de solitude l'étreignit. Elle n'avait pas prévenu Kate de ce nouveau rendez-vous médical, et elle n'avait plus parlé à Tate depuis leur dispute.

D'ailleurs, elle s'était renseignée : il avait raison. En tant que médecin, elle ne bénéficiait pas des avantages dont jouissaient les employés de l'hôpital. Son congé de maternité ne serait pas rétribué.

La banque l'avait également avertie qu'elle devrait commencer à rembourser son prêt étudiant dès son entrée en fonction, trois semaines plus tard.

Il ne lui restait plus beaucoup de choix. Elle ne pourrait pas s'absenter plus de quinze jours, et ensuite elle devrait faire des semaines de soixante heures pour couvrir les échéances du remboursement, la crèche, le loyer et la nourriture.

Elle allait devoir demander de l'aide, mais à qui ? Pas à Tate, en tout cas. Et si elle s'adressait à Kate, ou plutôt à Matt, elle mettrait des années à les rembourser. En outre, c'était un peu délicat d'emprunter à Kate de l'argent pour subvenir aux besoins de l'enfant qu'elle avait conçu avec son ex. Elles n'avaient plus parlé du père de son bébé, mais la vérité finirait bien par éclater un jour.

Quant à ses parents, ils étaient tous deux professeurs

d'université à la retraite. Ils ne pourraient pas la soutenir financièrement. Et puis, ils vivaient dans le Montana : ils ne venaient pas souvent à Boston et ne pourraient même pas garder son enfant.

A l'idée qu'elle allait laisser son bébé entre les mains d'inconnus, elle aurait voulu être enceinte pour toujours. Au moins, ils resteraient ensemble…

La voix d'une infirmière la sortit de ses sombres pensées.

— Madame Darcy !

Se levant, Chloé la suivit dans une salle d'examen et fut accueillie par Erin, pour son plus grand plaisir.

— J'ignorais que tu étais encore ici ! s'étonna-t-elle. Je croyais que tu allais prendre des vacances avant de déménager.

Erin eut un petit sourire.

— Tu sais ce qu'on dit des projets trop bien planifiés. J'ai refusé cette association, en Californie. Finalement, je reste ici, au Boston General.

— J'en suis ravie ! Cela veut dire que tu pourras me suivre jusqu'à mon accouchement ?

— Si tu le souhaites, oui.

— Super !

Erin s'assit derrière le bureau et parcourut le dossier de Chloé.

— Ton accouchement est prévu pour le 9 novembre. Tes analyses hématologiques montrent que tu ne souffres d'aucune maladie et que tu es immunisée contre la rubéole et la varicelle. Ton taux d'hémoglobine est un peu bas, aussi nous devrons nous assurer que tu prends bien tes vitamines et du fer.

— D'accord.

— Chloé, le problème réside dans ton groupe. Tu es B négatif et ton test est revenu positif aux anticorps anti-C et anti-K.

— Et alors ?

— Cela veut dire que le bébé risque une anémie.

— Qu'est-ce que tu entends par « risque » ?

— Cela dépend de son groupe sanguin. Pour évaluer le danger potentiel, on a besoin de faire un test génétique de ton sang et de celui du père. De cette façon, on pourra déterminer les probabilités que le bébé soit affecté.

A l'idée d'en parler à Tate, l'estomac de Chloé se noua.

— Il n'y a pas d'autres options ?

— Il faudrait faire une cordocentèse : prélever directement du sang dans le cordon ombilical. Mais ce n'est pas sans danger.

— Non ! s'exclama Chloé en posant une main protectrice sur son ventre. C'est Tate.

— Pardon ?

— Tate Reed est le père du bébé.

— Je le sais, dit simplement Erin. Ce n'est pas un test de paternité, Chloé. Il s'agit seulement de déterminer un profil génétique de vos groupes respectifs. Ensuite, nous mettrons les cellules en culture pendant trois semaines et nous utiliserons des marqueurs spécifiques pour rechercher d'éventuels sous-groupes d'antigènes.

Mais Chloé avait besoin d'autres explications :

— Comment es-tu au courant, pour Tate ?

— Il était au bloc la nuit de ton opération. J'ai très vite compris que son inquiétude ne relevait pas d'une simple amitié.

— Il se sentait coupable.

— Je ne crois pas qu'il s'agisse de cela… Mais je manque de perspicacité quand il s'agit des hommes, avoua Erin en se levant. Viens, on va faire cette échographie.

Après avoir frappé à la lourde porte de métal, Chloé retint son souffle. Elle n'avait pas téléphoné pour prévenir Tate de son arrivée et elle craignait un peu sa réaction.

Il parut sur le seuil, vêtu d'un jean délavé et d'une chemise ivoire. En la voyant, il ne manifesta ni surprise ni joie.

— Il faut qu'on parle, dit-elle.

Sans répondre, il lui fit signe d'entrer. Comme il ne s'écartait pas, elle le frôla en passant et crut aussitôt prendre feu. Pour avoir moins chaud, elle souleva ses cheveux d'une main et s'éventa de l'autre.

Sans un mot, Tate gagna la cuisine et lui rapporta un verre d'eau. Ils s'assirent tous les deux sur le canapé.

— Comme au bon vieux temps, remarqua-t-il sur un ton sarcastique.

— Tate..., commença-t-elle.

— Je suis désolé, l'interrompit-il. J'ai dépassé les bornes, l'autre nuit. Apparemment, je supporte mal les refus et mon mauvais caractère prend le dessus.

— Je n'aurais pas dû te gifler. Je suis vraiment navrée.

— Je n'en suis pas si sûr…

Chloé hésita un instant, puis se lança :

— J'ai besoin de ton aide.

— J'en suis ravi.

Manifestement, il pensait à autre chose.

— Non, Tate. Mes analyses sanguines ont révélé deux anticorps sanguins qui pourraient attaquer le sang du bébé, en fonction de son groupe. On doit déterminer s'il risque une anémie.

Les yeux de Tate se posèrent sur son ventre.

— De quoi as-tu besoin ?

— Que tu fasses toi aussi un test génétique pour évaluer le risque.

— C'est d'accord… mais à une condition.

— Pardon ?

— Je ferai les analyses après que tu auras emménagé chez moi.

— Tu plaisantes !

— Absolument pas. Tu attends quelque chose de moi et j'attends quelque chose de toi en retour. Puisque tu ne veux pas m'épouser, je me contenterai de t'avoir sous mon toit.

— Pourquoi ?

— Tu as besoin de moi, Chloé. Pas seulement pour ce test mais pour tout ce qui concerne cette grossesse et le bébé. Tu es juste trop têtue pour l'admettre.

— Et si je refuse ?

— Je te connais. Tu veux ce qui est le mieux pour ton enfant.

— Et Kate ? lança-t-elle sans réfléchir.

Tate ne cilla pas.

— Quoi, Kate ?

— Tu l'as demandée en mariage, tu voulais passer ta vie avec elle, avoir un enfant avec elle, expliqua péniblement Chloé.

— Oui, et je te l'ai aussi proposé. Jusqu'à maintenant, le score est nul de mon côté.

— Ce n'est pas la même…

— Sur ce point, nous sommes d'accord, l'interrompit-il. Kate ne m'a pas giflé.

— Comment te faire comprendre…

— Il n'y a rien à comprendre, Chloé. Tu es enceinte et tu as besoin de moi.

— Tu ne peux pas être sérieux.

— Si, et je vais te le prouver.

Il prit son téléphone portable sur la table basse et composa un numéro. Un frisson d'angoisse parcourut Chloé. Qui était-il en train d'appeler ?

— Salut, c'est Tate. Je voulais que tu sois la première à apprendre la nouvelle. Chloé et moi sommes ensemble et elle va s'installer chez moi définitivement.

Ensemble ? Définitivement ? Quand cette décision avait-elle été prise ? S'adressait-il à sa mère ? A l'une de ses sœurs ?

Chloé n'eut pas le temps de réfléchir plus : Tate lui tendait le téléphone.

— Elle veut te parler.

— Allô ? hasarda-t-elle.

— Je ne sais pas quoi dire, fit la voix de Kate.

Chloé se tourna vers Tate, sidérée et peinée à la fois. Il n'avait pas le droit d'appeler son amie ainsi, sans la prévenir avant. L'appareil collé à l'oreille, elle gagna la salle de bains.

— Je suis vraiment désolée, Kate.

— Tu n'as pas à t'excuser. Tate et moi, c'est terminé depuis longtemps. C'est lui, le père de ton bébé ?

— Oui.

— Waouh ! Je ne m'y attendais absolument pas !

— Je suis désolée.

— Arrête de t'excuser !

Ne sachant qu'ajouter, Chloé se tut et Kate reprit :

— Tu es heureuse ?

— Je suis submergée, Kate… Par tout !

— Ce n'est pas étonnant. Je peux faire quelque chose ?

— Sois mon amie.

— Demande acceptée.

— Merci.

— Tu sais que c'est logique… Tate et toi ?

Chloé était partagée entre le rire et les larmes.

— Je crois que le bonheur t'embrouille les idées, Kate.

— Nous verrons, répondit son amie. Tu es chez lui en ce moment ?

— Oui.

— Tu te caches dans la salle de bains ?

— Je n'utiliserais pas le terme « se cacher », mais oui.

— Bonne chance, Chloé. J'ai l'impression que tu vas en avoir besoin.

— Merci.

Quand Kate raccrocha, Chloé ne put retenir un soupir : le soulagement et la colère se disputaient en elle.

Elle sortit de la salle de bains et rejoignit la grande pièce du loft : Tate était dans la cuisine, appuyé au comptoir de granit.

— Tu es satisfait ? lança-t-elle.

Mais elle manquait de l'énergie nécessaire à une dispute.

— Tout à fait, répliqua-t-il. Tu as l'air fatiguée, Chloé.

— Quelle sagacité ! Au cas où tu ne l'aurais pas remarqué, j'ai eu du pain sur la planche ces derniers temps.

S'approchant d'elle, il la prit par la main et l'entraîna jusqu'au canapé.

— Assieds-toi, ordonna-t-il doucement.

Trop épuisée pour protester, elle obéit.

Tate se posta derrière elle et, avant qu'elle n'ait pu faire un geste, il se mit à lui masser la nuque.

A mesure que ses muscles se dénouaient, elle cessa peu à peu de lui en vouloir. Les doigts de Tate se glissèrent dans ses cheveux et pressèrent des points stratégiques à l'arrière de son crâne.

— Ça va mieux ? s'enquit-il.

— Mmm…, murmura-t-elle.

En réalité, elle ne s'était pas sentie aussi détendue depuis des semaines.

Il fit le tour du canapé et la prit dans ses bras. Elle se laissa complètement faire, incapable de la moindre réaction. Il la porta jusqu'au lit, posa sur elle une couverture et l'embrassa avec délicatesse.

— Repose-toi. Nous réglerons les détails quand tu te sentiras mieux.

Elle était totalement exténuée et sombra aussitôt dans un bienfaisant sommeil.Perché sur l'un des tabourets de la cuisine, Tate buvait un café, tout en surveillant la respiration de Chloé. Chaque fois qu'elle remuait, il tendait l'oreille, guettant le retour de son souffle à peine perceptible.

Il s'était posté à cet endroit précis pour ne pas l'observer à chaque instant.

Mais Chloé avait besoin de lui et, à vrai dire, il avait besoin d'elle.

Cela n'avait rien d'étonnant, finalement… Elle était

belle, intelligente, et surtout c'était la seule femme qui ait réussi à le rendre fou.

Il s'était toujours conduit honorablement envers les femmes, mais Chloé parvenait à le faire sortir de ses gonds. Il la désirait ardemment, il fallait qu'elle soit à lui, chez lui, et pour cela tous les moyens seraient bons.

Au début, il avait craint de nuire à la réputation de Chloé. Mais ces scrupules n'étaient plus d'actualité, puisqu'ils allaient rester ensemble. Et il n'avait plus peur de la perdre puisque leur enfant les reliait pour toujours.

Jamais il ne la laisserait partir…

Il pourrait la rendre heureuse et ils mèneraient ensemble une vie merveilleuse.

A condition qu'elle le laisse faire.

L'autre jour, il avait commis une erreur monumentale en lui offrant la bague qu'il avait destinée à Kate. Il l'avait gardée pour la simple raison qu'il était trop humiliant de la rapporter au bijoutier. Mais la proposer à Chloé était d'une grossièreté qu'il n'avait pas comprise sur le moment.

Un bourdonnement gronda dans le sac de Chloé, et Tate se déplaça sans bruit pour y prendre son portable et l'éteindre.

L'appel venait de Ryan Callum.

Curieux comme l'amour pouvait modifier un homme !

Sa jalousie envers Ryan ne cessait de l'étonner. Il n'y avait assurément rien entre Chloé et lui, mais que Ryan lui ait sauvé la vie l'agaçait profondément, d'autant que c'était *lui* qu'elle avait appelé au secours ce jour maudit.

Qu'elle se confie à Ryan quand elle avait besoin de parler l'irritait tout autant. Elle ne devait pas être aussi proche d'un autre homme… Ami ou non !

Comme il remettait le téléphone en place, une enveloppe portant le logo du service d'obstétrique attira son attention. Il l'ouvrit et en sortit les clichés… Les pieds, les mains, le cœur et le profil d'un bébé se dessinaient sous ses yeux.

Submergé par l'émotion, il s'assit sur le canapé.

C'était leur bébé... La personne que Chloé et lui avaient créée ensemble. Il reconnaissait son propre nez et il aurait voulu en savoir davantage, mais pour rien au monde il n'aurait réveillé Chloé.

Sa conversation avec elle lui revint à l'esprit. Cette grossesse était à haut-risque, non seulement parce qu'il y avait eu cette rupture de la trompe de Fallope, mais aussi parce que l'enfant pouvait souffrir d'anémie.

Une horrible angoisse l'étreignit soudain. Ce n'était plus seulement Chloé qu'il craignait de perdre. Mais également le bébé. Leur bébé.

Elle lui avait demandé de faire un test génétique... Ce qui revenait à prouver qu'il était le père. Il en avait déjà la certitude, mais il ferait ces analyses.

Il ferait n'importe quoi pour elle.

Chloé releva la tête de ses dossiers, en proie à une grande nervosité. C'était son dernier jour en tant qu'interne, mais surtout le dernier de sa vie de célibataire. Tate lui avait donné deux semaines pour s'organiser, et elles étaient passées. D'ici quelques heures, ils vivraient ensemble. Son existence allait complètement changer, songea-t-elle.

Certes, ils avaient déjà habité sous le même toit pendant un mois. Mais cette fois, ce n'était pas la même chose : il lui avait clairement fait comprendre qu'ils formeraient un couple.

Leur désir mutuel était toujours présent, mais de toute évidence Tate ne l'accueillait chez lui que parce qu'elle portait son enfant.

Elle ne put retenir un soupir. Ces quatre derniers mois, elle avait cessé de contrôler les événements et cela semblait devoir continuer. Mais c'était sans importance si son bébé était en sécurité. La semaine précédente, il avait commencé à bouger et chaque fois qu'il donnait un coup de pied ou de tête, l'amour la submergeait.

La petite personne qui grandissait dans son ventre comptait plus que tout et si la vie commune avec Tate pouvait lui procurer un foyer stable, c'était la meilleure solution. Point.

Elle se replongea dans les dossiers de ses patients et en sortit un qui portait la mention :

« Douleurs thoraciques »

En entrant dans le box, elle se présenta :

— Madame O'Brien ? Je suis le Dr Darcy.

Une femme d'une quarantaine d'années leva vers elle des yeux écarquillés par la peur.

— Tout va bien se passer, la rassura Chloé en s'asseyant sur un tabouret, près du lit. Quand cela a-t-il commencé ? ajouta-t-elle en posant la main sur le bras moite de Mme O'Brien.

— Il y a environ deux heures, répondit la femme d'une voix haletante.

Chloé jeta un coup d'œil aux moniteurs : saturation en oxygène de quatre-vingt-cinq pour cent, pouls à cent-vingt.

— Que ressentez-vous, en ce moment ?

— J'ai du mal à respirer et j'ai une douleur au milieu de la poitrine. Ça me fait encore plus mal si je prends une grande inspiration.

— Cela vous était déjà arrivé ?

— Non.

— Vous avez eu des problèmes médicaux ?

— Non.

— Des interventions chirurgicales ?

— Je me suis cassé la jambe il y a quelques semaines.

Chloé tira le rideau, puis découvrit sa patiente. Elle avait la jambe gauche plâtrée, et la peau était rougie et gonflée au-dessus du plâtre.

— Quand a-t-elle commencé à vous faire souffrir ?

— Il y a plusieurs jours, mais j'ai cru que j'avais fait trop d'efforts.

— Vous prenez des médicaments ?

— Des antidouleurs et ma pilule contraceptive.

— Pas d'allergies ?

— Non.

— Très bien, madame O'Brien, nous allons vous faire une perfusion pour fluidifier votre sang et procéder à quelques analyses de façon à confirmer mon diagnostic. Je pense que vous avez un caillot de sang qui a cheminé depuis votre jambe jusqu'à vos poumons. Cela s'appelle une embolie pulmonaire.

Chloé appuya sur la sonnette située près du lit et attendit l'arrivée de l'infirmière.

— Julie, pouvez-vous injecter la dose habituelle d'héparine en cas d'embolie pulmonaire à Mme O'Brien ? Je vais demander un électrocardiogramme et un angio-scanner.

Une fois de plus, elle posa sur le bras de la femme une main rassurante, puis elle sortit du box pour rédiger la prescription et appeler le radiologue de service.

Un peu plus tard, elle observait le tracé de l'électrocardiogramme, lorsqu'une sensation familière la saisit. Elle se retourna : Tate était là. Il avait échangé sa tenue chirurgicale contre un costume de ville et il était beau à tomber.

— Je rentre chez moi, dit-il, mais je voulais te donner ceci.

Il lui remit un écrin. Par bonheur, ce n'était pas le même qui avait contenu la bague de Kate.

— Ouvre-le, Chloé.

Elle obéit, non sans jeter un regard anxieux autour d'elle.

C'était une chaîne de platine au bout de laquelle était suspendue une clé incrustée de diamants. Chloé en écarquilla les yeux.

— Je voulais t'offrir un cadeau qui marque notre nouveau départ, expliqua-t-il. Puisque je ne peux pas glisser une bague à ton doigt, j'ai pensé que ce bijou nous permettrait d'accéder à notre avenir commun. Tu trouveras la clé du loft sous le velours.

C'était la déclaration la plus romantique qu'il lui ait jamais faite. Chloé eut envie de se jeter dans ses bras et de presser ses lèvres contre les siennes…

— Docteur Darcy, on vous attend en radiologie. C'est urgent.

Lui adressant un sourire d'excuse, elle se mit à courir jusqu'à la radiologie.

Mme O'Brien avait perdu connaissance.

— Que s'est-il passé ?

— Elle s'est évanouie pendant l'angio-scanner, expliqua le technicien, et on n'arrive pas à prendre sa tension. La dernière fois, quand on l'a sortie de la machine, on avait 6/2,5. J'ai un pouls, mais il est faible.

— On a du matériel de réa, ici ?

— Non.

Chloé se tourna vers les infirmières.

— Alors il ne nous reste plus qu'à l'installer sur le brancard et à courir… Emmenez-la en Trauma 1 ! Vite !

Chloé observa rapidement le technicien : il semblait dépassé par les événements.

— Vous avez vu un caillot ?

— Le radiologue n'a pas encore examiné les clichés.

— J'entends bien, mais qu'est-ce que vous avez vu ? C'est important !

— Oui, je crois qu'il y a une embolie en selle entre l'artère pulmonaire droite et l'artère pulmonaire gauche.

— Merci.

De nouveau, elle se précipita en direction du Trauma 1. A son arrivée, l'équipe était déjà en action. Le visage de Mme O'Brien était en partie caché par un masque à haute concentration et les infirmières avaient installé la perfusion. Sa pression artérielle était de 5/2.

— Donnez-lui deux litres de sérum physiologique et

administrez-lui de la noradrénaline par une voie différente de celle que vous utilisez pour l'héparine.

— Besoin d'aide ? fit la voix de Ryan.

Elle jeta un coup d'œil par-dessus son épaule : il était sur le seuil du box.

— Je commence une thrombolyse en plus des anti-coagulants administrés par intraveineuse, expliqua-t-elle.

— Tu ne crains pas une hémorragie cérébrale ?

— Sa tension est basse, on a trouvé une embolie en selle à l'angio-scanner et il y a un risque de défaillance cardiaque.

— J'appelle tout de suite la pharmacie, pour qu'on nous apporte ce qu'il faut.

— Merci.

Chloé resta auprès de sa patiente jusqu'à ce que son état soit stable et qu'on puisse la transférer aux soins intensifs. La pression artérielle était presque normale et sa respiration s'améliorait. Elle avait repris conscience et ne montrait aucun signe de dommages neurologiques.

Après avoir signé son dossier, Chloé se changea et vérifia l'écran de son téléphone. Elle avait raté des appels de Tate, de ses parents et de Kate. Il était minuit une, et officiellement elle n'était plus interne.

La voix de Ryan l'arracha à ses pensées.

— Toutes mes félicitations. Je te proposerais bien un verre pour fêter l'événement, mais étant donné que tu es enceinte et que le père du bébé se révèle plutôt protecteur, ce sera pour une autre fois.

— Ne le prends pas mal, Ryan… Ces temps-ci, ma vie est suffisamment compliquée pour que je n'y ajoute pas des brouilles avec mes amis.

— Chloé, tu sais que je n'apprécie pas particulièrement Tate ces temps-ci, mais je pense que tu as fait le bon choix. Un bébé a besoin de ses deux parents et Tate et toi, vous êtes suffisamment sensés pour surmonter vos différences.

— Je ne sais pas quoi dire, murmura Chloé, étonnée par le changement d'attitude de Ryan.

— Tu n'as pas besoin de dire quelque chose. Tu fais ce qu'il faut et je ne t'en respecte que davantage.

9.

Comme convenu, Tate arriva à 15 heures tapantes.

Chloé terminait de fermer son dernier carton avec du ruban adhésif. Elle avait quelques jours de congés après la fin de son internat.

— Tu es prête ? demanda Tate lorsqu'elle lui ouvrit la porte.

— Ça changerait quelque chose, si je ne l'étais pas ?

— Non. Je ferais comme si c'était le cas.

Ils échangèrent un sourire suave, puis il prit sa valise et ils quittèrent l'appartement. Un peu plus tard, Tate l'aidait à s'installer à l'avant de sa voiture.

Tandis qu'ils roulaient dans les rues sinueuses de Boston, la beauté de cette chaude journée estivale la calma et elle ne réalisa où ils étaient que lorsqu'il s'arrêta et que la portière s'ouvrit de nouveau pour elle.

Devant eux se dressait l'un des plus beaux hôtels cinq étoiles de Boston… Tate ouvrit le coffre et fit signe au chasseur de s'occuper des bagages, puis il vint la prendre par le bras.

— Pourquoi sommes-nous ici ? s'étonna-t-elle en entrant dans le hall.

— Pour fêter notre nouveau départ.

Il baisa le dos de sa main puis la quitta pour se rendre à l'accueil. Au bout d'une minute, il revint auprès d'elle et ils prirent l'ascenseur avant d'emprunter un long couloir.

Tate y ouvrit une porte majestueuse, puis souleva Chloé

dans ses bras et ils franchirent ainsi le seuil d'une suite luxueuse. Il ne la posa pas tout de suite et elle eut tout loisir d'admirer le salon et la terrasse attenante. Ils rentrèrent dans la chambre où les attendait une bouteille de champagne dans un seau de glace posé près du lit double. Tate poursuivit son chemin jusque dans la salle de bains : la baignoire y était pleine d'une eau mousseuse, parsemée de pétales de roses. Chloé n'en revenait pas.

Après l'avoir délicatement posée sur ses pieds, il la fit doucement pivoter sur elle-même et défit la fermeture Eclair de sa robe d'été qui glissa sur le sol. Muette d'étonnement, Chloé se retrouva presque nue.

— J'ai pensé que tu aimerais te détendre, expliqua Tate.

Elle se tourna vers lui.

— Tu te joins à moi ?

— J'adorerais cela, répliqua-t-il avec regret, mais si je le faisais, ton bain ne serait plus aussi relaxant… Appelle-moi quand tu voudras sortir.

Après l'avoir parcourue du regard avec un plaisir visible, il quitta la pièce.

Chloé se plongea dans l'eau et s'y laissa fondre. Elle ne tarda pas à fermer les yeux…

Et fut réveillée par la voix de Tate.

— Chloé, dit-il en pressant gentiment son épaule.

L'eau était presque froide, réalisa-t-elle.

— Je me suis endormie.

— En effet. Lève-toi avant d'être transformée en sirène.

Elle se mit debout avec l'aide de Tate et sortit de la baignoire. Il l'enveloppa dans une grande serviette chaude et l'essuya délicatement, puis remplaça la serviette par un peignoir en éponge.

— Merci, murmura-t-elle.

— Tu veux dormir un peu plus ?

Baissant les yeux vers sa robe qui gisait sur le sol, elle chuchota :

— Je n'ai pas de quoi me changer.

— J'y ai pensé, répliqua-t-il avec un sourire. Je t'ai préparé un sac de nuit et tes autres affaires sont dans la chambre. La boîte qui est posée près du lavabo est un cadeau pour toi.

Elle défit le ruban de satin et souleva le couvercle : c'était une chemise de nuit de soie ivoire. Elle la déploya. Les bretelles étaient minces et le décolleté plongeant. Une fente montait jusqu'à la cuisse.

Chloé enfila le vêtement, légèrement anxieuse. Maintenant que sa grossesse était plus avancée, elle ne serait certainement pas à son avantage dans une tenue si élégante.

La soie glissa pourtant le long de son corps et l'enveloppa tout entier, accentuant la rondeur de ses seins et de son ventre. Elle se sentit sexy et plus sûre d'elle qu'elle ne l'avait été depuis longtemps.

Lorsqu'elle sortit de la salle de bains, Tate avait enlevé sa veste, en partie déboutonné sa chemise et remonté ses manches. Il était assis sur le grand lit dont les draps étaient tirés.

— Tu es éblouissante, Chloé.

— Merci, répondit-elle en souriant. Tu n'es pas mal non plus.

— Tu veux boire un verre ? proposa-t-il en lui montrant la bouteille de champagne.

Elle posa la main sur son ventre.

— Je ne crois pas que ce soit une bonne idée.

— C'est du jus de raisin pétillant… Pour nous deux.

Il ouvrit la bouteille et remplit deux flûtes.

— A notre nouveau départ !

Lorsqu'elle se fut assise près de lui, il lui tendit une flûte et ils trinquèrent. Le liquide frais coula dans la gorge de Chloé. Il lui prit la flûte des mains et le goût de la boisson fut rapidement remplacé par celui de sa bouche.

— Ça m'a manqué, murmura-t-il contre ses lèvres.

Une douce chaleur irradiait de son corps et les effluves de son eau de Cologne suffirent à enivrer Chloé sans qu'il y ait besoin d'alcool.

Il cessa de l'embrasser pour prendre son visage entre ses mains.

— Est-ce que tu me désires, Chloé ?

— Oui, répondit-elle sans honte. Et toi, est-ce que tu me désires ?

Le cœur battant, elle attendit sa réponse.

Un petit sourire aux lèvres, il prit sa main et la posa sur son sexe durci sous le tissu gris.

— A chaque minute, depuis que je t'ai possédée.

Elle ne douta pas de sa sincérité. Sur ce plan, ils étaient à égalité et c'était un bon début.

Lui rendant son sourire, elle tendit la main vers sa ceinture. Elle la défit, puis s'attaqua au bouton et à la braguette de son pantalon. Son érection palpitait sous l'étoffe. Après avoir caressé doucement la dernière couche de tissu qui les séparait, elle s'intéressa à sa chemise et la déboutonna lentement, effleurant le torse musclé de Tate. Puis elle fit glisser le vêtement le long de ses épaules.

Se levant du lit, elle lui prit les mains pour lui faire comprendre qu'il devait se lever. Le pantalon et le boxer ne tardèrent pas à échouer par terre.

— Je me sens un peu nu, Chloé, remarqua-t-il. Tu comptes te joindre à moi ?

Il ne semblait nullement embarrassé… Pourquoi l'aurait-il été, d'ailleurs ? Il était magnifique et sa virilité suffisait à la faire palpiter de désir.

— Bien sûr, répondit-elle. Tu veux me déshabiller ?

— Volontiers.

L'attirant contre lui, il rassembla la soie légère dans ses grandes mains et la lui fit passer par-dessus la tête.

— C'est mieux ainsi, souffla-t-il.

— Fais-moi l'amour, Tate, demanda-t-elle doucement.

Sans répondre, il la souleva dans ses bras, la posa sur le lit et se plia à sa volonté.

Tate entra dans le laboratoire de l'hôpital, prêt à tenir la promesse qu'il avait faite à Chloé. Ils avaient passé la semaine à se donner mutuellement du plaisir et à apprendre à se connaître. Chaque jour, il était un peu plus heureux et un peu plus confiant en l'avenir.

La voix de Ryan Callum résonna avant même qu'il n'arrive devant le comptoir de l'accueil.

— Combien de temps faut-il pour avoir les résultats d'un test de paternité ? demandait-il.

— Deux ou trois semaines, docteur Callum. On vous bipera dès qu'on les aura.

— Merci.

Tate se tenait sur le seuil quand Ryan se retourna pour partir. Leurs yeux se rencontrèrent, mais ils ne prononcèrent pas un mot. Tate s'écarta et Ryan passa.

Pourquoi Ryan faisait-il un test de paternité ?

Le doute s'empara de Tate. Une relation amicale pouvait tourner autrement, il le savait mieux que personne, et il était clair que peu d'hommes étaient capables de résister au charme de Chloé. En outre, Ryan la connaissait suffisamment pour savoir qui elle était au-delà des apparences.

Avaient-ils été plus que des amis ?

Non, c'était impossible ! Chloé le lui aurait dit… Mais alors pourquoi Ryan faisait-il un test de paternité en même temps que lui ?

Se concentrant sur son but, il s'approcha du comptoir.

— Je suis Tate Reed. Le Dr Erin Madden a dû vous faxer une prescription pour un test génétique.

— Oui, docteur Reed. Si vous voulez bien vous asseoir, nous allons étiqueter les tubes et vous appeler dès que nous serons prêts.

Tate acquiesça d'un hochement de tête.

Un quart d'heure plus tard, tout était terminé…

Si jamais il n'était pas le père de l'enfant, voulait-il vraiment le savoir ? Cela ne changerait rien. Il s'était engagé envers Chloé et ils l'élèveraient ensemble.

Mais Ryan saurait…

L'univers où il avait évolué pendant une semaine lui parut différent. Il n'y avait plus seulement Chloé et lui, ainsi que l'émerveillement de leur future vie commune.

Ryan venait de s'immiscer entre eux et il n'appréciait pas spécialement l'intrusion de ce nouvel élément.

Chloé était étendue sur le canapé, les pieds en l'air et son ordinateur sur les genoux. Elle consultait les maisons que l'agence immobilière leur proposait. Le loft était génial pour une personne, presque parfait pour deux, mais il ne convenait pas à une famille.

Sa paroi abdominale se tendit soudain. Le bébé s'étirait ou donnait des coups de pieds, comme il lui plaisait. Elle sourit, se réjouissant qu'il aille aussi bien.

Retournant à son écran, elle s'efforça d'être objective. Chaque maison était plus impressionnante que la précédente. Au début, elle en avait même conçu quelque réticence : la taille et le prix de ces propriétés étaient exorbitants.

Sur le plan financier, elle n'arrivait pas à la cheville de Tate. Il avait même déposé une grosse somme sur son compte pour qu'elle puisse rembourser son prêt étudiant. Elle avait protesté, mais elle était sortie vaincue de la discussion. Tate lui avait démontré qu'elle prendrait mieux soin de son enfant si elle n'était pas obligée de travailler comme une brute. A quoi bon, puisqu'il avait largement de quoi les entretenir tous les trois ?

Le même raisonnement s'appliquait à leur future maison. Elle n'aurait même pas pu payer une infime partie de son prix. Là encore, Tate l'avait convaincue qu'il valait mieux pour leur bébé passer toute son enfance dans le même foyer plutôt que d'en changer quand elle serait riche… Si cela arrivait un jour.

Leur bébé… Plus elle avançait dans sa grossesse, plus elle se détendait. Mais chaque jour elle avait un peu plus à perdre. Erin lui avait parfaitement tracé le déroulement des événements et elle était bien suivie, mais elle se faisait quand même du souci. La prochaine échographie n'allait pas tarder et, malgré la joie de découvrir son enfant sur l'écran, elle se rappelait le but de l'examen… S'assurer qu'il n'y avait pas de problème.

Et Tate serait avec elle. Elle avait toujours été indépendante, cependant elle était heureuse de ne pas affronter cette épreuve toute seule.

La clé tourna dans la serrure et la porte du loft s'ouvrit. Dès que Tate entra, la flamme de désir qui l'embrasait toujours en sa présence la consuma une fois de plus.

— Salut ! lança-t-elle.

— J'ai fait le test génétique, annonça-t-il d'une voix rude.

Elle s'en étonna un peu. Mais peut-être n'appréciait-il pas qu'on lui rappelle la raison de leur union…

— Merci, répondit-elle. Ils t'ont dit quand tu aurais les résultats ?

— Dans deux ou trois semaines, précisa-t-il en gagnant la cuisine comme pour mettre fin à la conversation.

Elle étouffa un soupir. Ne marchaient-ils plus main dans la main ?

Il ne se retourna pas et, quand il lui parla, elle imagina aisément son expression.

— Archer m'a appelé il y a quelques heures. Il a une urgence familiale et il voudrait que je le remplace toutes les nuits de cette semaine.

— Oh !

Elle ne le croyait pas, sans avoir pour autant la force de discuter. Elle préférait faire comme si tout allait bien plutôt que de perdre ce qu'ils avaient lentement réussi à construire ensemble.

— J'ai déjà une liste d'interventions fixées à lundi et des réunions administratives de prévues. Je ne serai pas souvent là, continua-t-il.

La « lune de miel » prenait fin, comprit-elle. Mais qu'est-ce qui avait changé ? Etait-ce à cause du test génétique ou bien s'était-il déjà lassé d'elle ?

— Personne ne peut te remplacer ? demanda-t-elle avec une sorte de désespoir.

Il se retourna pour la regarder, mais son expression était indéchiffrable.

— Non, Chloé. Je rends à Archer la pareille, puisqu'il m'a remplacé pendant ta convalescence.

— Et pour l'échographie ?

— Je t'accompagnerai.

— Tu veux que je déplace le rendez-vous avec l'agent immobilier ?

— Non. Tu n'as qu'à y aller seule, ton choix me conviendra.

— C'est notre maison, Tate ! Tu devrais être là.

— Je ferai ce que je peux, Chloé, mais j'ai aussi un métier à exercer. Mon emploi du temps a été fixé il y a longtemps… Avant le bébé et toi.

Chloé préféra ne pas insister.

— Tu reprends aussi le travail cette semaine, continua-t-il. Nous aurons de la chance si nous nous croisons… Nous avons passé de merveilleux moments ensemble, mais ce n'est pas la réalité… Je crois que nous devons tous les deux l'admettre.

Chloé avait autre chose à admettre : peu à peu, ses espoirs d'un bonheur tranquille s'évanouissaient.

Pourtant, lorsqu'ils furent au lit, ils firent l'amour avec une ardeur nouvelle. Elle cria son nom lorsqu'il la pénétra et il la supplia de recommencer à chaque poussée… Jusqu'à ce qu'ils soient tous les deux emportés par le plaisir.

Après cela, il l'attira contre lui sans rien dire.

Au matin, il était parti.

10.

Quand Chloé retourna à l'hôpital, tout avait changé dans sa vie, même si elle ne se sentait pas différente. Désormais, elle était avec Tate, elle portait son enfant et elle faisait partie du personnel médical de l'hôpital.

Lexi, l'aide-soignante préposée aux urgences qu'elle connaissait depuis cinq ans, lui adressa un large sourire.

— Bon après-midi, docteur Darcy.

— Bonjour, Lexi.

Elle gagna le comptoir central et consulta le tableau sur lequel étaient consignés les médecins et les infirmiers, ainsi que les tâches qui leur étaient attribuées.

La liste des patients en attente d'un traitement figurait sur un autre panneau. Leurs noms n'étaient pas indiqués, mais le personnel pouvait prendre connaissance de leur âge, de leur sexe et des symptômes qu'ils présentaient. Le nom du médecin qui les prenait en charge était indiqué et, bien entendu, ces renseignements étaient constamment mis à jour.

Chloé était désignée sous le nom de Darcy et on l'avait affectée à la Section B réservée aux soins mineurs. Les patients étaient traités rapidement de façon à faire de la place aux suivants.

Sa première réaction fut de prendre un dossier et d'entamer sa journée de travail, mais elle se retint. Pour la première fois, elle n'était plus une interne. Désormais, son rôle allait être différent : elle était appelée à superviser le travail des futurs médecins.

Au bout de cinq minutes, Kristen Inglewood, une interne de troisième année, s'approcha d'elle. Chloé s'en réjouit car Kristen était excellente.

— Bonjour, docteur Darcy.

— Bonjour, Kristen, mais tu peux continuer de m'appeler Chloé. Qu'est-ce que tu as ?

— Un garçon de quatre ans qui a de la fièvre depuis quatre jours. Il présente les symptômes de la grippe et il a mal à la tête.

— Pourquoi les parents l'amènent-ils aujourd'hui ?

— Hier, une rougeur est apparue sur la joue et s'étend lentement sur le torse et les membres.

— En dehors de cela, c'est un enfant en bonne santé ?

— Oui. D'après son carnet de santé, il a été vacciné en temps et en heure dans le cadre scolaire.

— Tu l'as examiné ?

— Oui. Globalement, il a l'air d'aller bien. Il joue dans le box et ne montre aucun signe de léthargie. Les signes vitaux sont normaux. Il a trente-huit de fièvre, ses yeux, ses oreilles et sa gorge ne sont pas infectés. Il n'a pas de problème respiratoire et la rougeur se présente comme une sorte de dentelle qui part de sa joue gauche et forme des plaques sur son torse et son bras gauche.

— Tu as plusieurs hypothèses ?

— Cinquième maladie ou parvovirus. L'autre possibilité serait l'adénovirus, mais la rougeur est plus typique de la cinquième maladie.

— OK… Allons le voir ensemble.

— Euh… Chloé…

Pour la première fois, Kristen parut gênée et ses yeux se posèrent sur le ventre de Chloé.

— Oui, je suis enceinte.

Chloé n'avait pas fait d'annonce publique, mais c'était

inutile. Durant les deux derniers mois, sa grossesse était devenue plus apparente et sa relation avec Tate était publique.

— Je le sais et toutes mes félicitations, Chloé. Le Dr Reed est formidable… Mais je pense aux effets du parvovirus sur les femmes enceintes et leurs bébés. Au cas où tu ne serais pas immunisée, il vaudrait mieux éviter le contact avec ce patient.

Chloé pesta intérieurement. Elle avait du mal à intérioriser ce genre de choses : elle appartenait maintenant à un groupe vulnérable. De nombreuses maladies infectieuses pouvaient nuire aux mères et aux enfants qu'elles portaient.

— Merci, Kristen. Si tu es satisfaite et si les parents acceptent le diagnostic, je signerai le dossier.

Les heures suivantes furent occupées par de multiples fractures, des blessures sans gravité réclamant des points de suture, des gorges irritées, des problèmes vésiculaires et des éruptions cutanées. Chloé avait toujours été consciencieuse, mais elle se montra encore plus prudente et évita le contact avec les patients porteurs d'une maladie infectieuse. Puis elle dut prendre en charge une étudiante qui avait absorbé les médicaments de sa compagne de chambre, traitée pour hyperactivité. Elle espérait ainsi rester éveillée pour étudier. Au final, elle souffrait d'hallucinations et d'autres symptômes psychotiques.

Chloé s'assit à l'un des nombreux postes de travail à la disposition des médecins et téléphona au centre antipoison. Elle espérait recevoir de l'aide de la part de spécialistes.

— Je t'ai apporté à manger, fit la voix de Tate.

Il se tenait près d'elle, toujours vêtu de sa tenue d'hôpital et un sac de papier brun à la main.

Ne sachant exactement où ils en étaient, elle lui sourit timidement.

— Merci. J'ai encore quelques petites choses à faire, ensuite je prendrai une pause pour dîner.

— Tu dois te restaurer, Chloé. Tu travailles depuis six

heures et je suis certain que tu ne t'es pas arrêtée une seule fois. Je te rappelle qu'il ne s'agit pas que de toi.

— Le bébé et moi, nous allons bien, Tate. Il est très important pour moi, tout comme mon métier. Je suis parfaitement capable de m'occuper de nous deux.

— J'ai besoin d'aide ! cria une voix.

Chloé se leva d'un bond. La patiente qui présentait des troubles psychotiques était en train de saccager la salle d'examen et s'en prenait à une infirmière.

Chloé allait venir en aide à celle-ci, mais une main ferme la retint.

— N'y pense même pas, Chloé.

Tate traversa la pièce puis tira la jeune femme en arrière pour l'éloigner de l'infirmière.

— J'ai besoin de cinq milligrammes d'Haldol, ordonna Chloé à une autre infirmière accourue au secours de sa collègue.

Une minute plus tard, la seringue était entre ses mains.

— Donne-la-moi, intima Tate, qui maintenait toujours la patiente immobile.

Chloé obéit sans discuter. Tate avait la force nécessaire pour immobiliser la jeune femme d'une main, tout en lui injectant le produit de l'autre. Un instant plus tard, la drogue avait fait son effet.

Maintenant que la patiente était calmée, plusieurs infirmières l'installèrent sur un brancard et l'attachèrent avec des sangles.

— Merci, dit Chloé à Tate en quittant la pièce.

— Tu vas me promettre de mieux veiller à ta sécurité. Je ne serai pas toujours là et je ne veux pas passer mon temps à m'inquiéter pour toi.

— Tu veux dire pour le bébé.

— Non, Chloé, je veux dire pour toi, martela-t-il en s'éloignant.

Elle resta sans voix un moment, puis retourna à son bureau et ouvrit le sac de papier. Elle mangea la barre de céréales, la salade de fruits et but la moitié de la bouteille d'eau avant de rapporter l'incident dans le dossier de la jeune femme. Elle appela ensuite le service de médecine.

Lorsqu'elle fut venue à bout de la paperasserie, son service était terminé depuis deux heures. Son estomac gargouillait et le bébé ne cessait de lui envoyer des coups de pied.

Elle se changea, puis elle prit lentement le chemin du loft.

Lorsqu'elle ouvrit la porte, les lumières étaient éteintes et Tate n'était pas là. Elle s'y attendait, mais un douloureux sentiment d'abandon l'étreignit tout de même.

Elle ne revit Tate que trois jours plus tard, pour l'échographie. Elle était étendue sur la table d'examen et le ventre à l'air quand Tate la rejoignit. Il était mal rasé et paraissait fatigué.

— Désolé d'être en retard, murmura-t-il.

— Ce n'est pas grave.

La radiologue commença à promener la sonde sur son ventre et des images de leur bébé apparurent sur l'écran : d'abord son profil, puis son front, son nez, ses lèvres et son menton.

Quand la main de Tate se referma sur la sienne, Chloé poussa un soupir de soulagement et une partie de son anxiété s'évapora.

Ils avaient beau être tous les deux médecins, il était difficile d'interpréter les images. Heureusement, la radiologue leur expliquait à mesure.

— Vous voulez connaître son sexe ? demanda-t-elle.

Chloé se tourna vers Tate pour avoir son avis.

— On fait comme tu veux, Chloé.

— Je préfère avoir la surprise.

— Je suis d'accord. L'arrivée de ce bébé ne nous a pas

suffisamment étonnés… Il nous en faut encore ! lança-t-il avec un grand sourire. Non, nous ne souhaitons pas, répondit-il pour eux deux.

— D'accord. Nous allons juste étudier l'artère cérébrale moyenne. En mesurant le pic systolique de vélocité, nous saurons s'il y a un risque d'anémie fœtale.

Pour mesurer cette vélocité, il fallait que le vaisseau apparaisse de façon verticale sur l'écran. La technicienne posa donc la sonde de sorte qu'elle soit perpendiculaire à l'artère. Elle refit le même geste encore et encore de façon à obtenir une moyenne.

Tout d'abord, Chloé n'en pensa rien. Mais comme la radiologue demeurait silencieuse, elle commença à craindre le pire.

Elle se tourna vers Tate, qui lui pressait la main.

— Quelque chose ne va pas ? s'enquit-il.

— La vitesse du flux a une valeur normale haute, c'est-à-dire un peu plus rapide qu'on ne le voie d'ordinaire à ce stade. Je vais revoir les images avec le médecin spécialiste en périnatalogie de service aujourd'hui. Elle voudra peut-être refaire l'échographie elle-même. Je reviens tout de suite.

Dès qu'elle fut partie, Chloé se tourna vers Tate.

— Le bébé avait l'air bien, n'est-ce pas ?

— Il est très beau et il semble en pleine forme, la rassura-t-il.

La porte s'ouvrit et la radiologue parut sur le seuil, suivie par une femme d'une cinquantaine d'années vêtue d'une blouse blanche.

— Docteur Reed, docteur Darcy, je suis le Dr Young. Vous voulez bien que je jette un coup d'œil à votre bébé ?

— Allez-y.

De nouveau, du gel tiède fut appliqué sur le ventre de Chloé et le bébé se dessina sur l'écran. Le silence s'installa dans la pièce pendant que le Dr Young étudiait à son tour l'artère cérébrale moyenne.

— La vélocité se situe en haut de la fourchette, admit-elle, mais ce n'est pas exceptionnel. Les autres images sont normales et je ne repère pas d'excès de liquide autour du cœur, des poumons ou dans la cavité amniotique.

— Comment voyez-vous la suite ? demanda Tate.

— Nous allons procéder à des échographies hebdomadaires pour surveiller tout cela. Je présume que vous avez fait toutes les analyses de sang nécessaires pour déterminer les groupes sanguins possibles de votre enfant ?

— Oui ! répondirent ensemble Tate et Chloé.

— Y a-t-il autre chose que nous puissions faire ? s'enquit Tate. Chloé peut-elle continuer à travailler ou doit-elle se reposer à la maison ?

— C'est inutile, docteur Reed. Nous devons seulement garder l'œil sur le bébé et provoquer l'accouchement s'il commence à décompenser. Les anticorps présents dans le sang du Dr Darcy pourraient attaquer ses globules rouges s'il existe une incompatibilité entre vos deux groupes. Par exemple, si le docteur Darcy n'est pas porteuse d'antigènes Kell et que le bébé en possède, les anticorps de la maman attaqueront les globules rouges du bébé contenus dans la moelle osseuse. Si l'examen que nous venons de faire révèle un problème ou si nous décelons une faiblesse cardiaque, il sera plus sûr de provoquer l'accouchement, ainsi que je vous le disais.

— Et Chloé ? s'inquiéta Tate. Elle ne court aucun risque ?

— Au cas où elle aurait besoin d'une transfusion, il serait plus difficile de trouver des produits sanguins qui lui conviennent. Si le bébé naît prématurément, on devra peut-être aussi faire une césarienne.

Tate pressa de nouveau la main de Chloé.

— Merci, docteur Young.

L'image disparut de l'écran et on essuya le ventre de Chloé pour la seconde fois.

— Docteur Darcy, précisa le Dr Young, la réceptionniste

a été avertie de programmer pour vous une échographie hebdomadaire ainsi que des analyses sanguines pour que nous puissions suivre votre taux d'anticorps. Le Dr Madden aura mon rapport à la fin de la semaine. Je vous souhaite une bonne journée.

Chloé était toujours étendue sur la table d'examen quand les deux femmes quittèrent la pièce. Puis Tate l'aida à se redresser et à se rhabiller.

En quittant le service, il lui demanda :

— Je dois appeler ma secrétaire pour qu'elle modifie quelques petites choses. Cela ne t'ennuie pas de m'attendre ?

Chloé était en train de rentrer ses nouveaux rendez-vous sur son smartphone. Elle en était à sa vingt-troisième semaine et il en fallait quarante pour que le bébé ait atteint son développement complet. Et au moins trente-six pour qu'il naisse en bonne santé.

Tate s'éloigna dans un couloir et s'adossa à un mur, bouleversé. Les clichés qu'il avait consultés quelque temps plus tôt ne l'avaient pas préparé à voir le bébé sur l'écran. Dans la salle d'échographie, devant le ventre de Chloé et les images sur le poste vidéo, il avait enfin compris : ces deux êtres constituaient sa famille.

Depuis que le ventre de Chloé s'arrondissait, il la trouvait plus belle que jamais, dans toute sa maternité rayonnante. Mais aujourd'hui, sa beauté lui avait coupé le souffle. Il ne lui avait pas menti : leur enfant était beau. C'était logique si lui ou elle ressemblait à sa mère.

Il avait examiné les images avec attention et son imagination avait fait le reste.

Espoir, anticipation… Aucun mot ne pouvait exprimer combien il avait hâte que leur enfant naisse. Ce bébé… Leur bébé… Il constituait la clé de leur relation. Il était la pièce qui manquait dans sa vie, sans qu'il ne l'ait jamais su.

Cet enfant l'aiderait à garder la meilleure chose qui lui soit jamais arrivée… Chloé.

Chloé notait encore ses rendez-vous sur son téléphone quand Tate revint vers elle.

— Tu es prête à partir ?

— Oui.

Une fois installée dans la Range Rover, le sens des réalités lui revint.

— Tate, tu n'es pas censé retourner à l'hôpital ?

— Je me suis arrangé pour être remplacé jusqu'à demain matin.

— Merci.

— J'ai aussi appelé l'employée de l'agence immobilière. Elle va nous retrouver au loft et, en ce moment, elle nous organise les visites des maisons que tu as sélectionnées. Si le bébé naît plus tôt que prévu, il faut que nous puissions l'accueillir convenablement.

— Merci, répéta Chloé.

Tate lui prit la main. Elle s'étonnait toujours de l'effet qu'il avait sur elle… Chaque fois qu'il la touchait, elle était brûlante, excitée, mais aussi apaisée.

Tout allait bien se passer, il suffisait d'y croire.

L'employée de l'agence les attendait dans le hall de l'immeuble.

Ils passèrent donc le reste de la journée à visiter des maisons toutes plus spectaculaires les unes que les autres.

La première était de style victorien, avec des finitions de marbre et de hautes colonnes blanches, mais elle manquait de la chaleur que Chloé recherchait pour y élever ses enfants.

La seconde était plus moderne et ressemblait beaucoup au loft de Tate avec ses espaces totalement ouverts. Mais l'escalier n'était pas pourvu de rampes. Chloé avait assez longtemps travaillé aux urgences pour savoir qu'il suffisait d'un moment d'inattention des parents pour qu'un enfant ait un accident sérieux.

La troisième fut immédiatement son coup de cœur.

Le rez-de-chaussée ne comportait pas de cloisons. Il était occupé par un salon immense, lieu de réunion familiale comportant une grande cheminée à foyer fermé. Il donnait sur une cuisine de taille respectable rénovée de façon à accueillir un four double, un réfrigérateur-congélateur et un îlot central le long duquel on pouvait aligner au moins six tabourets.

Il y avait également une salle à manger, un bureau, des toilettes et une chambre d'amis avec salle de bains privée.

Quand Chloé emprunta l'escalier, la solide rampe de bois la rassura. A l'étage, s'ouvrait d'abord un large espace consacré aux enfants. La porte du fond donnait sur la suite parentale. La chambre était assez grande pour qu'on y mette un grand lit. Un coin salon s'organisait autour d'une autre cheminée à foyer fermé.

Chloé pénétra ensuite dans une salle de bains luxueuse comportant un Jacuzzi, une immense cabine de douche, un lavabo à deux vasques et une charmante banquette. Les toilettes étaient séparées et il y avait un immense dressing attenant. Elle n'avait certainement pas assez de vêtements pour le remplir.

Elle parcourut lentement les autres pièces de l'étage. Deux petites chambres communiquaient par une salle d'eau minuscule. La quatrième était contiguë à la suite parentale et avait été transformée en nurserie. Des agneaux y ornaient les murs vert mousse. Le cœur de Chloé se mit à battre plus vite. Comme un fauteuil à bascule lui tendait les bras, elle ne put s'empêcher de s'y asseoir.

D'ici quelques semaines, tout ceci deviendrait une réalité.

— Vous souhaitez voir l'extérieur ? suggéra l'employée de l'agence.

Chloé se ressaisit. Elle avait presque oublié l'employé et Tate !

Elle se tourna vers lui et il lui sourit.

— Bien sûr que oui ! dirent-ils ensemble.

Situé à l'arrière de la maison, le jardin constituait la touche finale. Des arbres au feuillage abondant prodiguaient aux habitants ombre et intimité. L'herbe était épaisse et il y avait déjà une aire de jeux.

— Elle te plaît, lui murmura Tate à l'oreille.

— Beaucoup. Et toi ?

— Si elle te convient, oui.

Il lui caressa le cou, puis il rejoignit l'employée de l'agence qui les avait laissés seuls.

Il revint quelques minutes plus tard.

— Elle va soumettre mon offre au propriétaire. Avec un peu de chance, nous saurons demain si cette maison est à nous.

— Tu penses vraiment que nous aurons cette chance ?

Songeant à son hospitalisation et à sa grossesse à haut-risque, elle émit un petit rire. Tate posa une main sur son ventre, puis l'embrassa sur la bouche.

— Oui, Chloé, j'en suis certain.

Ce soir-là, Tate resta avec elle et, malgré les craintes éveillées par l'échographie, Chloé fut plus détendue. Ils commandèrent leur dîner chez un traiteur et mangèrent dans le patio. En fin de journée, la chaleur du mois de juillet était plus supportable.

Il ne régnait plus aucune tension entre eux et à 21 heures, l'employée de l'agence immobilière les appela : leur offre était acceptée. Ils pourraient prendre possession de la maison deux semaines plus tard.

— Ce sera le long week-end du 4 août, remarqua Chloé… La date fixée pour le mariage de Kate et de Matt.

Tate demeura impassible, mais il ne répondit pas tout de suite.

— Je vais demander à mes parents de se charger des

formalités à notre place, dit-il enfin. Je ne veux pas que tu ailles toute seule dans les Hamptons.

— Tu es sûr ?

— Bien entendu. Cela ne t'ennuie pas si on se couche de bonne heure, ce soir ? Ces nuits de garde ont été épuisantes.

— D'accord. La journée a été très fatigante pour moi aussi.

Tate gagna la salle de bains, sans lui demander de la rejoindre. Elle n'en fut ni surprise ni blessée.

Après avoir fermé les volets électriques, elle enfila une nuisette de satin et se glissa entre les draps. Quand Tate s'étendit auprès d'elle, l'odeur de son savon emplit l'atmosphère. Il l'attira contre lui, dans la position qu'ils adoptaient toujours pour dormir. Il était nu, mais il ne lui fit aucune avance et, quelques minutes plus tard, il s'endormit.

Tate se réveilla dans la nuit, le cœur battant la chamade. Il avait rêvé de Chloé gisant sur la table d'opération, emportée par une hémorragie mortelle.

Il tenait un bébé dans ses bras, mais Ryan était sur le seuil du bloc. Il voulait lui prendre l'enfant… Tout ce qui lui restait de Chloé.

Quand était-il tombé amoureux de Chloé ?

Il n'en avait aucune idée, mais c'était une certitude.

Il ne pouvait pas la perdre… Pas maintenant.

Il se serra contre elle pour se rassurer. Elle émit un ronronnement satisfait et colla son derrière contre lui. La légère chemise de nuit de soie était remontée et elle était nue jusqu'à la taille.

Il aurait pu la laisser dormir, d'autant qu'elle lui avait fait part de sa fatigue, mais il était incapable de lui résister.

Jamais il ne pourrait lui résister.

Il posa ses lèvres sur son cou, embrassa doucement son épaule et prit dans sa paume un sein gonflé. Il le pressa gentiment, puis s'intéressa au mamelon. Le satin glissait sous ses doigts, l'excitant davantage.

Tout en continuant de l'embrasser, il laissa ses mains parcourir le corps abandonné et parvenir au cœur de son intimité. Elle était humide et prête à l'accueillir.

S'efforçant de patienter, il continua de la caresser. Elle gémit, puis sa respiration se fit haletante.

— S'il te plaît, Tate !

C'était tout ce dont il avait besoin… Elle avait envie de lui.

Soulevant sa jambe, il se glissa facilement en elle. Les muscles de Chloé se resserrèrent aussitôt autour de son sexe. Tout en allant et venant en elle, il flattait son clitoris. Il ne fallut pas longtemps pour qu'elle crie et se cambre contre lui, agitée par des spasmes de plaisir.

S'enfonçant profondément en elle, il la rejoignit dans l'orgasme. Ensuite, il resta où il était, aussi près d'elle que possible. Elle ne se retourna pas vers lui et il fut bientôt récompensé par le rythme paisible de sa respiration.

Elle dormait…

— Je t'aime, Chloé, murmura-t-il contre ses cheveux.

Puis, il céda au sommeil.

11.

Le week-end du 4 août était arrivé et, à la grande satisfaction de Chloé, Tate avait pris son vendredi. De cette façon, ils avaient pu partir de bonne heure. La journée allait être chaude et la circulation très dense car nombreux seraient ceux qui partiraient à la plage pour ce grand week-end.

Installée près de Tate, dans la voiture, Chloé faisait le point sur sa vie, et celle du bébé qui grandissait en elle. Les deux dernières échographies l'avaient presque rassurée. Au niveau de l'artère cérébrale moyenne, tout était normal et le bébé ne présentait aucun symptôme de faiblesse cardiaque. Tout allait certainement bien se passer.

A l'hôpital, elle endossait peu à peu son rôle de médecin titulaire et Tate était redevenu l'homme dont elle était tombée amoureuse. Il n'avait pas manqué une seule échographie !

Elle ne redoutait même plus ce week-end dans les Hamptons pour le mariage de Kate. Cette cérémonie aiderait Tate à laisser définitivement le passé derrière lui.

Elle lui jeta un regard de côté. Cesserait-elle un jour d'être sous son charme ? Vêtu d'un T-shirt noir moulant et d'un jean, il portait des lunettes de soleil d'aviateur… Et il était superbe !

Si seulement il avait pu lui dire qu'il l'aimait !

— Combien d'enfants veux-tu avoir ? demanda-t-il soudain.

Chloé fut prise de court et bafouilla presque.

— Pourquoi cette question ?

— Tu es fille unique et j'ai trois sœurs… Je me demandais si tu avais des projets.

— Je n'y ai pas réfléchi.

— Tu as apprécié d'être la seule fille de tes parents ?

— Pas vraiment. Si j'avais le choix, je voudrais que notre bébé ait au moins un frère ou une sœur. Et toi ?

— Je voudrais autant d'enfants de toi que tu le souhaiteras.

Chloé s'imagina en train de courir derrière un bambin plein d'entrain.

— Il ne vaudrait pas mieux voir d'abord comment le premier se comporte ? plaisanta-t-elle.

— Je ne pourrais pas rêver d'une meilleure mère pour mes enfants.

Les yeux fixés sur la route, il lui caressa le genou. Elle ne doutait pas de sa sincérité, mais un désagréable souvenir la perturba : Tate avait demandé Kate en mariage parce qu'il voulait des enfants. Cela signifiait-il qu'il avait vu en elle la mère idéale pour eux ?

Et s'il avait changé d'avis à propos de Kate, pouvait-il en faire autant avec elle ?

Fermant les yeux, elle s'efforça de ne plus y penser.

Trois heures plus tard, Tate s'arrêtait devant l'hôtel. L'employé chargé de garer la voiture ouvrit la portière à Chloé. Elle eut à peine le temps d'enfiler ses sandales ornées de pierres bleues avant de poser les pieds sur le trottoir. Puis elle lissa sa robe de grossesse rose, un peu froissée par le voyage.

Tate lui tendit un chapeau de paille.

— N'oublie pas ça. Je ne veux pas que tu prennes un coup de soleil.

L'attirant contre lui, il l'embrassa, puis l'entraîna dans le hall de l'hôtel.

— Chloé ! fit la voix de Kate.

Ils se tournèrent vers leur amie, qui courait dans leur direction. Chloé embrassa Kate avec joie.

— Tu es magnifique ! s'exclama celle-ci.

— Merci, répondit Chloé en posant la main sur son ventre.

— Moi aussi, je suis content de te voir, Kate ! plaisanta Tate.

— Salut Tate, répondit Kate en l'étreignant brièvement. Merci à l'homme qui a amené ma meilleure amie à mon mariage.

Chloé échangea un sourire avec Tate. Manifestement, il n'y avait plus aucune tension entre Kate et Tate, et c'était très bien ainsi.

Matt les rejoignit à cet instant et les deux hommes se serrèrent la main.

— Chloé, tu sembles en pleine forme, lança Matt en la serrant dans ses bras.

— Merci… Et toutes mes félicitations à vous deux.

— Je m'occupe de nos réservations, dit Tate en quittant le groupe pour se rendre à l'accueil.

— Qu'est-ce qu'on fait, maintenant ? demanda Chloé.

— J'ai pensé que tu voudrais te reposer, répondit Kate. Tate m'a dit que tu étais un peu fatiguée et que tu aurais sans doute besoin d'une petite sieste.

— Quand as-tu parlé avec Tate ? s'étonna Chloé.

— Quand je l'ai appelé pour avoir de tes nouvelles. Je voulais la vérité, non la version stoïque que tu me servais.

Chloé s'interdit de faire des reproches à son amie. N'avait-elle pas passé les six derniers mois à prétendre qu'elle allait bien alors que c'était faux ?

— Plus tard, dans l'après-midi, poursuivit celle-ci, nous avons rendez-vous au spa pour une manucure et un soin des pieds. Ensuite, j'ai prévu un petit dîner avec le témoin de Matt, sa femme et nos deux familles.

— Je crois que la sieste s'impose, admit Chloé avec un sourire.

L'enthousiasme de Kate lui faisait plaisir.

— Absolument ! Je veux que tu prennes soin de la petite personne qui grandit en toi. Sa maman est ma meilleure amie.

— Merci.

— Tout est réglé, dit Tate en les rejoignant. Kate, tu auras tout loisir de bavarder avec Chloé tout à l'heure.

— Oui, docteur Reed, répliqua Kate sans perdre son sourire.

Tate conduisit Chloé jusqu'à l'ascenseur puis dans leur chambre. C'était une suite disposant d'un grand balcon et d'une vue imprenable sur l'océan.

Face à la fenêtre trônait un lit à baldaquin aux tentures de coton blanc. La décoration était résolument marine et la salle de bains comportait une immense baignoire Jacuzzi et une cabine de douche spacieuse. Un chasseur avait déjà apporté leurs bagages et le bruit des vagues emplissait la pièce.

Chloé s'aventura sur le balcon pour respirer l'odeur d'iode.

— C'est beau, remarqua-t-elle.

— Je vois autre chose d'encore plus beau, s'enthousiasma Tate en l'enlaçant.

Comme il posait ses lèvres sur sa nuque, elle le taquina :

— Je croyais que j'avais besoin d'une sieste ?

— J'en ai peut-être besoin aussi…

Le reste de la journée fut consacré au plaisir et aux soins de beauté. Au spa, Chloé papota avec Kate comme au bon vieux temps… Elles parlèrent de leur travail, de leurs familles et, pour la première fois, des hommes de leur vie. Chloé ne livra pas grand-chose de sa relation avec Tate. Elle craignait que Kate ne repense à sa propre relation avec Tate. Mais la future épouse était tellement expansive que Chloé n'aurait de toute façon pas pu placer un mot.

Cependant, elle s'inquiétait un peu à propos du dîner. La dernière fois que les parents de Kate avaient vu Tate, il était le petit ami de leur fille. Maintenant, il était avec la meilleure amie de leur fille… Très visiblement enceinte, de surcroît.

Finalement, tout se passa très bien. Ils accueillirent Tate comme un vieil ami et furent aux petits soins pour elle, qu'ils connaissaient depuis neuf ans.

Vers 23 heures, Kate se tourna vers elle.

— Tu es prête ?

— Bien sûr… Où allons-nous ?

Kate et Tate lui souriaient.

— Je ne veux pas être seule pendant la nuit précédant mon mariage, expliqua Kate. Ton adorable Tate a été assez aimable pour me prêter ma meilleure amie.

Chloé se tourna vers Tate qui paraissait ravi de sa surprise.

— C'est un homme très généreux, répondit-elle, contente que Kate ait parlé de Tate comme s'il lui appartenait.

Elles quittèrent la salle de restaurant en gloussant comme des lycéennes. La chambre de Kate était la suite nuptiale. Située au dernier étage de l'hôtel, elle jouissait d'une vue panoramique et du même confort dont Chloé disposait dans sa propre chambre.

Kate leur avait acheté des pyjamas assortis. Après s'être déshabillées et démaquillées, elles s'installèrent dans le grand lit.

Si Chloé avait eu une sœur, cela n'aurait pas pu être mieux…

— Est-ce que tu arrives à croire qu'on est là ? demanda Kate dans l'obscurité.

— Franchement ? Non.

— L'an dernier, je n'aurais jamais imaginé que Matt me dirait un jour qu'il m'aimait au bout de tout ce temps.

— Est-ce que ça valait la peine ?

— Quoi donc ?

— D'avoir autant attendu… La souffrance d'aimer quelqu'un qui ne vous le rend pas.

— Oui. A l'époque, je ne l'aurais jamais dit, mais oui ! J'ai détesté Matt pendant des années parce que je pensais qu'il avait ruiné mes chances d'aimer un homme autant que je l'aimais. Mais je m'en réjouis aujourd'hui. Mon amour pour lui m'a empêchée de prendre une mauvaise décision.

— Tu fais allusion à Tate ?

— J'adore Tate, Chloé, mais je n'ai jamais été amoureuse de lui. Tu ne peux pas savoir à quel point je suis heureuse que vous soyez ensemble. C'est tellement logique !

— C'est toi qu'il voulait épouser !

— Il me l'a proposé, c'est vrai. Mais, en dehors même de mes sentiments pour Matt, il y avait quelque chose qui n'allait pas entre nous. Alors que toi, tu le rends fou… Parfois le destin fait bien les choses.

Le lendemain, tout se passa comme prévu. Rayonnante, Chloé précéda Kate le long de l'allée centrale. Elle portait une robe de soie bleue à bretelles. De style Empire, elle était ajustée sous la poitrine et flottait jusqu'au sol.

Kate était éblouissante dans sa robe de soie blanche qui moulait son corps élancé avant de s'évaser à partir des genoux… Elle ressemblait à une sirène !

La cérémonie fut émouvante et coïncida avec le soleil couchant. Jamais Chloé n'avait trouvé son amie aussi belle et aussi heureuse. Il n'y avait plus de place pour la jalousie.

Plus tard, Matt et Kate dansèrent ensemble dans le patio éclairé par des lanternes, et Chloé les contempla, attendrie.

Tate alors s'approcha d'elle, tenant un verre de vin pour lui et un autre d'eau gazeuse pour elle.

— Comment vont mes deux chéris ? s'enquit-il.

Il était superbe dans son costume noir, songea Chloé. Et il portait une cravate bleue assortie à sa robe Empire.

— Nous sommes en pleine forme, répondit-elle. Est-ce que tu réalises que notre bébé a exactement vingt-six semaines ? Chaque jour qui passe est une bénédiction.

— En ce qui me concerne, chaque jour que je passe avec toi est aussi une bénédiction.

— Tu sais ce que je veux dire…

— Pouvons-nous vous interrompre pour vous inviter à danser ? fit la voix de Kate.

Chloé leva les yeux vers l'heureux couple qui se tenait devant elle.

— Je crois que nous pouvons arranger cela, dit Tate en se levant.

Prenant la main de Kate, il l'entraîna vers la piste.

Chloé ne comprit qu'au bout de quelques secondes : l'invitation l'incluait. Vacillant un peu sur ses talons hauts, elle se leva. Avant même qu'elle ait retrouvé son équilibre, Tate était derrière elle et la soutenait.

— Je vais bien, assura-t-elle.

Kate était seule sur la piste. Comment Tate avait-il pu être assez prompt pour la secourir ? s'étonna Chloé. S'agenouillant devant elle, il resserra les lanières de ses sandales argentées.

— Il n'y a pas de problème, Tate, je te promets !

— Prends soin d'elle, Matt. Il n'y a personne comme elle.

Matt répondit par un bref hochement de tête et Tate s'éloigna pour rejoindre Kate.

Matt prit alors le bras de Chloé et la conduisit à son tour jusqu'à la piste. Ils commencèrent à danser au rythme d'une valse lente. Chloé ne parvenait pas à détourner les yeux de Tate qui tenait dans ses bras une Kate vêtue de sa belle robe blanche.

— Il faut que tu laisses tomber, Chloé.

Elle tourna la tête vers Matt.

— Pardon ?

— Le passé. On ne peut rien y changer et le ressasser ne sert qu'à les punir et à nous torturer. Ce n'est juste pour personne.

Qu'elle soit aussi transparente la stupéfia.

— Comment peux-tu oublier, toi ?

— Ce n'est pas le cas, répondit Matt. Mais je sais aussi que je suis le seul à blâmer. J'ai fait le mauvais choix et cela m'a coûté neuf ans de bonheur avec la femme que j'aime.

Chloé ne put réprimer un soupir.

— Je ne suis pas celle qu'il voulait, Matt. Tate avait d'abord choisi Kate.

— Etait-ce vraiment un choix ? Je n'y étais pas, mais je doute qu'il l'ait demandée en mariage pour les bonnes raisons. Et même si c'était le cas, tout le monde fait des erreurs. Tu ne vas pas le lui faire payer jusqu'à la fin de votre vie commune ?

— Bien sûr que non !

Matt avait raison. Elle faisait du mal à Tate et elle s'en faisait aussi.

— Chloé, il y a quelques mois tu m'as fait le plus beau des cadeaux en me disant que Kate m'avait suivi à New York. Laisse-moi en faire autant pour toi. Tate t'aime. Par bonheur pour moi… Et pour lui… Il ne regarde pas ma femme comme il te regarde.

A cet instant précis, Chloé leva les yeux : Tate la fixait, un petit sourire aux lèvres. La musique s'arrêta au même instant et Matt la raccompagna jusqu'à sa chaise.

— Oublie le passé, Chloé, et tu verras que je ne me trompe pas à propos du présent.

Après un week-end formidable, Chloé rentra à Boston avec Tate le lundi soir. Ils se rendirent directement à leur nouvelle maison. Tate alluma les lampes de l'entrée et une chaude lumière se refléta sur les parquets cirés.

— Je me suis arrangé pour que les déménageurs apportent l'essentiel demain, pendant que nous travaillons. De cette façon, nous pourrons y habiter tout de suite. Tu auras tout le temps de choisir les meubles que tu veux, ou engager un décorateur d'intérieur pour le faire à ta place.

— Merci.

Posant la main sur son ventre, Chloé fut récompensée par un petit coup de pied amical.

— Malgré tout, j'ai pensé que tu apprécierais une certaine surprise, dit-il.

Lui prenant la main, il l'entraîna à l'étage. Mais il ne l'emmena pas dans leur chambre, comme elle l'imaginait.

Il ouvrit la porte à côté : la nurserie était complètement meublée. Il y avait une table à langer pourvue de minuscules couches, des couvertures, des lotions et des crèmes. Un cliché de l'échographie montrant le bébé de profil avait été encadré et trônait sur la commode.

Elle en ouvrit un tiroir : des vêtements de bébé verts et jaunes y étaient bien rangés. Et la bibliothèque était remplie de livres destinés aux enfants de zéro à cinq ans.

— Comment as-tu fait ? s'étonna-t-elle.

— Bien plus facilement que je ne le craignais. L'une de mes sœurs m'a fait une liste de tout ce qu'il fallait à un nouveau-né. En une seule visite au magasin, je crois que j'ai acheté le double de ce qu'elle me conseillait.

— Merci, Tate… Et remercie aussi ta sœur.

— Tu pourras le faire toi-même la prochaine fois que tu la verras.

— J'adore ta famille, dit-elle en souriant.

— Tant mieux, parce que ma famille vous adore, le bébé et toi.

Chloé lui sourit. Les paroles de Matt résonnaient encore dans sa tête. Etait-il possible que Tate l'aime comme elle l'aimait ?

Oserait-elle le lui demander et risquer que sa réponse lui brise le cœur ?

12.

Cherchant des yeux Chloé, Tate traversa les urgences. Il n'avait rien de particulier à lui dire, mais après quatre jours passés avec elle au mariage de Kate, il supportait difficilement d'être séparé d'elle.

Normalement, il devait passer la prendre dans la soirée. Ensuite, ils regagneraient leur nouvelle maison où ils dormiraient pour la première fois.

Mais l'attente était trop longue… Ce soir, il allait lui dire qu'il l'aimait.

Il entra dans la section B et se dirigea vers le bureau du médecin de garde. Chloé n'y était pas, mais Ryan était en train de téléphoner et lui tournait le dos.

N'ayant nullement envie de lui parler, Tate s'apprêtait à battre en retraite, quand les paroles de Ryan captèrent son attention.

— Donc, l'enfant est de moi.

Un poignard s'enfonça dans la poitrine de Tate. Il cessa un instant de respirer.

— Le Dr Madden a-t-elle été mise au courant des résultats ? poursuivait Ryan. Merci de m'avoir prévenu et, bien entendu, j'apprécie votre discrétion.

Foudroyé sur place, Tate se rappela Chloé sur la table d'opération… Ryan était le père de son bébé…

Il allait perdre la femme qu'il aimait et la famille qu'il avait toujours voulue.

A cet instant, Ryan se retourna. La confrontation était inévitable.

— Que comptes-tu faire ? lança Tate.

— Pardon ?

— Quelles sont tes intentions en ce qui concerne le bébé ?

Son bébé…

— Cela ne te regarde pas.

— Réponds à ma question, Ryan.

— Je serai le père que mon enfant mérite.

— Et elle ?

Il était incapable de prononcer le prénom de Chloé… Pas devant Ryan.

— Ce sont nos affaires, Tate. Maintenant, si tu veux bien m'excuser, je n'ai pas envie d'en discuter avec toi.

Sur ces mots, Ryan s'éloigna. Tate était trop abattu pour le retenir.

La journée de travail était finie, et Chloé se dirigeait vers le bureau de Tate. Depuis le coup de fil d'Erin, elle était au bord de la crise de nerfs. Les résultats étaient arrivés… Tate et elle étaient porteurs de l'allèle dominant Kell : leur bébé avait soixante-quinze pour cent de chances d'être affecté par l'anticorps anti-K détecté lors de ses premières analyses de sang.

Erin avait fixé une nouvelle échographie au lendemain et elle était déjà passée au laboratoire pour faire une évaluation du niveau actuel de ses anticorps.

Chloé n'en pouvait plus d'angoisse, d'autant que Tate aurait dû passer la prendre pour qu'ils rentrent ensemble dans leur nouvelle maison.

Elle s'était donc changée au vestiaire, avait pris son sac dans son casier, puis avait décidé de retrouver Tate.

La porte de son bureau était fermée. Elle frappa.

— Entre, fit la voix de Tate.

Elle obéit. A sa grande surprise, il était en train de boire un verre de scotch.

Elle referma la porte et s'assit en face de lui.

Les yeux de Tate étaient injectés de sang, ses cheveux en désordre et il n'avait pas ôté sa tenue chirurgicale. La dernière fois qu'elle l'avait vu dans cet état, c'était lorsqu'il avait rompu avec Kate.

— Les résultats des analyses sont arrivés, dit-il sur un ton monocorde.

Ce n'était pas le Tate qu'elle connaissait. Jusqu'à maintenant, il s'était toujours montré positif et rassurant.

— Ce n'est pas si grave, Tate.

— Vraiment ? Cela ne change rien à ce que tu penses de moi ? Comment vois-tu notre famille ?

Il paraissait vraiment blessé, mais pourquoi à ce point ?

— Non, Tate, rien n'a changé. Nous surmonterons cette épreuve ensemble.

— Qu'est-ce que tu fais de Ryan ?

— Ryan ? répéta-t-elle, abasourdie.

— Que pense-t-il de cette situation ?

— Comment veux-tu que je le sache ? Les grossesses à haut-risque ne sont pas son rayon.

— Il ne t'a pas contactée après avoir appris la nouvelle ?

Elle ne comprenait plus rien.

— Quelle nouvelle, Tate ? De quoi parles-tu ?

— Qu'il est le père du bébé.

Une énorme colère s'empara de Chloé. Elle se leva d'un bond et se pencha au-dessus du bureau… Autant que le lui permettait son ventre arrondi.

— La seule personne qui puisse être le père, c'est toi !

— Je suis allé aux urgences, tout à l'heure. Ryan était en train de parler au téléphone. Le test de paternité a confirmé qu'il était le père.

— Quel test de paternité, Tate ?

— Celui que tu m'as demandé de faire.

— Tu t'es imaginé qu'il s'agissait de savoir si tu étais le père ?

L'espace d'un instant, le regard de Tate exprima le doute.

— Evidemment.

— Tu as cru que j'ignorais l'identité du père de mon bébé ? Tu as pensé que je couchais avec mon mentor ? Ryan ? Et maintenant, tu peux croire que je serais avec toi si j'avais toutes ces idées en tête ? Waouh ! Je constate que tu as une haute idée de moi.

Des larmes de colère et de chagrin jaillirent de ses yeux. Rien ne pouvait être plus humiliant que cette révélation brutale.

Se redressant, elle s'écarta de l'homme qu'elle aimait pour sortir de la pièce. Tate tenta de lui prendre le bras, mais elle s'arracha à son étreinte.

— J'ai entendu Ryan parler au téléphone, aujourd'hui. Il disait que l'enfant était de lui.

— Laisse-moi te le dire une bonne fois pour toutes car je ne me répéterai pas : je n'ai jamais couché avec Ryan Callum ou avec n'importe quel autre médecin de cet hôpital, en dehors de toi. Le fait que je doive te le préciser est dégradant et je ne mérite pas un tel affront. Ces deux dernières années, j'ai fait l'amour avec un seul homme… Toi. Alors, soit tu choisis de croire que tu es le père de mon bébé…

— Les analyses de sang…

— Ce n'était pas un test de paternité. Il s'agissait seulement de déterminer les anticorps pouvant affecter le fœtus. Nous savons maintenant qu'il a soixante-quinze pour cent de chances de développer une anémie sévère. Je m'imaginais que c'était la pire nouvelle de la journée, mais je me trompais.

— Chloé…

— Ne me touche pas, Tate. Maintenant que je connais le fond de ta pensée, je ne le supporterai pas.

Elle quitta le bureau, mais Tate ne tenta pas de la suivre.

Une fois dans le couloir, elle se sentit perdue. Où pouvait-elle donc aller ?

Le loft de Tate ne contenait plus aucun meuble et il n'était pas question de regagner leur nouvelle maison… Plus maintenant.

Plongeant la main dans sa poche, elle en sortit son téléphone et composa un numéro.

— Allô ? répondit la voix de Kate.

— Salut ! Je suis navrée d'interrompre ta lune de miel, mais j'ai besoin de toi.

— Chloé ?

— C'est moi, oui.

— Qu'est-ce qui ne va pas ? Tu as un problème ?

— Tate a cru que le bébé était de Ryan.

— Chloé…

Le ton n'était pas aussi outragé que Chloé s'y attendait.

— Il a émis l'hypothèse que j'ignorais qui était le père du bébé ! insista-t-elle.

A l'autre bout du fil, Kate déglutit.

— Chloé, je me dois d'être honnête avec toi. Avant que je sache, pour Tate et toi, c'est aussi ce que j'ai pensé.

— Quoi ?

— Ecoute, je ne savais pas que tu avais un homme dans ta vie, et surtout pas Tate. Ryan est sensationnel et, après ton opération, il s'est montré très protecteur envers toi. J'en ai tiré une déduction erronée.

— Je n'arrive pas à croire que les deux personnes que j'aime le plus au monde aient une si mauvaise opinion de moi.

— Tu te trompes, Chloé ! Je n'ai pas imaginé une seconde que tu couchais avec Ryan pour qu'il favorise ta carrière, pas plus que je n'ai cru les rumeurs qui courent à ton propos. Je me suis seulement dit que tu avais une relation amoureuse avec ton mentor. Tout comme Tate et moi.

— Non, Kate, rien de tel ne s'est produit. Pardonne-moi

de t'avoir dérangée, mais je dois te quitter. J'ai juste besoin d'un peu de temps.

— Chloé…

— C'est bon, Kate. Je ne t'en veux pas du tout. Comment aurais-tu pu deviner que j'étais amoureuse de ton ex et que je couchais avec lui ?

— Chloé…

— Je dois vraiment partir.

— Prends soin de toi, Chloé, s'il te plaît.

— Bien sûr. Je t'aime.

13.

Chloé passa la nuit à l'hôtel. Le lendemain, elle arriva suffisamment tôt à l'hôpital pour se changer grâce aux vêtements qu'elle avait toujours en réserve dans son casier. Son échographie était fixée à 8 heures du matin, mais elle n'avait pas pu prévenir Tate lors de leur discussion de la veille.

Habituée à la routine, elle baissa son pantalon et s'installa sur la table d'examen. Presque aussitôt, son bébé apparut sur l'écran.

La radiologue prenait ses mesures en silence. Elle commença par évaluer la quantité de liquide amniotique. Il semblait avoir considérablement augmenté.

Quand le médecin passa au bébé, son silence inquiéta Chloé. Quelque chose avait changé, elle avait subi suffisamment d'échographies pour le comprendre. Elle se pencha un peu plus vers l'écran. Du liquide commençait à s'amasser dans les poumons, le cœur et le ventre du bébé.

— Je vais appeler le Dr Madden et la spécialiste en périnatalogie, annonça la technicienne.

Chloé acquiesça en silence. Elle avait deviné d'elle-même : le bébé souffrait de défaillance cardiaque.

Erin ne tarda pas à arriver.

— Chloé, quand as-tu mangé ou bu pour la dernière fois ?

Elle connaissait le sens caché de cette question.

— Hier soir… Le bébé a un problème cardiaque ?

— Oui. Je suis désolée, Chloé, mais on va devoir provoquer l'accouchement.

La panique s'empara de Chloé.

— Je ne suis pas prête ! Le bébé n'a que vingt-six semaines !

— On n'a pas le choix, Chloé. L'inversion du flux sanguin dans le cordon montre que le bébé peut mourir si on attend trop longtemps. Le Dr Young est en train de revoir les images et elle téléphone aux soins intensifs pédiatriques pour qu'ils se préparent.

Des hypothèses plus horribles les unes que les autres se pressaient dans l'esprit de Chloé.

— Que va-t-il se passer ?

Erin s'assit sur la chaise occupée ordinairement par Tate.

— Pour l'instant, le bébé pèse un peu plus d'un kilo, moins si l'on compte le liquide qui s'est accumulé dans ses cellules. Après la naissance, il sera sous respirateur et on lui administrera des médicaments par voie veineuse pour aider ses poumons à terminer leur développement. Nous placerons le cathéter sur le cordon ombilical de façon à avoir accès à l'artère tout en le nourrissant. Il y a au moins quatre-vingts pour cent de chances de survie, et cinquante pour cent qu'il n'y ait pas de complications.

Chloé étouffa un sanglot.

— On ne peut pas dire que j'ai été très chanceuse ces derniers temps, Erin.

— On doit se concentrer sur le positif, Chloé. Nous avons diagnostiqué les problèmes à temps et nous allons t'accoucher.

— Par césarienne ?

— Oui, c'est le moyen le plus rapide. De toute façon, il se présente encore par le siège, ce qui compliquerait un accouchement par les voies naturelles.

Chloé hocha la tête… Elle se devait d'être forte pour deux.

— D'accord.

— L'équipe est en train de préparer la salle, en face de la nurserie. Il faut qu'on y aille le plus vite possible.

— D'accord, répéta Chloé.

Erin lui essuya le ventre, puis elle lui offrit le bras et l'aida à descendre de la table. Prenant le sac de son amie au passage, elle marcha auprès d'elle sans la presser.

— Je dois te dire que ce sera un peu chaotique, Chloé. Tout le monde va s'occuper de toi, te poser des questions, te changer, t'examiner et te palper. Je dois passer un coup de fil et me changer. Rappelle-toi que tout va bien se passer. Tu as des questions à propos de la césarienne ?

— Non.

— Est-ce que tu veux que j'appelle Tate ?

— Oui.

Chloé s'efforçait de paraître calme, mais elle était absolument terrifiée. Tate devait être là, impérativement. Il s'agissait aussi de son enfant et il avait le droit de savoir qu'il allait bien.

Ainsi que l'avait prévenue Erin, un chaos organisé régnait dans la salle d'opération. Cette agitation lui rappela les urgences, sauf qu'elle en était la cause au lieu de l'orchestrer.

Sans trop s'en rendre compte, elle se retrouva assise sur le bord de la table et les jambes pendantes. S'efforçant de garder son calme, elle prodiguait à son bébé des paroles d'apaisement.

On lui appliqua de l'antiseptique sur le dos, puis l'aiguille pénétra sous sa peau. En quelques minutes, une douce chaleur se répandit dans ses jambes et ses fesses. Les infirmières l'allongèrent alors sur la table.

Grâce à la péridurale, elle était comme une observatrice extérieure. Elle voyait ce qu'on lui faisait, mais elle ne sentait plus rien.

Une dizaine de personnes s'affairaient dans la salle. Une couveuse se trouvait dans un coin, entourée par le personnel médical de néonatalogie : deux infirmières et un médecin réanimateur. Trois autres infirmières, Erin et un interne en obstétrique étaient postés autour d'elle. L'anesthésiste qui se trouvait derrière elle redressa la table, puis lui mit les embouts des lunettes à oxygène dans les narines.

— Est-ce que Tate va venir ? demanda-t-elle.

Quelqu'un poussa la porte et des yeux verts retinrent les siens. Tout le reste disparaissait derrière le masque chirurgical, la coiffe et la tenue stérile.

— Docteur Reed, vous pouvez vous asseoir sur un tabouret près de votre épouse, dit l'anesthésiste.

Sans prendre la peine de corriger l'erreur, Tate obéit.

— Je suis désolé, Chloé, murmura-t-il en lui caressant le front.

— J'ai peur, avoua-t-elle.

— Chloé, est-ce que tu sens quelque chose ? demanda Erin.

Elle ne voyait presque rien, ne ressentait rien. Est-ce qu'on la touchait ?

— Non, répondit-elle.

— La patiente s'appelle Chloé Darcy et elle va subir une césarienne en urgence, déclara l'infirmière de bloc. Elle n'a pas d'allergies. Nous disposons de deux unités de culot globulaire et on lui a administré un gramme de céfazoline à 9 h 30. Est-ce que quelqu'un a des remarques à formuler ?

— Non, fit Erin.

— On peut y aller, confirma l'anesthésiste.

Soudain, le silence régna dans cette salle si bruyante un instant auparavant. Erin demanda des instruments, puis le bruit des appareils à cautériser et à aspirer résonna dans la salle.

Cholé jeta un coup d'œil à la couveuse. D'ici quelques instants, on y installerait le bébé.

— Tu vas bien ? murmura Tate.

Chloé tâcha de se concentrer sur ses quelques sensations physiques pour ne pas se laisser déborder par ses émotions.

— Je ne sens pas grand-chose… A peine un petit tiraillement et un peu de pression.

— Incision utérine, dit une infirmière à l'ensemble de l'équipe.

— Chloé, tu vas sentir une légère poussée sur ton ventre quand nous allons faire sortir le bébé. Tate, si tu veux te lever, tu pourras assister à la naissance de ton enfant. Il se présente par le siège, nous verrons donc en premier ses jambes et son derrière.

Tate se tourna vers Chloé, qui l'encouragea :

— Vas-y !

Elle cligna des yeux pour le soutenir, puis le bruit du liquide amniotique qui se déversait sur le drap et le sol la fit frémir. Les médecins extirpèrent le bébé de son ventre, la pression se fit plus intense. Elle se tourna alors vers Tate : il semblait ne pas y croire jusqu'à ce qu'un petit piaillement brise le silence ambiant.

L'interne apporta le bébé à l'équipe de néonatalogie et Chloé s'inquiéta de ne pas le voir.

Tate revint s'asseoir auprès d'elle, lui prit la main.

— Il est petit, mais il va bien.

— C'est un garçon ?

— Oui, Chloé. Nous avons un fils.

Jamais un homme ne lui avait paru aussi fier…

— Tate, je crois que je vais vomir.

Cessant de sourire, il prévint l'anesthésiste et ils firent tourner sa tête sur le côté. Le brassard du tensiomètre lui serrait le bras, la pièce devenait tout d'un coup très bruyante.

Erin demandait qu'on lui ouvre les poches de sang et

elle réclamait des médicaments dont Chloé n'avait jamais entendu parler. Ça n'allait vraiment pas… Tout se brouillait.

Elle jeta un dernier coup d'œil à son enfant. L'une des infirmières s'était déplacée et son petit corps apparut. Son visage était recouvert d'un masque et le réanimateur lui prodiguait une assistance respiratoire.

Tate se leva de nouveau pour s'approcher du bébé. Cette fois, il devint livide.

Une infirmière de néonatalogie vint lui parler.

— Docteur Reed, nous allons transférer votre fils aux soins intensifs pédiatriques. Vous voulez venir avec nous ?

— Vas-y, lui intima Chloé sous le masque à oxygène qui avait remplacé les lunettes.

— Non, refusa Tate.

— Je t'en prie, Tate. Je ne veux pas qu'il ait peur ou qu'il soit seul.

— Il est entre d'excellentes mains, n'est-ce pas ?

— Oui, répondit l'infirmière, nous allons prendre grand soin de votre fils, docteur Darcy.

Chloé était trop fatiguée pour discuter. Tout ce qu'elle voulait, c'était dormir.

Se penchant sur elle, Tate lui caressa le front.

— Chloé, tu es la personne qui compte le plus au monde à mes yeux et rien ni personne ne m'obligera à te quitter. Je me moquais bien se savoir si j'étais le père du bébé. J'étais seulement terrifié à l'idée de te perdre. Tout ce que je veux, c'est toi. Je t'aime et je veux passer le reste de ma vie avec toi. Je te le répéterai chaque jour jusqu'à ce que tu me croies.

— On a besoin de deux unités de culot globulaire et deux autres de plasma frais congelé, intervint Erin. Préparez les instruments pour une hémorragie postpartum et une hystérectomie.

— Il va nous falloir au moins une heure pour avoir du sang qui corresponde à son groupe, observa l'anesthésiste.

— Quoi qu'il en soit, on commence, répliqua Erin d'une voix cassée.

Chloé déglutit : même Erin semblait avoir peur.

L'obscurité l'enveloppa alors et elle se rappela son premier évanouissement dans le vestiaire.

— Tate ! cria-t-elle.

— Je suis là et tout va bien se passer, je te le promets.

— Je t'aime, murmura-t-elle.

Puis elle sombra dans le noir.

Quand Chloé ouvrit les yeux, elle reconnut les lieux. C'était les soins intensifs. Elle voulut bouger mais elle en fut empêchée par une douleur familière dans l'abdomen.

Quelqu'un lui caressa le front, ce qui l'apaisa aussitôt.

— Tout va bien, Chloé. Repose-toi.

Elle ferma de nouveau les yeux et lorsqu'elle les rouvrit, Tate était près d'elle, vêtu de sa tenue d'hôpital, les yeux fixés sur elle. Elle posa la main sur son ventre : il était plat. Une vague de panique la submergea.

— Il va bien, la rassura Tate. Son état est stable et il est à la nurserie. Erin a pu endiguer ton hémorragie et elle a réussi à ne pas procéder à une hystérectomie. Nous avons un fils magnifique, Chloé.

— Un petit garçon…

— Je t'aime, Chloé Darcy, dit Tate en lui prenant la main.

Elle ne put se retenir ses larmes, qui jaillirent de ses yeux et ruisselèrent le long de ses joues.

— A cause du bébé ?

— Non, mais je lui serai éternellement reconnaissant de m'avoir aidé à te garder.

— Parce que tu ne peux pas avoir Kate.

Malgré la douleur et les médicaments qui brouillaient son esprit, elle l'observa attentivement. Elle avait besoin de connaître la vérité.

— Je suis ton second choix, reprit-elle d'une voix malheureuse.

— Non, Chloé, tu es mon premier choix. Tu m'as sauvé de moi-même. Ma relation avec Kate était une énorme erreur. Parce qu'elle correspondait aux critères que je recherchais chez une femme, j'ai cru que c'était suffisant. Ce n'est qu'en te rencontrant que j'ai compris ce dont j'avais besoin. J'ai *besoin* de toi, Chloé. J'ai besoin de ma belle compagne, si intelligente et compatissante… Même si elle me rend fou, parfois.

— Tu m'as évitée. Tu ne m'as jamais dit ce que tu ressentais.

— J'avais peur de toi, des sentiments que tu éveillais en moi. Au début, je répugnais à m'engager une seconde fois et j'ai pensé qu'une liaison avec moi nuirait à ta réputation, c'est pour ça que je t'ai maintenue à distance. Je me suis vite rendu compte que j'en étais incapable… Mais en reconnaissant mon amour pour toi, je risquais d'être brisé en mille morceaux si je te perdais. Et c'est vrai, Chloé. Je ne peux pas envisager ma vie sans toi.

— Moi non plus, Tate.

Tate la prit dans ses bras et l'embrassa sur la bouche. Elle se remit à pleurer, mais cette fois c'était de bonheur.

— Chloé ?

— Oui, murmura-t-elle contre son cou.

— J'ai besoin de t'entendre prononcer les mots.

— Cela fait longtemps que je t'aime, Tate. Mais si je te l'avais avoué, je craignais d'apprendre que ce n'était pas réciproque.

— Eh bien, tu n'auras plus jamais à t'inquiéter à ce propos, parce que je te le répéterai chaque jour jusqu'à la fin de nos vies.

— Tate… Quand pourrai-je voir notre fils ?

— Quand tu auras accepté de m'épouser. Nous devons lui montrer le bon exemple.

Il souriait contre sa joue, sentit-elle, et elle s'écarta pour le contempler.

— Oui ! Je ne veux plus jamais être loin de toi.

Il se pencha pour l'embrasser sur la bouche avec une infinie tendresse.

Puis il plongea sa main dans sa poche.

Un frisson parcourut Chloé, et Tate lui prit la main, y passa un anneau de platine à l'annulaire. Celui-ci était orné d'une émeraude ronde entourée par deux cercles concentriques de diamants. La couleur de la pierre centrale était assortie à ses yeux : cette fois, le bijou lui était spécialement destiné.

— Cela fait un moment que j'emporte cette bague partout dans l'espoir que tu accepteras un jour d'être ma femme, confia Tate.

— J'adorerais être ta femme, Tate.

Elle lui tendit les bras. Maintenant qu'il lui avait dit qu'il l'aimait autant qu'elle l'aimait, le goût de ses lèvres était encore plus enivrant.

— Eh bien, c'est réglé, fit-il. Allons voir notre fils, maintenant.

Tate l'installa dans un fauteuil roulant et la poussa vers la nurserie malgré les protestations des infirmières. Il la conduisit jusqu'à la couveuse qui contenait la plus précieuse petite personne au monde.

C'était la perfection même…

Il avait dix doigts aux mains et aux pieds, il pesait un kilo et sa couche minuscule avait tendance à glisser le long de son derrière. Malgré tous les tubes et les moniteurs qui l'entouraient, il paraissait satisfait de son sort.

Une multitude d'émotions successives submergea Chloé. L'orgueil, le bonheur, la peur, la culpabilité et l'émerveillement… Toutes causées par le petit bonhomme.

— Je peux le toucher ? demanda-t-elle à l'infirmière qui le surveillait.

— Bien sûr, docteur Darcy. Je crois qu'il adorerait être caressé par sa maman.

Chloé se lava les mains avant que l'infirmière n'ouvre la porte de l'incubateur. Elle caressa le dos du bébé qui était couché sur le ventre. Le masque qui dissimulait en partie son visage l'aidait à respirer.

— Bonjour, mon petit homme. Ta maman t'aime tant !

Se tournant vers Tate, elle murmura :

— Il est parfait !

— Bien sûr, puisqu'il est de toi.

— Il est de nous, Tate.

Il eut un sourire d'orgueil, et le calvaire qu'il avait enduré à l'idée de ne pas être le père se lut subrepticement sur son visage.

— Tout est derrière nous, Tate. Kate, Ryan, les malentendus… C'est terminé. Aujourd'hui, nous formons une famille, et c'est le plus beau jour de ma vie.

— Tu es sublime, Chloé… Tout comme notre fils.

Blanche

HARLEQUIN

Retrouvez en mars 2020,
dans votre collection

Blanche

La belle du Vietman, de Scarlet Wilson - N°1476

SÉRIE : MÉDECINS DU VIETNAM - 1/2

Le Vietnam. C'est là que Joe compte prendre un nouveau départ avec son fils, Regan… Alors qu'il est bien loin de son Écosse natale, il trouve immédiatement sa place, au May Màn Hospital de Hanoi. Est-ce parce qu'il s'y sent utile, ou en raison du lien qui se crée naturellement entre le Dr Lien et lui ? Belle et mystérieuse, la jeune femme aurait-elle le pouvoir de lui offrir le bonheur auquel il croyait devoir renoncer pour toujours ?

Mariage au May Màn Hospital, de Scarlet Wilson

SÉRIE : MÉDECINS DU VIETNAM - 2/2

Vivienne ferait n'importe quoi pour le Dr Duc Nguyen, son meilleur ami. Aussi, quand il déclare avoir besoin de son aide à l'hôpital vietnamien dont il vient d'hériter, elle accepte sans hésiter de devenir sage-femme à Hanoi. Arrivée au May Màn Hospital, Vivienne apprend avec plaisir une nouvelle langue, les coutumes et maladies locales. Mais elle découvre surtout Duc sous un nouveau jour. Bientôt, elle se surprend même à éprouver auprès de lui des émotions nouvelles… Se pourrait-il qu'elle soit tombée amoureuse ?

Réunis sous la neige, d'Amalie Berlin - N°1477

SÉRIE : MÉDECINS SOUS LES ÉTOILES - 2/2

Le Dr Lia Monterrosa a fait un long voyage pour gagner la station Fletcher. Là, en Antarctique, elle va relever un défi scientifique passionnant, au côté de médecins d'exception. Mais c'est un objectif bien plus personnel qu'elle poursuivait en posant sa candidature. Il s'agit pour Lia de se confronter à West MacIntyre, engagé dans cette mission tout comme elle. West, son ex-fiancé disparu du jour au lendemain, la veille de leurs noces…

L'épouse du Dr McCarthy, de Robin Gianna

Quelle malchance ! Non seulement Jillian s'est cassé le poignet, mais le chirurgien chargé de la soigner n'est autre que Conor McCarthy, son ex-mari… Autrefois, il avait suffi d'un regard pour que tous deux tombent dans les bras l'un de l'autre, puis se jurent fidélité. Mais leur amour n'avait pas résisté. Très vite, Jillian s'était sentie délaissée par un mari totalement dévoué à son travail et membre d'une jet-set new-yorkaise où elle n'avait pas sa place. Alors aujourd'hui, leurs retrouvailles peuvent-elles signifier un nouveau départ pour eux ?

Leur mission : sauver des vies.
Leur destin : trouver l'amour.

HARLEQUIN
www.harlequin.fr

Blanche

HARLEQUIN

Médecin, trois fois papa, de Marion Lennox - N°1478

À peine Rachel est-elle arrivée dans la petite ville de Shallow Bay, où elle a décroché son premier poste de radiologue, qu'elle doit faire face à une urgence. Son petit voisin s'est blessé, et elle le conduit immédiatement à l'hôpital. Sur place, elle fait la connaissance du Dr Tom Lavery, le tuteur de l'enfant – et son nouveau patron. Un homme qui lui inspire bientôt des sentiments inouïs, et interdits…

Une inoubliable sage-femme, de Fiona McArthur

Des yeux noirs, un charisme redoutable. Malgré les six années qui les ont séparés, Faith a été incapable d'oublier Raimondo Salvanelli et leur aventure passionnée. Que fait-il là, alors qu'il avait affirmé qu'il ne reviendrait jamais à Lighthouse Bay ? Sous le choc, Faith forme toutes sortes d'hypothèses, avant que la peur la gagne. Se peut-il que Raimondo soit ici pour lui ravir Chloé, la petite fille qu'elle a mise au monde – leur enfant ?

Leur petit miracle, de Kate Hardy - N°1479

Déçu par l'amour, le Dr Jared Fraser est décidé à ne plus laisser son cœur diriger sa vie. Pourtant, auprès de sa nouvelle collaboratrice, la sublime Bailey Randall, il sent ses résistances vaciller. Bailey, quant à elle, a fait une croix sur les hommes et ses projets de famille depuis le drame qui a bouleversé sa vie. Aussi est-elle surprise quand l'alchimie qui existe entre Jared et elle la pousse à partager avec lui une nuit inoubliable – une nuit dont la conséquence pourrait bien les lier à jamais…

Sous le charme du Dr Sullivan, de Lucy Ryder

Prétendre être la petite amie du Dr Luke Sullivan, l'homme qui l'a aidée à sauver de la noyade un adolescent, quelques jours plus tôt ? Lilah n'est pas contre, dans la mesure où cela dissuaderait son nouveau patron à l'hôpital de Spruce Ridge de lui faire des avances. Sa décision n'a, bien évidemment, rien à voir avec le charme irrésistible de Luke – un charme sous lequel elle est tombée, bien malgré elle, le jour même de leur rencontre…

Leur mission : sauver des vies.
Leur destin : trouver l'amour.

Blanche

Retour à Heritage Port, de Meredith Webber - N°1480

Quand, après quinze ans de silence, son père, gravement malade, reprend contact avec elle, Alex Hudson se rend immédiatement à son chevet. Si son retour à Heritage Port réveille en elle des souvenirs déchirants, Alex est surprise de découvrir que le médecin de son père n'est autre que Will Kent, son ami d'enfance. Veuf et père d'une adorable fillette de trois ans, Will se montre aussi attentionné et protecteur qu'autrefois envers Alex... Alors pourquoi se sent-elle bouleversée par son comportement, au point de désirer plus entre eux qu'une simple amitié ?

Un amour inattendu, de Teresa Southwick

Si cela ne tenait qu'à elle, jamais Jill n'aurait accepté de louer une partie de sa maison au Dr Adam Stone : avec son sourire trop séduisant et ses allures de play-boy citadin, cet homme ne lui inspire aucune confiance. Pourtant, le village de Blackwater Lake a besoin d'un médecin, et Adam est le seul candidat au poste... Aussi Jill n'a-t-elle pas le choix. Mais, si à cet instant la perspective de cohabiter avec cet inconnu ne l'enchante guère, elle est loin de se douter que, bientôt, ce dernier va bouleverser sa vie... de la plus belle des façons.

Leur mission : sauver des vies.
Leur destin : trouver l'amour.

HARLEQUIN
www.harlequin.fr

Composé et édité par HarperCollins France.

Achevé d'imprimer en janvier 2020.

CPi
BLACK PRINT

Barcelone

Dépôt légal : février 2020.

MIXTE
Papier issu de sources responsables
FSC® C108412
FSC
www.fsc.org

Pour limiter l'empreinte environnementale de ses livres, HarperCollins France s'engage à n'utiliser que du papier fabriqué à partir de bois provenant de forêts gérées durablement et de manière responsable.

Imprimé en Espagne.